流星之绊

〔日〕东野圭吾 著
徐建雄 译

南海出版公司

新经典文化股份有限公司
www.readinglife.com
出　品

1

泰辅缓缓推开窗户，尽量不发出声响。他伸出脑袋，仰望夜空。

“怎么样？”功一问。

“不行，果然有很多云。”

功一叹了口气，咂了咂嘴：“和天气预报说的一样啊。”

“还去吗？”泰辅回头望了望屋内的哥哥。

功一本来盘腿坐在房间的正中央，闻言伸手抓起身旁的背包，站了起来。“我去。刚才下去看了一下，爸爸和妈妈正在店里闲聊呢。现在溜出去，估计不会被他们发现。”

“可是，能看到星星吗？”

“也许看不到，去了再说嘛。要不，明天听别人说‘其实看得很清楚’，后悔就来不及了。你要是不想去就算了。”

“不，我也要去。”泰辅噘起嘴。

功一从书桌底下拖出一个塑料袋，里面放着两人的运动鞋。这是傍晚时瞒着父母偷偷藏起来的。他穿好鞋，背上帆布背包，将一条腿跨出窗外，接着紧紧抓住窗框，将另一条腿也跨了出去。像是在单杠上做引体向上般吊了一会儿后，功一的脸消失在窗前。

泰辅看了看窗外，下方不远处就是储藏室的铁皮屋顶。功一已经落在那上面了，正一脸轻松地掸衣服上的灰尘。功一很早就开始玩这样的出逃游戏了，这对于已上六年级的他来说自然是轻车熟路。泰辅最近才开始玩这个，还没掌握要领。

“别出声。决不能弄出声来。”

说完，功一就轻松地跳到地面，对还抓着窗框的泰辅摆摆手，似乎在说，快下来啊。

泰辅模仿哥哥的样子，两手紧紧抓住窗框，慢慢地将另一条腿跨出窗外。他使出浑身的力气，保持着引体向上的姿势。他比哥哥矮了二十厘米，离铁皮屋顶的距离自然也更远。

泰辅本想嗖地轻轻跳下，结果却哐地发出一声巨响。他尴尬地看了看功一，只见功一紧皱眉头，不作声地动了动嘴，从口型可以判断功一骂了句“笨蛋”。

“不好意思”，泰辅也不出声地道了歉。

接下来就该从铁皮屋顶往下跳了，泰辅弯下腰。其实比起翻窗出来，他更害怕这个。他搞不懂，为什么功一就能轻轻松松地跳下去。

“泰辅哥哥。”他头顶上有声音。

泰辅吃了一惊，回头向上一看，见静奈将头伸出窗外。她一脸睡意，两眼却紧紧盯着他。

“啊，你怎么起来了？”泰辅抬头望着妹妹，皱起眉头，“没你的事，快睡觉去。”

“你在干什么？要出去吗？”

“没什么，和你没关系。”

“我也要去。”

“不行。”

“喂，”下面传来功一压低了的声音，“你还在磨蹭什么？”

“糟了，静醒了。”

“啊？”功一十分意外，“都是你，弄出那么大的声音。叫她赶快去睡觉。”

“可她说也要去。”

“笨蛋！那怎么可能？跟她说不行。”

泰辅站起身，抬头望着脑袋探出窗外的妹妹。

“哥说不行。”

静奈立刻露出一副要哭的模样。“我知道的。你们只想自己去，真坏。”

“什么？”

“不是去看流星吗？你们坏。我也想看，想和你们一起去看。”

泰辅十分狼狈。原来妹妹假装对此一无所知，其实早就将两位哥哥的冒险计划听在耳中了。

泰辅再次趴在屋顶上。“静知道我们要去看流星的事了。”

“那又怎样？”功一没好气地问。

“她说想去看，想和我们一起看。”

功一将脑袋摇得像个拨浪鼓：“跟她说，小孩子不能去。”

泰辅点了点头，站起身来，仰望窗户。

虽说是在黑暗中，依然可以看到静奈在哭鼻子，圆嘟嘟的脸蛋上热泪滚滚。她正用哀求的目光望着泰辅。

泰辅使劲挠了挠头，弯下腰，再次呼唤功一：“哥。”

“干吗？”

“还是带静一起去吧。扔下她一个太可怜了。”

“说这些有什么用？办不到的事有什么办法？我们要爬很多很多石阶！”

“我知道，那我来背她好了。这样行了吧？”

“你行吗？你自己能上去就不错了。”

“我行的。我会带好她，就带她去吧。”

功一露出不耐烦的表情，对泰辅招了招手。“你快先下来。”

“啊？可静她……”

“你待在那里碍事。难道你能将静弄下来？”

“哦，是这样啊。”

“快点。”

被功一一催，泰辅一横心跳了下来。咕咚一声，摔了个屁股蹲儿。

就在泰辅揉着屁股准备站起来的工夫，功一已经攀上铁皮屋顶的边缘往上爬了，他站到铁皮屋顶后，对着窗户说了些什么。不一会儿，穿着睡衣的静奈跨出腿来，坐到窗框上。“保证没问题，相信哥哥。”功一小声说。

静奈跳离窗户，功一稳稳地将年幼的妹妹接住，对她说：“你看，没事吧。”接着，他将静奈留在铁皮屋顶上，自己飞身跳下，然后在泰辅面前蹲下。“来，骑在我的脖子上。”

“什么？”

“骑脖子。快上啊。”

泰辅一跨上去，功一就伸手扶着储藏室的墙，慢慢地站了起来。泰辅的脸比铁皮屋顶稍稍高出一点。

“接下来让静骑你的脖子。当心，你摔了没关系，可别摔坏了静。”

“知道。静，坐我肩上，跨着我的脖子。”

“哇，好高啊。”

确认静已坐到泰辅的肩上后，功一慢慢地蹲下身。虽说静还很小，但毕竟肩膀上承受的是两个人的重量，对腰、腿的压力很大。哥哥真厉害，泰辅心里暗暗佩服。

静奈平安落地后，功一从背包中拿出一件短风衣，给静奈套上。

“你光着脚，不过没关系，哥哥背你。”

“嗯。”静奈开心地点了点头。

一辆自行车骑上了三个人。功一负责蹬车，泰辅坐在后座，中间夹着个妹妹静奈。功一的背包由泰辅背着。

“抓紧了。”说着，功一便一脚蹬开。

骑了一会儿，左边就有一个小山丘迎面而来。山丘前方是三人上的小学。过了那里没多久，就看到路边有个鸟居[①]，三人在那里下了自行车。鸟居旁有一条宽约一米的石阶。

“上吧。”功一背起妹妹静奈，拾级而上。弟弟泰辅紧随其后。

横须贺非海即山。离海稍远一些的地方便是山坡。坡度很陡，可民居依然鳞次栉比，与普通的街市一般无二。现在兄妹三人所走的这条石阶，也是为了居住此处的住户砌造而成。

“同学们都来了吗？”泰辅气喘吁吁地说。

“没来吧，半夜三更的。”

“那我们就可以神气了。”

“嗯，哪怕能看到一颗流星也好。”

石阶的后面是个缓坡，不一会儿，一片开阔的空地便出现在三人眼前。

这里是新城的建设用地，一个月前刚平整过，仔细看还能看到停放着的压路机和抓斗车。

功一用电筒照着脚下往前走，地面上到处拉着许多条塑料绳做的规划线。

“这里就行了。泰辅，塑料布。”

泰辅听罢，从帆布包中取出两张塑料布，展开后铺在地上。

三人在上面仰面躺下，静奈躺在两个哥哥中间。功一关了电筒

①神社前的牌坊。

开关后，他们立刻被伸手不见五指的黑暗所吞没。

“哥，真黑啊。”静奈惴惴不安地说。

“别怕。我的手不是在这儿吗？”功一答道。

泰辅目不转睛地望着天空。然而，今晚的夜空没有一丝亮光，别说流星了，就连普通的星星也看不到一颗。

泰辅是在去年的这个时候知道英仙座流星雨的。和今晚一样从家中溜出去的功一，将和朋友一起去看流星的事对他吹嘘了一通，泰辅表示抗议：“为什么不带我一起去？”于是，功一和他约好今年一定带他。

等上一个小时就能看到十颗二十颗流星了——这是功一说的。泰辅一想到流星划破夜空的情形就激动不已，他还没见过流星，只在书本上读到过。可等了又等，还是没有见到一颗流星，他开始觉得无聊了。

“哥，一颗也没有啊。”

“嗯。”功一叹道，“这样的天气，到底还是不行啊。”

“唉，好不容易出来一趟……静也觉得没意思了吧？”

静奈没有回答。功一答道：“她早就睡着了。”

他们又等了一会儿，还是不见流星露面。不仅如此，竟有一些冰凉的液体落到他们的脸上。

“哎，下雨了。”泰辅慌忙爬起身。

“回去吧。”功一拧亮电筒。

他们原路走下石阶。还好雨并没有下得很大，但石阶被淋湿了，脚底必须特别留神。背着静奈的功一移动起步伐来比上石阶时更加小心谨慎。

回到鸟居，他们没骑自行车。静奈睡得很沉，已经不可能三个人骑一辆自行车了。功一背着妹妹往前走，泰辅推着自行车跟在后面。

雨不停地下着，雨点落在静奈身穿的短风衣上沙沙作响。

他们回到自家房屋的后面，可怎么才能将静奈弄到二楼的窗户上去却成了难题。

“我去看看前面的动静。要是爸妈睡了，我们就悄悄地溜进去。”

“有钥匙吗？”

“有。”

功一背着静奈绕到前门。泰辅则在后门的通道边停好自行车，用一把链条锁将车锁上。

这时，通道里发出声响。是开门的声音。

泰辅探头一看，见后门跑出一个男人。只看到一个侧面，但也看出这是个陌生的面孔。

那人朝着与泰辅所在之处相反的方向跑掉了。

泰辅觉得奇怪，便也绕到前门，却不见功一的踪影。他拉了一下刻着“有明”字样的大门，竟一下就拉开了。

店里漆黑一片，柜台尽头处的门却敞开着，从那里漏出一片光亮。门的里面就是父母的卧室，靠前则是楼梯。

泰辅正要朝那里走去，功一出来了，仍背着静奈。

泰辅下意识地觉得有些不对劲。虽说因逆光看得不太真切，他还是觉得哥哥的样子有些反常。

“哥……”他不由自主地叫了一声。

“别过来！”功一说。

“什么？”

“被人杀了。”

泰辅没听懂，只顾眨着眼睛。

“被人杀了。”功一又重复了一遍。他的声调呆板，没有抑扬顿挫。“爸、妈都被人杀了。”

这下总算听明白了，但还是不明所以。泰辅莫名地露出笑容，虽然他知道哥哥不是在开玩笑。

功一的背上露出了静奈睡得香甜的小脸。

泰辅的双腿开始颤抖。

2

雨似乎停了，因为出租车的雨刷早已不再摆动。

穿过国道十六号线短短的隧道，在第一个红绿灯处右转，再往前开一点，就可以看见前面京急干线的高架桥。桥前停着几辆警车。

萩村信二下了出租车，慢步走近现场。狭窄的道路交叉出了四个角，在右手边的转角处，有一家小小的洋食屋[①]，是个前店后家的店铺。刻着“有明”字样的门敞开着，警察们进进出出。

看看手表，已近凌晨三点。这个时候自然没有看热闹的人，但店前依然拉着警戒线。

萩村从店门口走过，拐向右边，想观察一下周围的情形。那里有一个人，正将雨伞当作高尔夫球杆，在练习挥杆。黑暗中看不清脸庞，但萩村还是立刻就认出此人。最近，这位仁兄迷上高尔夫的事在局里早已尽人皆知，起因只是刑事科长请他打了一场高尔夫球。很多人都在背后议论这种奢侈运动和他的身份并不相称，他本人应该对此也有所耳闻。

啾——伞柄挥出了破空之声。

---

①价格便宜、饭菜简单的西式餐厅。所提供的饭菜不同于正宗的西餐，是日本化的西式饭菜。

“好球。”萩村喝了声彩。

那人保持挥杆后的姿势，将脸扭向萩村，嘴边是一圈邋遢胡子。“来得挺快的嘛。”他边说边放下雨伞。

“动作快的是柏原你啊。”

“我正在局里，有份报告明天必须得交，可我一点也写不下去，干脆在沙发上躺下，刚合眼就来了报警电话，一下把我吓醒了。”

柏原依然倒提着那把黑色的雨伞，一边说话，一边轻轻地挥动，做出推球的动作，似乎已经形成了习惯。伞柄不时刮过地面，发出吱吱的声响。

“我也大吃一惊。怎么也没想到这家店会发生凶杀案。”萩村说到这里，又小声地问前辈，“是凶杀案？”

“大概是吧。老板和老板娘在一楼的房间里被人捅了。也不知到底有多少处伤口，都成血人了。”

“你看过现场？”

“只看了几眼，鉴定科的人立刻就到了。”

“怎么会是那对夫妇呢……”萩村皱起眉，“三天前还来这儿吃过午饭。”

“是啊，我吃的是红烩牛肉饭。”

“真好吃啊，以后再也吃不上了。唉，怎么会这样，人生真是难以预料。”

萩村回想起三天前的情形。他和柏原进行肇事逃逸案追加调查的街头走访后，归途中来到有明洋食屋吃午饭。他们是常客。这里的饭菜量多味美，对于体力消耗大的刑警来说是求之不得的好店。

“这家应该有孩子吧？”萩村朝屋里望了望，“记得有两个男孩。”

“三个，”柏原说，“最小的是个女孩。分别上小学六年级、四年级和一年级。”

“真清楚啊。”

“刚才见过了，只见到长子。我来的时候，正在门前发愣呢。打电话报警的就是他。”

萩村努力搜寻有关长子的记忆。不知是什么时候，他在有明吃饭时，曾有一个高个子少年从外面进来，可长相却怎么也想不起来了。

“问过他了吗？”

“大体问了一下。考虑到县警来了以后，同样的话还要让他再说一遍，现在就让他在房间里休息了。”

“哪个房间？”

“二楼的。”柏原说着用伞柄朝上指了指。

萩村顺着伞的方向抬头望去，却不见窗户。

“父母被杀，孩子却幸免于难？”

“说是出门了。”

“出门？案子几点发生的？”

“大概是十二点到两点之间。是孩子们出门后被杀的。”

“那么晚了，几个孩子还单独出门？”

“有流星。”

“啊？”

“嗯……”柏原从裤子口袋里掏出一个小本，“英仙座流星雨。为了看这个，他们去了新城的建设工地。”

“哦，这就叫作不幸中的万幸啊。”

“说是瞒着父母，从二楼的窗户偷偷溜出去的。那个长子说，那时父母还都活着。”

萩村点了点头，绕到屋子后面。那里有一条小巷，面向小巷的后门敞开着，漏出一道亮光。鉴定科的人的说话声也隐约可闻。

后门附近有个放杂物的小屋，屋顶是铁皮做的。萩村将视线从铁皮屋顶移向上方，不由得吓了一跳。

二楼的窗户开着，窗框上坐着一个男孩，正一动不动地眺望夜空，似乎根本没在意下面的刑警。

“功一。”身旁有人说话。是柏原走了过来。

“啊？”萩村没听明白。

“那孩子叫功一，次子叫泰辅，小女儿叫静奈。”柏原看着记事本说道。他叹了口气，又轻轻地摇了摇头，“真可怜。”

没过多久，萩村他们的上司就赶来了，刑警同事也来了几个。上司安排萩村去附近走访调查，柏原则等待从县警本部来的侦查员，因为柏原最早到达现场，平时又常来这里吃饭，对这个店多少有些了解，而且还认识发现尸体的孩子们。

“说什么走访调查，也不看看现在是什么时候。有几个是醒着的？”老刑警山边发着牢骚走了出去。

“先去那儿问问吧。”萩村指了指远处的拉面摊。

正在这时，来了一辆像是从县警本部开来的警车。

“请您享用：本店引以为豪的牛肉饭，百年历史的正宗味道。”

看着菜单封面上的这句话，功一想起自己几年前问过父亲幸博的问题——我们家一百年前就开了这家店吗？

“笨蛋！哪有这种事？”正剥着洋葱的幸博停下手里的活儿说道。

“可这儿不是写着有百年历史吗？”

历史，当时他刚在学校里学到这个词。

“有历史的是红烩牛肉饭。你不知道吧？红烩牛肉饭是日本人的发明。提起横须贺，大家都会想起海军咖喱[①]，但作为日本人，要比做

①咖喱饭以前在日本又叫海军咖喱。横须贺有军港，是咖喱的登陆地。

饭的手艺，就得比试咱们自己发明的饭菜。”

“哦，可看了这菜单，感觉像是在说我们家一百年前就在做红烩牛肉饭。”

“那是感觉像，我可没这么写。客人自己想偏了，那就随他去吧。”幸博晃着啤酒肚一阵大笑。

幸博是个粗线条的人，对待孩子们也粗枝大叶，只要身体健康，不给别人添麻烦，孩子们干什么他都不管。什么要好好学习啊，要帮忙干活儿啊，这些话功一从未听父亲说过。

即便在生意上，父亲也不会精打细算。母亲塔子为此经常在孩子们面前抱怨。

“你们的爸爸真不会做生意。连客人都说可以再提点价了，他却硬要耍派头，说什么我们店的优势就是物美价廉。如果是用便宜的原料做的倒还好说，可他又说要做出好饭菜，那种半吊子的原料不能用，结果钱也没少花。简直不明白，他到底图什么！”

从这番话中也可以看出，幸博虽性格粗犷，对于烹饪却一点也不马虎，从原料到方法一丝不苟，绝不应付。

其实，幸博已是第二代店主了。他父亲开下这家店，店虽小，味道却有口皆碑，据说特意大老远赶来品尝的客人也为数不少。幸博子承父业后，最担心别人批评味道今不如昔。

“今天来的那个客人，父亲开店时就来吃过，说什么味道比以前偏辣了一点。哼，净乱说，也不问问自己长了根什么舌头。”有时他也会这样愤愤不平地唠叨。

功一虽未亲眼见过，却听母亲塔子说不仅有些同行前来偷师，还有些未出道的小厨师跑来老老实实地请教配方。

“有些年轻人非常诚恳地跑来请教，可你们爸爸却说不能教。他说配方如果是自己想出来的说说倒也无妨，可都是从你们爷爷那里学来的。听说你们爷爷从没教过别人，全传给他了。”

功一至今仍不太理解，菜的配方怎么会那么值钱？但他明白这对父亲来说极为重要。父母的房间里有个小小的佛龛，功一知道佛龛下面的抽屉里有一个陈旧的大笔记本。父亲不时拿出来看看，有时还写一点什么上去。不用说，那上面肯定写着做菜的秘诀。

有一次，功一在偷看那个笔记本时，父亲突然闯了进来，伸手就给了他一巴掌。

“你要是愿意继承这个店，我就教你。别搞这种偷偷摸摸的勾当。”

功一咬紧牙关，不让自己哭出来。父亲问他为什么要偷看。

他回答，因为有人说没什么了不起，谁都会做。

“谁都会做？什么意思？”

“昨天在学校里，有人说，只要知道了方法，菜谁都会做……”

“谁说的？”

“朋友。”

“所以你就想做菜了？”

功一点点头。

“在哪儿做？”

“朋友家。”

“想做什么？”

“……红烩牛肉饭。”

父亲咂了咂嘴，扔下一句：“真不知天高地厚！”

过了一会儿，他站起身，对功一说：“你过来。”

功一被带进厨房，手里拿着父亲塞给他的一把菜刀。

“切菜。”父亲命令道，“我来教你。从头到尾教给你红烩牛肉饭的做法。你再看看，是不是谁都能做。”

那天，父亲将家里的店关门一天，停止营业。母亲颇为吃惊，试图阻止，他却不予理睬。

“你别插嘴，我要让这小子知道什么叫做菜。”

功一想溜之大吉，可又觉得不妥。若真是溜了，非被暴揍一顿不可。

幸博从基本的汤料开始教起。步骤之复杂，火候、调味之微妙，看得功一目瞪口呆。想到父亲每天都是这样神经质般细致地做菜，功一便觉得头脑发晕。

父亲从上午开始做菜，全部完成时天已全黑。即便如此，他还说应该再多花些时间。

“尝尝。”父亲将一盘刚做好的红烩牛肉饭摆到功一面前。

功一吃了一勺。没错，就是平日的味道。“好吃。”

“怎么样？还觉得谁都做得出来吗？”

功一摇了摇头。“做不出来。这么好吃的红烩牛肉饭，就算知道做法，除了老爸，谁也做不出来。”

父亲满意地点点头，笑道：“行，你明白这一点就好。你也能做了。”

“真的？”

“当然。不过，”父亲板起脸，又道，“不能在同学家里做，就在这里做给客人吃，然后收钱。我们家的红烩牛肉饭可不白给人吃。”说完，他脸上又露出了笑容。

“请您享用：本店引以为豪的牛肉饭，百年历史的正宗味道。”

看着菜单，功一的脑海里浮现出种种回忆。全是愉快的、让人忍俊不禁的回忆。

可是，从菜单上抬起头来的一瞬间，这些美好的回忆都灰飞烟灭。客人们享受父亲饭菜的这个空间，如今已被神色严峻的警察所占据。

“是有明功一吧？”

功一应声抬起头来，只见两个穿西装的男人站在面前。

3

两个人都是警察，没有自报家门。一头白色短发的那个坐在功一对面，另一个高个子的年轻人坐在他旁边。

还有一人来得稍迟，他从邻桌旁拖过一把椅子坐下。这个人功一认识，他来店里吃过几次饭，记得最近也来过。他和父亲幸博很熟，两人经常隔着柜台谈论高尔夫球，但直到今晚才知道他是警察。功一报警后就在店门前等候，最先出现的就是他。柏原这个姓氏，也是在那时听说的。

“能谈一下吗？”白发男子问道。

功一朝柏原望去，基本情况都已告诉过他了。

“如果现在不行，就明天吧。”柏原体谅地说。

功一轻轻摇了摇头。“没关系。”

其实，他真想立刻回到弟弟妹妹身边去。可一想到自己不说就抓不到罪犯，也就不能退缩了。

“那就请你将今晚的事尽可能详细地说一下。”白发男子说道。

“呃……从哪儿说起呢？”功一用沙哑的嗓音问。他虚弱得连自己都惊讶不已，这时才意识到浑身在颤抖。

“哪儿开始都行，怎么方便怎么说吧。”

但现在功一脑中一团乱麻，理不出头绪。他又看了看柏原。

“就从那儿开始说吧，从溜出家门开始。”

“哦。”功一点点头，目光又回到白发警察身上，“十二点左右，我和弟弟妹妹从窗户爬了出去，想去看英仙座流星雨……”

“嗯，好像是有英仙座流星雨这么回事。这件事自然瞒着父母，对吧？”

“对。”功一点点头。

“离开时，父母在哪里？”

“就在这儿，在谈论着什么。”

“是什么样的情形？”

“和平时没什么两样。”

昨晚，功一在离开家之前偷窥了一下一楼的状况。他看见父母在店里说话，两人的声音都很低，不知在说些什么。功一猜想是在说店里生意的事。他觉得最近父母似乎不愿让他们听到此类谈话。

“看了流星回来是几点？”

“没看到。”

“什么？”

“没看到流星。天气不好，就回来了。”

“哦。那回来时是几点？”

“两点左右吧，说不准，因为过了好长时间才看钟的。”

“没关系。出去的时候是翻窗户，回来时却从大门进来，对吧？为什么？”

“因为背着妹妹呢。如果只有我和弟弟两个人，我们还可以从窗户进来，可带着妹妹就不行了。再说，她中途就睡着了。”

“你带着钥匙？”

“对。”

"一直都带着？"

"拴在钱包上。"功一边回答边想：一定要讲得这么详细吗？有用吗？

"下面你就说一下进店时的情形吧。"白头发用比之前略微谨慎的口吻说道。

"我见店里没开灯，心想爸妈都睡了，就用钥匙开门走了进来。这时，我发现那边的门半掩着，里边亮着灯。"功一回头瞧了瞧柜台尽头处的那扇门，"于是我想，也许他们都还没睡，但事到如今也没有办法，只好做好挨骂的准备，开了门。因为不从那儿走，就上不了二楼……"

进了门，一个三叠大小的空间便映入眼帘，那里是作烹饪准备的地方。脱鞋处在右侧，从那里可以走进家中。进去后正面是架楼梯，左侧是起居室兼父母的卧室。不进入家中，打开里面的门，则是一条通往后门的过道。

功一当时朝里看时，父母房间的推拉门是开着的，便觉得不妙，因为父母睡觉时那扇门肯定关着。他心想，估计是父母知道了他们溜出去的事，正等着他们回来，要痛骂一顿。

功一背着静奈偷偷向房间内窥视，于是……

"看见了脚。"他对警察说。

"脚？"白头发歪着脑袋问。

"我妈的脚，穿着袜子。我想她怎么会躺在这儿？就朝里面看了看……"功一一时语塞，不知该如何表达。

最初进入他视线的是一块染红了的白布，刹那间他还以为是国旗。那白布覆盖住妈妈上身，遮住了脸。

就在功一意识到那不是国旗，而是被鲜血染红的围裙时，他又看到了倒在里面厨房的父亲。父亲趴在地上，穿着T恤的后背鲜血淋漓。

父母两人都一动不动。功一也动弹不得，身体像是僵住了。

直到听到背后有动静，他才从“定身咒”中解脱出来。

店门开关时通常会发出轻微的吱呀声，这是功一从小听惯了的。当时就是这种声音使他做出了反应。

他背着静奈慢慢后退，穿上鞋回到店里。这时泰辅正走近前来。

功一对弟弟说了句什么。话的内容如今已想不起来，但他记得，泰辅听后立刻脸色发白，浑身颤抖。

“当时吓蒙了，不知道是怎么回事……”功一低下头，“将弟弟妹妹带上楼后，我就用店里的电话报了警，然后在店门口等着。”

白发警察一语不发。低着头的功一不知道他表情如何。

“今晚就到这儿吧。”柏原说，“等他平静下来，或许还会想起什么。”

“是啊。”白发男子似乎点了点头，“今晚，孩子们在哪儿过夜？”

“还不知道，听说附近没有亲戚。和功一的班主任倒是联系过了。”

“确定以后请告诉我一声。小功一，”白发男子招呼道，功一应声抬头，看到他一脸歉意，“这么疲劳还要你讲述经过，真对不起。叔叔们也是为了早点抓住凶手。”

功一默默地点了点头。

两个警察起身离去，柏原坐到空出的座位上。“口渴吗？”

功一摇摇头。“叔叔……”

“什么事？”

“我可以回弟弟妹妹那儿去了吗？”

柏原一脸为难。“呃，这个……其实，过一会儿楼上也要搜查，弟弟妹妹还得出来呢。”

功一望着柏原。“不能待在那儿吗？我们不会碍事的。”

“对不起，那也不行啊，要尽可能地仔细调查。今晚过夜的房间我们来安排。”

“静……我妹妹估计还正睡呢。她很贪睡。”

“弄醒她怪可怜的，是吧？”

“要是在平时倒也没什么，可今晚想让她好好地睡。她还什么都不知道，正美美地睡着，至少今晚想让她这样睡。”

功一说着，忽觉胸中一阵发烫，火烧火燎。他想起了静奈睡着时的模样，可他必须要将父母被杀这一事实告诉妹妹。一念及此，心中就感受到强烈的震撼。该怎么对她说才好？他简直感到绝望。

胸中翻腾着的复杂情绪最终化作泪水夺眶而出。看到父母遗体时，他并没有哭，可现在眼泪却一发不可收拾。他抓起身旁的餐巾捂在脸上，号啕痛哭起来。

早晨八时许，横须贺警察局召开了首次调查会议。

赶去现场的警员几乎都彻夜未眠，萩村就是其中之一。他与山边一起走访了有明洋食屋周边的居民，但一无所获。要找到还没睡觉的人就已经很不容易了。便利店、拉面摊之类的地方悉数问过，可没打听到什么有用的信息。

其他调查人员也是如此，机动搜查队那里也没什么像样的报告，主持会议的县警股长不由得焦急起来。

有明夫妇被杀害于子夜零点到两点之间，这一点，有长子的证言为据，基本已无疑问。报警电话的记录显示，长子是在凌晨两点二十分报的警，这与他看见尸体后立刻就打电话的说法相吻合。

夫妇被杀于起居室兼卧室的房间中，但凶手用的不是同一种凶器。有明幸博是被西式菜刀从背后刺死的，刀长约为三十厘米，刀尖穿过身体，从胸口露出。法医认为，被害者几乎当场死亡。

塔子也被西式菜刀刺死，但这把菜刀较小，或许应该称其为小洋刀。与丈夫相反，她被人从前胸刺入。她的脖子上有勒痕，刀刺或许是最后的致命一击。

两柄凶器都留在被害人身上，可以认为是难以拔出，但实际情况可能是凶手觉得留下凶器对他并不构成威胁。因为警方发现这两柄凶器都来自有明的厨房，上面没有指纹。鉴定科的警员认为，凶手可能是戴着手套行凶的。

行凶时估计多少有些抵抗和搏斗，室内并无翻箱倒柜搜寻东西的痕迹。警察并未发现应该保管在某处的营业收入，因此，可以认为柜台中手提保险箱之类的东西被凶手偷走了。而这方面，只能稍后与孩子们核实。

是单独犯罪，还是多人共同犯罪？至今尚未掌握足以得出结论的证据。凶手与被害人是否相识，同样难以判定。并且，在这起案子中，也不能因为凶手未准备凶器就断定为非预谋犯罪。谁都知道洋食屋里有菜刀。

无论如何，今天的走访调查至关重要。

全体会议结束后，以县警本部搜查一科为中心分配了各人的任务。萩村等负责该区域的刑警也被编入其中。

萩村看看邻座的柏原。只见他一手托腮，闭着双目，另一只手的手指在桌上敲打，可见他并未睡着。

“孩子们怎么样了？”萩村悄声问道。

“在宾馆里。”柏原低声回答。

“嗯？”

柏原放下支撑脸颊的那只手，揉了揉后脖颈。“汐入的一家宾馆。长子的班主任应该和他们在一起。”

“你带他们去的？”

“不，我只将他们送上了警车。”

“情况怎样？”

“孩子们？”

“是啊。”

柏原叹了一口气。“小女儿睡着了。长子说不要弄醒她，就让警察抱上了警车。”

“父母被杀的事，她……”

“不知道，所以长子才这么说。”柏原看看手表，“估计这会儿还没告诉她。那个班主任负责去和她说，那小老头看上去不太靠得住，真让人担心。”

萩村根本无法想象该如何将这起惨案告诉一个小女孩。他暗自庆幸，没让自己去做这事真是太好了。“长子、次子怎么样？”

“长子很稳重，一科那些家伙的提问都一一回答了。我在一旁听了，觉得这孩子很了不起。”

“弟弟呢？”

“弟弟嘛，”柏原晃了晃脑袋，“沉默不语。上警车时像个木头人，眼神呆滞。”

4

这种地方原来还有宾馆啊，功一望着美丽雅致的庭院想道。院子里种有各类树木，小巧的石灯笼立在其间。几块大石头点缀在院内，石上长着青苔。

“我想了好久，就推说是着火了，你觉得怎样？”野口老师说。

功一将目光转回班主任身上。“火灾……”

“嗯。就说你家着火了，父母都被送进医院，你们兄妹被带到这儿。先这么说，你看怎样？”野口老师温和地问道。平时他的嗓门很高，今天刻意压低了。功一看着他瘦瘦的脸颊，心想，如果老师总是这么说话，也不会被人称为“哨子”了。

他们身处宾馆的大堂，此时并无其他客人。

“怎样？”野口老师再度问道。

“要对妹妹说谎吗？”

“就现在，现在先这么说。你妹妹还小，知道了真相，谁知道她会受到多大的刺激？”

“可是，她总会知道的……”

“那是自然，早晚要告诉她。但眼下我觉得还是这么说比较好。首先要让她认可为什么会来到这里，而爸爸妈妈不在这里的事也必须讲清楚。等她情绪稳定下来后，我们再找机会告诉她真相，这样不好吗？”

功一低着头，十指忽而交叉，忽而分开。

野口老师的意思他懂。的确，向静奈说明真相会很难启齿，他也想往后拖一拖，但总是难以释然。这并非像“迟早要说的话，什么时候说都一样”这么简单。

“现在津岛老师正陪在你妹妹身边，她醒后就让津岛老师这么对她说，可以吗？”

津岛是静奈的班主任，一位圆脸女教师。

“泰辅那儿怎么办？没法对他说谎啊，他都那个样子了。”

自从看到双亲的遗体后，泰辅的举止就反常了。别人不催他，他就一动不动。警察来之前，他一直双手抱膝蹲着。来这家宾馆时，他面无表情，像是被人牵着似的行走。现在也一定在房间的角落里蜷作一团。昨晚以来，功一就没听他出过声。

“他的班主任冈田老师就要来了，他的事等冈田老师来了再说。首先要决定的是怎么对你妹妹说。”

功一模棱两可地点了点头。要考虑的事情太多了，其中之一便是明天，不，是今天了，从今天起该怎么活下去。然而没有答案。头脑混乱不堪，像扫过一阵狂风暴雨。功一甚至觉得，如果有人肯替自己考虑，就听他的，不管怎样都行。

“那，就这么办了？”

“嗯。”功一答道。

“哦，正好。”野口老师将视线投向功一背后。

功一回过头，见津岛老师正牵着静奈的手朝他走来。静奈身穿T恤衫和短裤，这些都是出门时功一胡乱塞进包里的。

津岛老师轮流看了看野口老师和功一。

“她醒了，就带她过来了。怎么样？”

“嗯，功一也同意了。就照刚才的说法。”野口老师对津岛老师使了个眼色。

“明白。”女教师点点头。

“津岛老师，泰辅呢？”功一问。

“有女警陪着，没事。”

“哥，这是哪儿啊？为什么在这里？爸爸妈妈呢？”静奈开口问道。

功一一时不知如何是好。他不清楚该先回答哪个。

“静奈，你听我说，你家里着火了。”

听了津岛老师的话，静奈立即将仍略带睡意的眼睛睁得大大的。或许是过于震惊，她一时说不出话来。

“你们不是去看流星了嘛，流星啊，所以你们才没事。你们的爸爸妈妈都受伤了。”

“啊？”静奈用一副马上就要哭出来的模样看着功一，“骗人！”

“是真的。”功一说，“着火了。”

“房子都烧掉了吗？那里不能住了？”静奈的眼圈倏地变得通红。

“没全烧掉，没什么大事。”

“是啊。房子还在呢，放心吧。但现在不能住了，暂时先住这里吧。”

“爸爸妈妈在哪儿？”静奈看看四周。

“刚才不是说了吗，他们受伤了，被送到医院去了。”

“哦。”静奈愁眉苦脸地看着功一，“哥，这可怎么办？”

功一想鼓励妹妹，却找不到恰当的话语。因为他也同样不安，不知该怎么办。

这时，又有人走近功一。“可以打搅一下吗？”

功一抬头，见是柏原。柏原对两位老师说：“我想带功一去趟现场。

马上就要实地勘查了，希望他能在场见证。”

“现在？”野口老师亮出他的高嗓门，“可他一直没睡啊。”

柏原闻言俯视功一。“吃不消了吗？”

功一摇摇头。“没事，我去。”他又转向津岛老师，“妹妹就麻烦您照顾了。”

“嗯，放心吧。”

“哥，你去哪儿？”静奈问。

“去家里一趟就回来。要作现场调查什么的。”

“我也去。”

“你待在这里，哥先去看看。”

“哎——”

津岛老师告诉静奈不能妨碍哥哥，她仍不死心，问道：“老师，医院在哪里？我们不去看妈妈吗？”

“那也得再过一段时间。”功一听见津岛老师含糊其词地对妹妹说。

功一离开宾馆，和柏原在门前一起上了警车。这是他第二次坐警车。他早就想坐一次警车了，可做梦都没想到，愿望竟以这种方式得以实现。

“睡着了？”柏原问道。

功一没有开口，歪了歪脑袋。

“也是啊。”警察低声说了一句。

有明洋食屋门前停着好几辆警车，周围拉着警戒线。昨夜没有出现的围观者现在将那里围得水泄不通，扛着大摄像机的男人和手持话筒的女人在不远处相对而立。功一暗忖不能让静奈看到这则新闻。

下了警车，功一被一大堆警察保护着走进店里，里面也有很多警察。

昨晚询问过他的白发警察走上前来，说：“总麻烦你，不好意思。”

功一无言地点点头。

“那就抓紧时间，看一下家里各处的情况吧。如果发现什么异常，不管多么细小，都请告诉我们。”

“好。”功一答道。

从店门口开始，他们穿过餐桌慢慢地往里走。

其实功一觉得，即使真有什么异常，自己也不一定能看出来。不论店内还是家里，他平时几乎没有用心观察过。有时父亲随心情将店里的餐桌换一种摆法，他竟然也完全没有察觉。

“柜台里边怎么样？”白发警察问道。

功一绕到柜台里，看看那些烹调用具和调味品。没什么特别值得注意的。

“你们店里有没有保险箱之类的东西？”

“保险箱？”

“放营业收入的东西。”

“哦。”功一点了点头，“钱都放在这儿。”他指了指柜台的内侧，那里有一个三十厘米见方的铝桶，上面用记号笔写着“咖喱粉”。

“啊？就这个铝桶？”

“对。”

白发警察拉出铝桶，用戴着手套的手打开盖子。里面有几张钞票和一些零钱。

“放在这里？”

“爸爸说保险箱没用，”功一说道，“只会告诉小偷钱放在哪儿。”

白发警察听后与同事面面相觑，随即将桶盖上。

打开柜台的旁门，朝里面走便可以看见功一父母卧室的房门。

对功一来说，那里是个不祥之地。他感到异常沉重，心想，非去那里看不可吗？

“进屋前先看一下后门吧。”白发警察说道。

功一点点头，打开角落里的一扇门。门后有一条狭窄的过道，过道尽头就是后门，那里也有一扇木门，可以上锁。

后门旁放着一个水桶，里面胡乱插着一把透明塑料伞。功一的目光停留在伞上。

“怎么？”警察问。

“那伞，不是我家的。”功一说。

“哦？”警察走近水桶，但并未触碰那把伞。

“你怎么知道？”

“我们家没人用这种伞。再说把伞放在那儿，用水桶时碍手碍脚，大人肯定会骂，所以我们绝不会放在那儿。”

白发警察点点头，离开水桶招手叫来同事，在耳边低语一番。

之后，功一巡视家中，再无重大发现。孩子们的房间依然保持着他们从家中溜出时的状态，至于父母的卧室，他根本无心仔细察看，只有榻榻米上的血迹牢牢地粘在他的视网膜上。

功一回到宾馆时已近中午。他走进房间，见静奈在一张很大的矮桌旁折纸，津岛老师也在一旁。泰辅像是在用拉门隔开的隔壁房间里。

“啊，哥，怎么样，房子还在吗？”静奈问。

“没事。不是早说过了吗？”功一在妹妹身旁坐下。

“功一，我出去一会儿，打个电话。”津岛老师说。

“好。”功一答道。

津岛老师出去后，功一看了看桌上。“你在干吗？”

“鹤。折一千只鹤，送给妈妈。”静奈唱歌般地说道，随后真的哼起歌来。

功一看着她用小手认真地折着纸鹤，一阵悲伤再度向他袭来，并立即在胸中膨胀开来，冲垮了内心的堤防。

功一一把抓住静奈的小手，将她手里的纸鹤揉作一团。

静奈又惊又怕地看着哥哥。“哥——”

“有什么用？做这些已经没用了。”

“咦？”

功一站起身，拉开房间里面的拉门。

“啊，不行啊。泰辅哥生病了，正睡着呢。”

泰辅的确钻在被窝里。功一冲过去一把掀开被子，泰辅面露惊恐之色，四肢蜷作一团，像只乌龟。

功一抓住静奈的手，将她拖到泰辅身旁。

“好痛。”静奈哭了。

功一用双手捧住她的脸。“静，听好了。爸爸妈妈都没了，死了。”

静奈乌黑的大眼睛滴溜溜地转了几转，小脸立刻涨得通红。“骗人！”

“是真的。没有什么火灾，是被人杀了，被坏人杀了。”

“胡说，我不信！我最讨厌你！”静奈拨开功一的手，脸扭曲了，手脚一阵乱舞。她大声哭泣，闹了起来。

功一像是要将她包裹起来似的，将她抱入怀中。

“我不要，我不要！”年幼的妹妹依然哭闹不停。

“现在只剩下我们三个人了……”功一勉强挤出这么一句。

这时，一直一动不动的泰辅突然发出一声惨叫，随即放声大哭起来，似乎要将胸中块垒悉数吐出。

5

“是昨天晚上的事？嗯，说不准啊，看看发票应该就知道了。”

一个头发已开始变得稀疏的男人一边整理摆放着三明治和饭团的货架，一边歪着脑袋回答。他胸前别着块小牌子，上面写着“店长”二字。

“能麻烦你一下吗？”萩村说。

那人不耐烦地叹了口气。确实有点麻烦。他说了声“稍等”，朝收款处走去。

萩村四下打量全新的店堂。墙上、地板上几乎都没有磕碰过的痕迹，但一看卖酒的地方，就可猜出不久前这里是家小酒馆。

这是国道十六号线路边的一家便利店。为了解情况，萩村一行来到这里，他的搭档柏原无精打采地站在杂志区。

“哦，昨晚只卖了一把，在十一点二十二分。嗯，倒也觉得是有顾客买过。”店长看着长长的发票，自言自语道。

“那时你在店里？”萩村问道。

“是啊，夜里基本都是我一个人在。”

“记得那是个什么样的顾客吗？”

店长绷着脸，歪了歪脑袋。“是个男人，模样记不清了，我也不会去看每个客人的长相。”

“服装和体形还有印象吗？包括年龄大小。”

店长挥了挥手，似乎在说“你饶了我吧”。“记不得了。不好意思，你就别指望我了。我本来记性就不好。”

“好吧。你要是想起什么来，就与这里联系。”萩村递过一张写有本部联系方式的纸条。

“好，好。”店长接过纸条，随手往身边一放。很明显，他打算等警察一走就扔掉。

萩村对柏原招呼一声，走出便利店。

“你工作这么认真，我不该泼冷水，可像这样的走访调查完全是白费力气。”柏原语气生硬地说。

“也不见得吧。”

“没用。刚才那店长说得没错，便利店的店员能记住顾客的长相吗？而且，买伞不一定非在昨天晚上，也可能凶手原本就有。”

“要是那样也没办法，可凶手在昨晚买伞的可能性也不小啊。这一带是深夜才开始下雨的，凶手在下雨前没带伞，这完全有可能。”

柏原摇了摇头。“顺着伞去查没用，查不出什么。”

“为什么说得这么肯定？有没有用，不是还不知道嘛。”

“好，那我问你，凶手为什么要留下那把伞？”

“逃跑时一着急忘了呗。或者他逃走时雨已经停了或下得很小，忘了带走也不奇怪。”

“没听鉴定科的人说吗？伞上的指纹都被擦掉了。连这件事都做了，还有哪个笨蛋会忘了带走？”

“也可能是在行凶之前擦掉指纹的。并且，还不能断定是不是有意擦掉的。他们说凶手要是戴着手套，也会这样。”

柏原哼了一声。“你认为凶手是小偷还是熟人？”

“从现场状况来看，几乎可以肯定是熟人。好像是在那对夫妇毫不提防的情况下动手的。”

“我也有同感。也就是说，凶手不是闯进去，而是被夫妇俩接进去的。那么，现在又不是冬天，戴着手套不令人生疑吗？所以，一般来说，与其擦掉指纹，还不如将伞带走更干脆。凶手没这么做，是因为逃跑时雨伞碍事，并且他坚信留下雨伞也不构成破绽。这伞说不定是捡来的或偷来的。”

对于前辈的这番分析，萩村一时难以反驳。的确言之有理。

有明功一认为，有明洋食屋后门附近放着的那把塑料伞不是他们家的。鉴定的结果显示伞上没有指纹。于是，这把伞被认定是凶手留下的，萩村他们开始对卖同类伞的商店进行调查。

“你说的我也懂，可既然发现了凶手遗留的物品，首先查出其出处不也是侦查的常规吗？”

“常规啊，”柏原边走边耸了耸肩，“怎么说呢？我觉得我们只是被派来打扫岔路的，搜查一科的那些家伙却占着主干道。”

“什么是主干道？”

“那些欠债。”

“哦，还真有关系？”

“也只能往那儿去找了。”

调查被害夫妇人际关系的侦查员得到这个令人为之一振的信息，仅是两小时前的事。据说最近有明夫妇在向熟人借钱，好像是因为店里生意不好无法还债。金额大小目前尚未得知，但据有明幸博的初中同学、现在开私人诊所的人说，有明跟他商量借钱时说“越多越好，能不能挪个一百万来”。由此看来，他们欠的债对于一个小小的洋食屋来说，已是相当大的金额。

“可听调查有明洋食屋经营状况的同事说，没发现大额借款。虽有银行的贷款，可也没到周转不灵的程度。”

“不仅限于正常的借款吧。”

“你是说借了高利贷？”

“有可能，也许更糟。有明幸博好赌，我正盯着这方面呢。”

“喜欢赌博？”萩村稍稍有些吃惊。这一点并没有调查到。

“我以前在店里听到的，赛车、赛马、麻将，什么都赌。这方面或许有点线索吧。”

“这件事，对搜查一科的人……”

“我才不告诉他们。”柏原晃着肩膀笑道，“让他们兜圈子去吧。这些家伙一心想把调查雨伞出处这种捕风捉影的事推给咱们这些当地的乡巴佬，叫人怎么帮？反正真相总会大白，只是时间问题而已。”

“因赌博欠钱被杀，是吗？”

“有可能。”

“可债主一般不会杀欠债人。”

“正常来说是不会，可也不一定。谈崩了一时兴起也完全有可能。”

“这倒也是。”

萩村正歪头思考时，柏原胸口的传呼机响了。

“哎呀哎呀，催什么！”柏原将手伸入上衣口袋，环视四周。前方二十多米处有个电话亭。

萩村看着正在打电话的柏原的后背，燃起一支香烟，心想，这次他特别卖力，怕是接触了被害人的孩子的缘故吧。柏原目前独身，几年前他是有家室的，还有一个儿子。那孩子被前妻带走，如今该上小学了。

“父亲该做的什么都没做。最后一次见面他才三岁，现在估计连我长什么样都忘了。嗯，也许这样对他更好。”柏原曾经苦笑着说过。

萩村猜想，柏原从有明家的三个孩子身上看到了儿子的身影。

柏原从电话亭中走出，脸色更加凝重了。“拦辆出租车，去汐入的宾馆。”

“去宾馆？孩子们出事了？”

“次子开口了，说了个重大线索。他看到了凶手。”

“啊？”

“是长子的班主任呼我的。说是要告诉熟悉的警察，指名道姓点了我，真荣幸啊。”

远处开来一辆空驶出租车，萩村和柏原同时举起手臂。

“好像鼻子比较高，我没有看清楚，或许也不对……”

泰辅的声音越来越小。最后，他垂下头，朝功一望去，露出求救的眼神。

“别泄气。”功一小声鼓励道。

“脸大吗，有多大？”一个面前摊着速写本、身穿西装的男子问道。他看上去不像警察，倒像个一丝不苟的公司白领。

泰辅歪了歪脖子。“不太大，好像比较瘦。”

男子点点头，唰唰地动了几下铅笔。

功一朝矮桌上望去，那里放着十几个纸鹤，是静奈折的。她现在正躺在隔壁房间里。已听不到哭声，也许她累了，睡着了。

中午得知双亲已去世后，静奈哭得死去活来，泰辅像是与她相呼应似的也号啕痛哭。已经过去好几个小时了，他们的哭声还在功一耳边回响，或许是心理作用，他感到浑身发烫。

大人们责怪他不该对静奈说明真相，可他并不后悔。他觉得今后自己的事都要自己做主了，因为他们三人要靠自己活下去。

大哭一场后，泰辅开始说话了。发泄了一通对凶手的痛恨之后，他令人意外地说道：“哥，我看到了。我看到了杀害爸妈的坏蛋。”

泰辅说，昨天夜里功一背着妹妹进店门时，后门跑出一个男人。

功一大吃一惊，马上告诉野口老师。老师立刻通知警察，柏原等人随即赶来。其中一人现在正坐在泰辅对面，说是要尽快画出凶手的特征画像。

柏原等人在室外，估计是考虑到很多人围着泰辅会使他紧张。但他们让功一留下了。

“大体是这个样子吗？”穿西装的男子将速写本递给泰辅。

上面画着一个高鼻梁窄下巴的男人脸庞。功一觉得毫无印象。

“这里，好像还宽些。”泰辅指了指额头，“还有就是，呃，感觉很厉害。”

“厉害？”

“嗯。”泰辅轻轻点头。

“你这么说谁听得懂？”功一脱口而出，“厉害的感觉是什么样？”

“可是……”泰辅低下了头。

“没关系，照你的感觉说就是了。”穿西服的男子微笑着，飞快地挥动几下铅笔，然后又将速写本递到泰辅面前，“是这样吗？”

的确比刚才看起来严厉些。功一不知道他修改了哪里才变成这样的。

泰辅点点头。“嗯，很像……应该是，是这样。”

“是吗？谢谢。”穿西装的男子高兴地将眼睛眯成一条缝，“就以这个为参考吧。要是又想起什么，再告诉我们好了。”

那人拿着速写本出了房间。柏原随即走了进来，姓萩村的年轻警察和白发警察也一起进来了。萩村和柏原一同来过店里，功一记得他，姓氏是刚才听说的，也得知白发警察姓横山。

“这么匆忙，真不好意思。你能将看到的那个人的情形尽量详细地讲一遍吗？”柏原直截了当地提出要求。

泰辅开始结结巴巴地讲起当时看到的一切。在一旁听着的功一不太明白这些话到底能起多大的作用。不就是一个穿着深色衣服、体形普通的男人突然从后门冲出来跑掉了吗，不知道年龄，也没听到声音。

果然，警察们都略显失望地离开了。

“哥，我要是再看仔细一些就好了……”泰辅十分沮丧。

“没事，有了画像很快就会抓到凶手。不是还有雨伞的线索吗？”

“雨伞？”

“凶手丢下了雨伞，肯定能查出什么。”

身后的拉门忽然开了。静奈扑过来抱住功一。

“我要报仇。要杀了害死爸妈的坏人。”

功一抚着妹妹的后背。“对，抓到凶手，我们三人一起杀了他。”

6

萩村一走进便利店的自动门，店长就一脸不耐烦。萩村对此只能报以苦笑。

“来多少次都一样。上次不是说了吗？你就别指望我了。”店长的眉毛两端朝下耷拉着。

“只是为了慎重起见才过来转一下，你不要有什么压力。”

店长拉开抽屉，拿出一张复印纸。上面是凶手的速写画像，是萩村几天前放在这里的。

“上次我也说了，那天夜里来买伞的人不是这样的，还要年轻一点。我也记不真切，都已经过了十天了。”

“也不必局限于买伞的顾客。只要想起和这画像长得有一点像的人，就立刻通知我们好了。”

“知道了。暂时没想出什么人来，如果想起来，我会跟你联系的。你姓萩村，对吧？我知道。”

一对情侣进来了。店长的态度明显表示没工夫陪警察闲聊。萩村道声“拜托了”，离开了便利店。

看看手表，已过了晚上十点。萩村心想，今天就到此为止吧。他抬手拦了辆出租车，落座后揉了揉小腿肚。他粗略地算了一下这几天走过的路程，不由得长叹一声。

回到横须贺警察局时，同事们正准备回家，却不见柏原的影子。萩村问了问前辈山边。

“柏原？说是去衣笠了。”

“噢？”

“那里有个人每星期都去有明洋食屋吃午饭，估计是找他去了。只知道他在某银行的衣笠分行工作，连名字都不知道，简直是大海捞针。”

“那人和画像上的人长得像吗？”

山边摇摇头：“是个胖胖的小个子，和画像一点都不像。大概柏原觉得他会有画像上那个人的线索吧。”

萩村点点头，表示理解。“哦。”

有明泰辅曾经目击到凶手，这已成为一条重要线索。许多侦查员手持画像走访调查，重点放在有明夫妇的社交圈和有明洋食屋的常客上。然而，十多天过去了，仍未发现可疑的人。

“可能押错宝了。”山边说，“可能画像并不像，或者根本就是与有明夫妇毫不相干的人干的。搜查一科那些家伙也没查出什么像样的东西，看来要打持久战了。”

有关有明夫妇负债累累这一点，也没找到确凿的证据。县警搜查一科原来以此为调查重点，可看他们最近两三天的动静，似乎又将重点转向走访调查。

“那边的情况怎么样了？图书馆的事。”萩村问道。

“是有人看到过老板娘的事吗？嗯，怎么说呢，我觉得没什么关系。”山边心不在焉地应付着，穿起上衣。他也准备回家了。

案发前一天白天，有人在附近的图书馆前看到了有明塔子。目击者是与她熟识的菜场老板，是开轻型卡车运菜时看到她的。他说当时塔子正要走进图书馆。

图书馆管理员却不记得塔子来过，也没找到她的借书记录。图书馆里也能看杂志和报纸，因此，普遍认为塔子去图书馆的目的或许就在于此。

“我先走了。”山边说着离开了。没过多久，柏原肩上搭着衣服走了进来，衬衫的腋下已经湿透。

柏原看见萩村，轻轻抬了抬手，接着将自己抛在椅子上。他从衬衫口袋中取出一支烟点燃，深深地吸了一口，再吐出来，但烟似乎不太好吸。这几天他明显消瘦了，脸色也不好。唯有双眼依然目光炯炯，毫无倦色。

“听说你去衣笠了。”萩村说。

柏原点点头，同时将烟灰缸拉到面前。“见到了一个信用金库的业务员。都说他是有明洋食屋的常客，可他自称只去过三次。捕风捉影的传言不可信啊。”

“那画像给他看了吗？”

“看了，说没印象。”柏原转了转脖子，萩村听到了关节的响声，“你那边怎么样？”

“一无所获，还是老一套，转转超市、便利店什么的。”

“可能不是当地人。”柏原叼着烟，在桌上摊开横须贺的地图，“如果是从外地过来的，从作案时间上看，凶手应该是开车来的。那么车停在哪儿了呢？”

“搜查一科的人已经看过附近停车场的监控录像。很遗憾，没发现长得像画像的人。”

“我要是凶手，可不会将车停在附近的停车场，当然，更不会停在路上。如果停在路上，不知什么时候附近的居民就会报警。应该停在远一点、更加安全的停车场。一天之中出入几千辆车、半夜三更开出开进都不被人怀疑的停车场。”柏原扫视了一下地图，目光停在一个地方，手指了上去，“譬如说，这里怎么样？”

荻村走到他身旁，看了看地图。柏原指的是汐入的一个大型超市。那个超市里就有好几家餐厅，还有电影院和游戏中心，自然，其停车场也是大型的。

“离作案地点很远，步行过去不累吗？”

“也不是走不到。还有一个地方，在这儿。”柏原指了指超市对面的一家大酒店。

“这里的停车场应该也很大。”

“直到地下三层呢。”

“停车费是机器自动收取的？”

“对，但出口处有人。”

“这就好，让他看看画像。”柏原立刻将刚点燃的香烟在烟灰缸中捻灭，抓过衣服站了起来。

“现在还去吗？”

“反正回家也无事可做。”柏原将上衣搭在肩上，朝门口走去。

“等等，我也去。”荻村追了上去。

他们在警察局门前拦了一辆出租车，首先奔向大酒店。柏原坐下后叠起双腿，手指敲打膝盖，眼望向车窗外，显得有些焦躁不安。

“那三兄妹，”柏原开口时，他们已快到大酒店了，“要被送进孤儿院了。”

“孤儿院？”

柏原微微点了点头。

“看来亲戚还是靠不住啊。没有血缘关系，平时又不来往，也难怪。可被送进那儿，孩子们也不光彩。”

“有明洋食屋会怎样？”

“不清楚。银行里欠着贷款，估计会被处理掉。”

“真遗憾啊……”

萩村心想，今后再也吃不到那里美味的红烩牛肉饭了。

看到泰辅要往纸箱里放坦克模型，功一一把夺了过来。

“你刚才不是已经放进去一个机动战士高达了吗？你忘了？只能带一个玩具。”

“可这是爸妈最后给我买的……”

“那就把高达留下。他们不是说了行李要尽量少嘛。”

“就带高达和这个，拜托！”泰辅双手合掌。

“不行，这点空间还是放短裤、袜子吧。没玩具不算什么，没穿的可就糟了。以后，没人给买了。”

泰辅伤心地垂下头，从纸箱里取出机动战士高达。他比较了一下高达和坦克，还是将高达放回纸箱，将坦克放到桌上。

功一从弟弟那里移开目光，关注起自己手头的工作来。他将内衣、西装、学习用品等放进纸箱。要将静奈的东西也放进去，所以数量较多。

静奈在床上躺着，不是在休息，而是在闹别扭。她最钟爱的东西有两件，布制的小兔和大象图案的枕头。可功一说只能带上一件，她为此大哭一场。

其实功一也想让弟弟妹妹将喜欢的东西全都带去，可他根本想象不出孤儿院里的生活是什么样，总不会每天都开开心心，估计很多事情都要加以克制。这时，心爱的玩具是能带来安慰，但功一觉得不能总依赖这些。相反，从现在起就该学会自我克制。如果这么一点不适都不能忍受，今后就更吃不消了——他有这样的预感。

送他们去孤儿院是大人们的决定，虽然也征求了他们的意见，但他们根本没有选择余地。

“和你们一样的孩子有很多。就算和你们的情况不同，也都是因为某种事故而突然失去父母的。有些被亲戚领了去，但大多数都去了孤儿院，可见，这也不是什么特别少见的事。很多人从那里出来后，在社会上一样大有作为。所以最重要的是，从那里出来后，人生道路该怎么走。”

班主任野口老师用既像说服又像劝慰的口吻对功一说道。功一听了心想，这些我都懂，比你还懂呢。

孤儿院那边告诉他们，一人只能带一个纸箱。东西带得太多，到那边也没地方放。三个人的衣服和学习用品已经几乎将三个纸箱撑得满满了。功一站起身，俯视着弟弟妹妹。

“到下面去，拿些爸妈的纪念品吧。每人两件，爸爸的一件，妈妈的一件。”

泰辅慢吞吞地站了起来，静奈依旧躺在床上。

功一叹了口气。

“静，你不去拿吗？以后再哭鼻子我可不管哦。只有今天，以后再也不回这儿了。”

静奈扔下抱着的玩具，终于下了床。

下了楼梯，三人一起走进父母的卧室。案发后，功一还是第一次细看这个房间。上次警察要求他进来时，他几乎连眼睛都无法睁开。

这间卧室也是他们全家的起居室，一日三餐都在这里吃。这里有一张可供五人围坐的矮饭桌、一个佛龛和一台电视机。壁橱中有个暖炉，到了冬天，就将它取出，将风扇塞进去。

双亲被杀时的痕迹已消失无踪。小学的老师和PTA（家长教师协会）成员在得到警察的许可后，已经将这里打扫得干干净净。尽管如此，功一还是觉得有一股血腥味，叫人难以忍受。

静奈走到妈妈的梳妆台前坐了下来，拿起口红和粉盒。功一回想起妹妹目不转睛地看妈妈化妆的情形。

“两个都带去吧。”功一说道。

“真的？不是说……”

“一个算我的，你帮我保管。”

静奈轻轻点了点头。

泰辅在看父亲的手表。那是块金色的旧表，父亲幸博经常对人吹嘘说，这是块高档表。

“这个，可以带去吗？”

“可以啊。”

“哥，你带什么？”

“我早想好了。”说着，功一拉开佛龛下的抽屉，里面有一个大笔记本——那个写有菜肴配方的笔记本。他取出来，哗哗地翻了一阵。有些发黄的纸上，密密麻麻地写满了字。

“只要有这个就不怕了。”功一对泰辅和静奈说，“我随时都可以给你们做爸爸的饭菜。”

7

刚过完新年，萩村觉得不祥的预感就要应验了。

洋食屋夫妇被杀一案已过了将近半年。不用说，仍未破案。侦查员根据最重要的线索——那张凶手的特征画像，问了近两千人，可仍未发现嫌疑人。

夫妇俩的欠债情况也依然不明。但案发前不久，他们都从各自的账户上取出了两百万，根据银行职员的证言，这两笔款额都是本人亲自提取的。

由于这笔钱不翼而飞，大家都怀疑是被凶手拿走了。取款后偶然被盗的说法似乎很难成立，应该是凶手得知夫妇俩准备好了现金，才在那天夜里行凶作案的。可谁会知道，他们又为何要准备那么多现金呢？

不知已在有明家周围走访了多少次，仍找不到这些问题的答案。

案发一个月后，调查人员开始急躁起来。大家都心知肚明，此类案件能否尽快解决，关键就在前期调查。调查结果一无所获，产生急躁情绪也就在所难免。

一天，搜查一科的一名警察疲惫不堪地回到局里，望着贴在墙上的画像，脱口道："这画真的像吗？"

荻村闻言顿时产生了一种不祥的预感——这案子恐怕永远都破不了了。

在搜查本部日益沉重的氛围中，新的一年开始了。就在警察局长通过广播发表新年致辞一星期后，辖区内又发生了命案。在横须贺高速公路入口旁的空地上发现一具年轻女子的尸体，有被强奸后用绳子之类的东西勒死的痕迹。一旁的草丛中，发现了疑似该女子的手提包，里面的钱包已被人掏空了。包中有驾照，被害人的身份因此很快得以查清。死者生前在附近的超市工作，在回家的路上遭身份不明者施暴并杀害。

荻村等人立即被召集起来，照例安排进行附近的走访调查。听了上司的安排，荻村心想，这下我和那件案子的缘分算是尽了。

洋食屋夫妇被杀案的搜查本部依然保留在横须贺警察局内，可侦查员已大幅削减，只剩二十余人。就连这也只是名义上的，在局里已经鲜有机会见到搜查一科的人了。

在一个寒冷的夜里，荻村和柏原走进一家关东煮店，那是在他们走访调查结束后回家的途中。超市女店员被杀一案已露出告破的曙光，警方逮捕了被害人的一个高中男同学。此人对被害人纠缠不休的事在同学中早已尽人皆知，而决定逮捕他的决定性证据，就是在被扔掉的手提包上鉴别出了他的指纹。

荻村不禁感叹道："要是所有的案子都能这样轻易告破该多好。"

柏原似乎立刻明白这感叹从何而发，他立刻问荻村是不是指有明的案子。

荻村边用一次性筷子夹碎土豆，边点点头。

"只有那张画像和也许是凶手留下的雨伞，证据确实不多。案发在深夜，也没有目击者。但怎么会什么都发现不了呢？明显是熟人作案，你不觉得只要调查一下有明夫妇周围的人，就肯定能发现线索吗？”

柏原一边往自己的杯子里倒啤酒，一边摇头。“可就是发现不了，又有什么办法？你知道我拿着那张画问过多少人吗？”

“知道。你比谁跑得都勤。正因为这样，你不觉得不甘心吗？”

“我敢肯定，凶手绝不是熟人，至少平时和那对夫妇没往来。那些人我全都调查过了，无一遗漏。”

“但如果不是熟人，半夜三更那对夫妇会招呼他进屋？”

“这一点确实令人费解，可我连老板娘以前的男人都找过了。”

“我知道，但还是一无所获。”

“是啊，仅仅是兜了个大圈子。”柏原喝了一大口啤酒。

案发两周后，调查有明夫妇人际关系的侦查员开始关注塔子的过去。他们在夫妇俩周边关系方面一无所获，就想到要调查两人的过去。这时，有一点引起了大家的注意——有明夫妇并未办理正式结婚手续，并且，双方都带着自己的孩子。功一和泰辅是有明幸博的儿子，他们的生身母亲在生下泰辅不久后病逝。静奈则是塔子的亲生女儿，户籍上没有注明生父，这意味着塔子是非婚生产。

塔子以前在横滨做酒吧女郎时结识了一个男人，然后有了静奈。听当时和塔子一起工作的女人说，那个男人是某公司的董事，已结婚生子。尽管这样，塔子还是选择生下孩子，独自抚养。

塔子本姓矢崎，静奈自然也该姓矢崎。学校同意她用有明这个姓，是考虑到如果她的姓与哥哥们的不一样，其他同学会觉得奇怪。

为什么有明幸博和矢崎塔子不办理正式结婚手续呢？答案就在塔子以前的男人，即静奈的父亲身上。

他说，在塔子决定要生下孩子时，他们约定，男方不认静奈，相应地，要支付一定金额的抚养费直到静奈成人。但有个附加条件，即只要塔子一结婚，他就从此无须支付。

看来塔子是因舍不得这笔钱而推迟办理了自己与幸博的结婚手续。或许幸博也觉得，既然如此，没必要匆匆办理结婚手续。

柏原去找那个人时，对方还说："我根本不知道塔子和开洋食屋的姘居上了。我上当了，付了不少钱。"可一查存折便知，这笔抚养费已停付一年多。

柏原也问过他，有没有将静奈领回去的打算。"开什么玩笑？"他一口回绝，"当时是因为塔子坚决要生，我才让步的。我并不想要这个孩子，也没见过她一面。再说，她到底是不是我的孩子也不是很清楚。"

柏原说过，听到这儿不由自主地想揍他。

从那人身上根本没发现丝毫与本案有关的信息，但几个对复杂人际关系颇感兴趣的侦查员还是紧盯了他很久，结果证明是徒劳。

"柏原，你知道吗？神奈川县警察局设置搜查本部后，最近的破案率几乎是百分之百，比东京、大阪高得多。"

"第一次听说。"

"有明这件案子会怎么样呢？"

柏原苦着脸歪了歪脖子。"谁知道？三年后，记得这案子的或许就只有你我和那些孩子了。"

萩村叹了口气。"不祥的预言。"

"我也不想说这种话啊。"柏原一口喝干啤酒。

很遗憾，这个预言不幸而言中了。只一年后，局里就已无人提起这个案子，县警本部那里还在继续调查，但萩村他们已听不到任何进展了。

又过了一段日子，那三兄妹也几乎从萩村的记忆中消失了。

被人摇了摇肩膀，泰辅清醒过来。他瞪大眼睛看看四周，见哥哥功一正站在身旁。

“你在干吗？不是叫你赶紧做完功课吗？”

“啊……我睡着了。”泰辅吸了吸口水，看到桌上摊开着的本子已被唾沫打湿。

“真拿你没办法，等会儿我来帮你做吧。”

“真的？ Lucky。”

“只有今晚啊。喂，你快点准备。”

“早准备好了，从昨天就开始准备了。”

泰辅沿梯子爬到上铺，他睡上铺，功一睡下铺。他们从来到孤儿院时就这样，从未改变过。

泰辅提着帆布包下来时，功一正好拉开另一张床下铺的帘子。里面有个胖胖的男孩开着台灯在看漫画。

“强志，白天和你说过，我和泰辅要出去了。还是和以前一样，拜托了。”

男孩眨了眨圆圆的眼睛。“深更半夜的去哪儿啊？被发现了可是会挨骂哦。”

“你别管了。成功了请你吃面条。”

强志高兴地点了点头。他是个贪吃鬼，食堂里的阿姨对他特别照顾，给他盛饭时都会预先准备大碗。

功一开窗看了看外面的动静，又回头看向泰辅，对他点点头。“OK，现在正是机会。”

泰辅将手伸到床底，拖出藏在那里的塑料登山绳。记得第一次用它是在初二，当时还很害怕，现在已驾轻就熟。

戴着手套的功一将登山绳绕过床脚，剩余的部分扔出窗外，然后将固定在腰上、称作八字环的登山用具套在登山绳上，敏捷地跳上窗框。“我先下了。”说着，他脸朝建筑物轻快地滑了下去。

"真厉害！"强志发出钦佩的感叹声。

我也很厉害，泰辅这样想着也跳上了窗框。那里距地面约有五米。泰辅严格遵循尽量不朝下看的原则，不甚灵巧地向下滑去。八字环的用法自然也是跟功一学的。

平安落地后，他朝正往下看的强志挥了挥手。强志开始收登山绳。

"不知静那边顺不顺利。"泰辅说道。

"她没问题。"说着，功一抬腿便走。

他们沿着房屋走到一个自行车停放处。静奈已经等在那里了，她身穿运动衫，上身罩了一件对襟毛衣。

"真慢，都快冻僵了。"

"你真早啊。"泰辅说，"从哪儿出来的？"

"我才不用你们那种原始方式呢。"

"对河立抛媚眼了吧。"功一怪笑道，"才初一的小女孩。"

河立是大学生志愿者，来这里负责夜间的保卫工作。

"嗯，怎么说好呢。还是快走吧，天这么冷。"

功一和泰辅推出了各自的自行车，都是功一弄来的。功一说是用打工的钱买的旧车，可真相如何不得而知。那些辅导员只要没有掌握偷盗的证据也不会多说。

功一让静奈坐在后座上，开始蹬了起来，泰辅紧随其后。这种情形，即便自己不想，往事也会自然浮现在眼前，十分悲惨的往事。因此，在听了功一的计划后，泰辅并不想去。功一对他说："别逃避。逃避没好处，反正没人帮你。我们应该再回那里一次，从那儿重新开始。"

功一已经高三了，明年春天必须离开这个孤儿院。他说在离开之前，这件事必须做。

三人在目的地附近的草丛下了自行车，随即仰躺在地。

“狮子座流星雨，是狮子座的星星变成了流星吗？”静奈问。

“哪有这种事。其实和狮子座基本上没有关系，只是看得见流星的方位上正巧有狮子座而已。”

听了功一的解释，静奈咕哝了一声：“这样啊，没劲。”

空中无云，与那天夜里截然不同。眼睛习惯黑暗后，只见天上繁星点点，就像一只巨大的天象仪。

仿佛要挽回那个噩梦般的夜晚似的，一颗颗流星不断划破漆黑的夜空。“哇！”静奈情不自禁地欢呼起来。

泰辅却一言不发。眼前的景象实在太美了，美得他发不出声来，眼泪却不知为何夺眶而出。

“其实，”功一说，“我们也像流星一样。”

泰辅不明其意，依然默不作声。

功一继续说：“毫无目标地飞逝而去，也不知在何处燃烧殆尽。不过——”功一顿了顿又说，“我们三人是紧密相联的。不论何时，都会有一根纽带将我们连在一起。所以，什么都不用怕。”

8

时针指到两点整，南田志穗走上楼梯，出现在咖啡店里。她瞪大眼睛环视四周，立刻发现了高山。她嫣然一笑，朝他走去。

志穗身穿灰色套装。身材高挑的她即便穿着普通的裙子，腿部也显得十分修长。这一点令高山很着迷。

“不好意思，等很久了吧？”

“没有，我也刚来，还什么都没点呢。”

“那太好了。”

志穗取下单肩挎包，在高山对面落座，随即又像是想起什么似的站了起来。

“我们还是并排坐吧。”

“呃，是吗？”

“不是要一起听他讲解吗？”说着，她毫不犹豫地坐到高山身旁。顿时，高山感到一股花朵般的芬芳扑鼻而来。

志穗叫住服务生，点了一杯皇家奶茶。高山要了咖啡。

“点贵一些的。”志穗说。

“为什么？”

“反正对方买单，用不着客气。我们肯听他讲就不错了。”

“话是这么说……”

高山拿过菜单，浏览着饮料的价格。志穗点的皇家奶茶确实比咖啡贵些，但也仅仅贵了二百元。她这种占了一点点便宜就沾沾自喜的小市民心态，又让高山心跳加快。

“今天真是不好意思。”志穗双手合十，“把你拖进这种莫名其妙的事情。”

“哪里，你别老挂在心上。银行的利息这么低，我正想做点别的什么呢，这下正合适。”

“你这么说，我就没心理负担了。我唯独不想给久伸你添麻烦。”

“不用说这种客气话了吧。”高山伸手端起咖啡，润了润喉咙。听她直呼自己的名字，高山的心怦怦直跳。

“那人可真是慢啊。让我们等这么久，搞什么名堂嘛。”志穗刚说完，就“啊”了一声，站起身来。

她走到几米远的一张桌子旁，那里有一个身穿褐色西装的男子背朝这边坐着。志穗绕到那人面前，扑哧一声笑了出来。

“前辈，你在这儿干吗？我们一直在那边。”

“啊？”那男子回过头来，看到高山，慌忙站起身来。“哎呀，不好意思。真是失礼。”他夹起公务包，双手端起冰咖啡和账单，移到二人桌旁。

“前辈，你什么时候来的？”

“呃，好像我来的时候他已经坐在那里了。”高山说。

“是吗？我没注意，真不好意思。我以为您会和南田小姐一起来呢。”

“可我进来的时候，你也没发觉吗？”

听了志穗的指摘，那人似乎无地自容了。“唉，我真没用。”

“正因为这样，银行的指标才老完不成吧？”

“不说这个了。”那人站着从西装内袋掏出名片，“呃，估计您已经听南田小姐说过了，我是做这行的。”

他的名片上印着“三协银行日本桥支行营业部小宫康志”。

高山在三协银行也开有户头，志穗似乎就是记得这个，这次才找上他。她说大学的前辈完不成指标，很发愁，希望自己可以帮上忙。

“这次真的要好好感谢您，帮了大忙。”小宫不住地点头哈腰。

“先坐吧，这么站着太引人注目了。”志穗说道。

“啊，那不好意思了。”小宫这才落座。

他的外表一眼望去便给人一种银行职员的印象。头发分得一清二楚，梳得纹丝不乱。金丝边眼镜并不显得过分时髦，领带的颜色也十分朴素。他不太高，可坐姿却显得很高，估计是脊梁挺得笔直的缘故。高山见对方是个一丝不苟的人，心里松了口气。他不太擅长和陌生人打交道。

“前辈，我还没对他详细说明呢。其实，我也不是太懂，你再解释一下吧。”

“啊，那是当然。下面就让我来进行说明。”小宫从包中取出一张纸，放在高山和志穗面前，“呃，这次要介绍的是以美元计价的债权，是由欧洲金融公社操作的。期限约为两年，年利率以美元计算是百分之四点三。”

“期限两年，就是说在两年内不能解约了？”

“可以解约，但那样本金就不受保障了。说到底，是将顾客的存款用于各种各样的投资并获取收益，如投资不善也可能带来亏损。而如果能等到期满，本金和利息都会如数奉还。”

“那个，叫什么金融公社的公司靠得住吗？不会倒闭吧？”志穗用怀疑的口吻问道。

“这世上没有绝对不倒闭的公司。”说着小宫翻开笔记本，“嗯，对于这些企业是有评级的。”

根据小宫的说法，穆迪将其评为Aaa，而S&P将其评为AAA。高山听得一头雾水，但总之这是家不错的公司。

志穗又问了几个问题，小宫一一认真解答。他是志穗大学里的前辈，却一点也不趾高气扬，相反，他对志穗说话竟然使用敬语，这种诚恳的态度使高山对他很有好感，心想把钱交给这样的人可以放心。其实，高山在一旁听他们你一言我一语说得热闹，可这款产品到底是怎么回事，他全然摸不着头脑。他对金融一窍不通。

“怎么样？听到现在，我觉得好像没什么问题。”志穗问高山。

“行啊，全权委托给你了。”高山答道。“全权委托”的说法中有一种将志穗作为投资伙伴的味道，他喜不自禁。

“最低额是二百万？”志穗问。

“若能这样，真是万分感谢。”

“我在电话里也说了，我只拿得出五十万，其余由他来承担。这样也行吧？”

“当然没有问题，但只能以一个人的名义。”

“那就以他的名义开户好了。”

“明白了。只不过这样一来，两年后期满时将会连本带利全部汇入高山先生的账户，这也没有问题吧？”小宫轮流看着高山和志穗的脸，确认道。

“一点问题都没有。”志穗立刻答道，“之后的事我们会自己解决。再说到那时会怎么样还不知道呢，说不定我的存款会全部转到久伸的户头上去。”

高山顿时觉得体温开始上升。他不由自主地看了看志穗的脸，可从她的表情来看，她似乎并不是在说一个重大的决定。“是吧？”志穗问他。

“是啊。”他声音有些沙哑。

“那么，虽说在这种场合有些不太合适，我们还是办一下手续吧。”

首先，是在合同上签字、盖章。接着，在银行的发还申请书上也是这般做了一遍。填写金额时，高山抬起头来说：“要不，由我全额承担吧。”

“您的意思是……”

“两百万全都从我的存款中转好了。这样不就没这么多麻烦了吗？”他看着身旁的志穗。

志穗也在填写发还申请书，她申请的金额是五十万。

“这个……对我来说无所谓。”

“不行。”志穗用严肃的口吻说，“不能只麻烦你一人。这事是我提议的，我当然也应该出钱。”

“可是——”

志穗还是摇头。“我不同意。按理说，我们应该各自承担一半的。”

高山苦笑着叹了口气。“知道了。你真是顽固啊。”

“在钱上我决不含糊。”说完，她继续填写。

文件办妥后，高山和志穗将各自的存折交给小宫。小宫在收据上签了字，递给他们。

“能等上约二十分钟吗？我马上办理手续。”小宫夹着公文包站起身来。

“走好。”志穗轻轻挥了挥手。

小宫朝楼梯走了几步，很快又折了回来，满脸歉意地看着高山。“忘了件重要的事。不好意思，您带保险证了吗？”

“健康保险证？听她说了，带着呐。”高山从上衣口袋中取出，递了过去。

“为什么一定要这玩意儿？”志穗颇为不满地问道。

“不好意思，最近越来越烦琐了。”

小宫走后，志穗又要了杯橙汁。“你也再要些什么吧。”

“不用了，咖啡还没喝完呢。”

“真不好意思，要你做这种勉为其难的事。”

“没关系，我也认可。这个还真挺不错的，让存款这么闲着怪可惜的。”

“多谢了。”志穗嫣然一笑。

和志穗相识还不到一个月，但通过这件事，高山觉得两人的距离一下近了许多。他自然也知道求婚为时尚早，但他有一种预感：只要将现在的状态维持下去，必定心想事成。

这样的美人要是——高山呆呆地凝视着在身旁喝着橙汁的志穗。光这么看看，他已经觉得很幸福了。

“你怎么了？”志穗察觉了他的目光，眨着眼睛问道。

“啊，没、没什么。”高山赶紧移开视线。按他的性格，是说不出“看你看呆了”这种话的。

小宫满头大汗地回来了。

“久等了。先把存折还给你们，请确认余额。”说着，他从公文包中取出两本存折，分别放到高山和志穗面前。

高山伸手取过存折，翻开一看，上面的确少了一百五十万。

“还有保险证，非常感谢。约一周后应该有证券寄到高山先生处。如有什么问题，请与我联系。”小宫毕恭毕敬地说道。

“前辈，你的指标完成了吗？”志穗问道。

小宫脸色舒缓地点点头。“真是帮了我大忙了。”

“以后可别来找我帮忙了哦。”

“不好意思，我肯定会感谢你的。”小宫拿起桌上的账单，站起身来，“那我告辞了。今天真是非常感谢，今后也请多多关照三协银行。”

小宫鞠了好多次躬才转身离去。高山笑着目送他远去。

“是个好人啊。”他说道。

“所以老是完不成指标嘛。他做不出那种强加于人的事来。”志穗看了看手表，面露惊讶之色。“不好！已经这么晚了，我得走了。”

“是上班时溜出来的吗？”

“下面还要开会呢。久伸，你再坐会儿。”

“不了，我也要走了。”

高山在店门前的路上拦了辆出租车。目送车离去后，志穗迈步前行。不一会儿，放在包中的手机响了。

“喂。”

“客人的心情怎么样？”

“极佳。一切顺利。”她一面说一面环视四周，泰辅正站在交叉路口斜对面，褐色西装，金丝边眼镜，一身银行职员打扮。

“一个月一百五十万，生意也太小了吧。”

“没法子，哥就是这么定的。另外的五十万再想办法。”

“你能行。那小子像是对你着了魔。”

“这还用说吗？我是谁啊。”

泰辅脸上露出了贼贼的坏笑。“挂了，一会儿再说。”

“好的。”静奈挂断电话，朝泰辅轻轻挥了挥手。

9

乘地铁在东西线门前町站下车，沿葛西桥大道又走上一小段，就进入了一幢离汽车销售店不远的灰色公寓楼。这幢楼建成的年代久远，在现在这个年代居然还没有门禁。

沿楼梯来到三楼，在三〇五室门前站定。门的上部装着一个米粒大小的发光二极管。确认那里没有发亮后，泰辅才掏出钥匙。功一在安装这东西时定下规矩，若发现它亮着，必须立刻掉头离开，这说明屋里有人埋伏。

不仅是警察，要找他们的人多着呢。

里面只有一个大房间，空空荡荡。虽放着两张单人床，功一的工作区的面积仍得到了充分保证。餐桌、沙发等一般家庭必备的家具在这里一件也看不到。

功一正坐在电脑桌前。他怕热，在室内通常只穿着宽松的套衫。

“看来进展很顺利。”功一眼睛依然盯着电脑屏幕。

“静来电话了？”泰辅脱去上衣，边解领带边在床上坐下。

“嗯。说是去一下小石川那边就过来。”

“小石川？”泰辅随即又点点头，“那个老师啊。”

“人家说了，要商量一下旅行的事，让她到学校附近去一趟。这老师真够呛，课间那么点时间还忙着给女人打电话。”

“就是静以前说过的什么温泉旅行吗？”

“应该是吧。”

“哥，你让她去？”

“怎么可能？”功一将椅子转了一下，拿起旁边放着的一个信封，扔到泰辅身边。

泰辅打开看了看，里面装着美元债权证券。自然是冒牌货。户主名为高山久伸，面额为二百万。

“做得不错吧？”功一诡笑道。

“虽说每次都这样干，可我还是由衷地感到钦佩。没人以为这是假的。”

“下星期照老规矩给他寄出去。”

“这样就两年太平……了吧。”

“要是那样，自然没话说。只希望高山不要出现什么紧急开销。”

“他的账户上还有五百万，据说还另有存款，所以没有什么特殊情况，估计不会考虑解约这种麻烦事。”

“应该是吧。再说也正因为是这么个家伙，我们才瞄上他的。”

功一举起双手伸了个懒腰。裸露的肩膀肌肉隆起，相当结实。

针对高山久伸的这次“美元债权方案”是他们成功的硕果之一。不用强迫就能让对方乖乖掏钱，并且对方要很久以后才会发觉上当。

难点在于金额不能过大。现在的银行即便对两百万以下金额的提款业务，有时也要求必须证明本人身份，所以才要借用高山的健康保险证。但仅凭健康保险证提取两百万以上的金额还是有些困难，因为那上面没有照片。

高山说自己全额支付时，静奈坚决反对，也源于此。泰辅觉得有些遗憾，心想，若是在不需要本人确认的时期，别说两百万了，五百万也能轻松到手。

“对了，宝贵的营业货款该上缴了。”说着，泰辅拖过身边的公文包。

他取出一个银行的信封放在功一面前，长出一口气。这一瞬间他稍稍有些自豪。

功一瞄了瞄信封里面，点了点头。“剩下的五十万，就看静的表演了。”

“她信心十足，还说‘我是谁啊’。”泰辅想起了和静奈的通话。

“她一定行。”功一笑道。

已经从高山那里拿走一百五十万了，再让他拿出五十万只是小事一桩。只要静奈对高山说“有急用，还我那五十万吧”就行。高山只出了一百五十万，却拿到了两百万的债券，心里应该很踏实，所以会毫无顾虑地给静奈五十万的。当然，这一切要以不使他发觉上当为前提。

这一系列手法是功一想出来的，泰辅心下极为佩服。

“哥，你在干什么？”泰辅边换衣服边问。

“收集下一个目标的信息。”功一对着电脑说。

“目标定了吗？”

“差不多。”

“什么样的？是医生吗？”

“不是。别急，等静来了再告诉你们。”

“不管是什么人，肯定是有钱的吧。”

“那还用说？我们只对钱多得发愁的家伙下手。”

“我要扮演什么角色？又是银行职员？”

“不，这次你要当个珠宝商。”

“咦？这可是头一回。”

“你需要埋头苦学，因为要让人买下价值一千万的钻石。”

泰辅顿时瞪大眼睛。“真的？”

“剧本过会儿再写。总之，我想干票大的。”

泰辅用右拳打了一下左掌心，站起身来，打开冰箱拿出一罐啤酒，拉掉拉环。“一千万啊，这可得拿出点干劲来。”说着，他将啤酒倒进嘴里。

他们的诈骗活动从三年前开始，起因是刚从孤儿院出来的静奈上了资质营销的当。

当时，功一在一个小设计所里打工，这份工作是高中毕业后就读的专科学校的前辈介绍的。泰辅则不停更换打工场所，是所谓的自由职业者，听起来似乎还不错，其实他是在哪里也干不长。他们俩住在一起，后来，静奈也挤了进来。她在一家小饭店打工，无力独自生活。

一天，静奈正在购物，一个女人走到她身旁。那人穿戴不俗，约三十岁。她对静奈说：“你太符合我的理想标准了，所以不由自主地就跟你打了招呼。”她请静奈去喝茶，说有事相商，只需三十分钟即可。

那人自称是美容护肤指导，工作之一就是向各地的美容沙龙推荐优秀的美容师，因此，一直在物色优秀人才。

照她的说法，她要找的所谓优秀人才，主要就是年轻美丽的姑娘，因为美容师如果不美，客人就无法信任这家美容沙龙。这似乎很有说服力。

静奈一听就动了心，心想做个美容师也不错，加上自己的美貌受到认可，不觉有些飘飘然。

然而，事情没那么简单，静奈并不能立即就胜任美容沙龙的工作。那女人说去上班前，首先必须取得相应的资格证书。只要通过看录像和学习教材，考试合格，能去上班的地方到处都有。整套教材约三十万。当时的静奈自然无力支付，便采取银行按揭的方法。

静奈未将此事告诉功一和泰辅。倒不是怕被他们骂，她想悄悄地考取资格证让哥哥们大吃一惊，说穿了就是孩子气。

但三人一起生活，要想老藏着教材、录像带什么的难上加难。泰辅还好说，要想瞒过感觉敏锐的功一就没那么容易。果然，不久就被他发觉了。功一立即看透了事情的真相。

“你上当了。”功一平静地讲起资质营销：先让人用很贵的价格买下教材，在最初的一两月内像模像样地寄来教材，但之后就再也联系不上。所谓介绍工作纯粹是胡说八道。

静奈刚开始听时，脸上只有一点点玩笑被揭穿时的尴尬，可听着听着，脸色就发白了。她意识到自己中了圈套。

“我去解除合约，把钱要回来。”

功一听了直摇头。“没用，冻结期早过了。”

“那我去报警，说被人诈骗了。”

“警察才不管这个。能去的只有消费者协会。”

“那我去那里。”

“算了吧，去了也是浪费时间。消费者协会如果也联系不上对方，又能怎么样？”

静奈哭丧着脸，垂头丧气地说：“那该怎么办？难道就只好自认倒霉？”

“这就不对了。”泰辅插了进来，“这算怎么回事？为什么只能自认倒霉？哥，你不觉得窝囊吗？”

“你给我闭嘴！”

“能闭嘴吗？三十万啊，是个大数目。为什么静为这种破事还要分期付款？”

“你真烦！”

“我咽不下这口气，不甘心。”

功一挠着脑袋，叹了口气，望着泰辅：“谁说自认倒霉了？我可没说过这种话。”

“可是……”

“关键是要回那三十万，不是吗？”

“可你不是说不可能了吗？”

“要从对方手里要回钱是很困难。就算有可能，也要大费周章。”

“那上哪儿要回来呢？”

功一冷哼一声，轮流看了看弟弟和妹妹。

“你们知道有句话叫作‘钱财乃天下流转之物’吗？就是说，钱不会老停在一个地方，而是在各种人手里流来流去。静的钱流到了那家伙手里，再从别的地方取回来就是了。”

“到哪里要回来呢？”

泰辅一问，功一翘起嘴角，笑道：“是啊，去哪里要回来呢？”

他随即说出的方案让泰辅和静奈目瞪口呆——他要用同样的手法对别人实施资质营销。

“这个世界只有骗人和被骗。你们看看政治家、官僚，不都是在欺骗国民，中饱私囊？可明知是这样，国民就起来暴动了？没有吧，都死心了不是？所以，只要干得巧妙就是赢家。被骗了就去骗回来，同样，被我们骗了的人，如果不甘心吃亏，也可以再去骗别人。”

“像打牌抽王八一样啊。”泰辅说。

功一点点头。“正是。”

功一让静奈仔细再现被骗的情形，之后又加以分析，写出剧本。他让静奈和泰辅排练了好几遍，并且用设计师事务所的包装材料将静奈上当买来的教材重新包装得崭新锃亮。

接下来就是上街寻找目标了。目标就是对容貌有一定的自信、不满现状、对将来又茫然不知所措、内心充满不安的年轻姑娘——就像上当的静奈。

泰辅觉得文静大方的女孩好骗，可立刻遭到静奈的否定。

“还是找自以为是的那种好，绝对好骗。”

“跟你一个类型的？”

“是的。”静奈略带懊恼地点点头。

他们选中了一个在有乐町百货商场购物的年轻姑娘。从她挑选化妆品的情形，他们认定她肯定很关心美容。

静奈上前招呼，请她去咖啡店。根据自己上当受骗的经验，静奈成功地蛊惑住对方。紧接着泰辅出场，他煞有介事地拿着一个装有教材的纸袋。

“教材急缺，目前只保证有一套。如果能今天就签约，现在就可以给您。”

这句台词起到了一锤定音的效果，对方立刻同意签约。泰辅和静奈随即将她带到消费者金融的营业所，当场让她借了三十万。那女孩丝毫没有起疑，从泰辅手中接过教材，开心地回家去了。

数日后，静奈又收到一份唬人的教材。与第一个月拿到的相比，这份教材的内容更加贫乏。自然，他们也把这份教材转寄给了那个姑娘。正如功一预言的那样，这份教材就是接到的最后一份。因此，他们后来也没什么东西可转寄了。

“真险啊，还真是被人骗了。”静奈咬着嘴唇说道，“多亏了大哥，要不真只能有苦难言了。”

功一竖起大拇指，得意扬扬地说：“只要我们三人齐心协力，这只是小事一桩。”

10

泰辅正在做晚饭，随着一声开门的声响，静奈进了房间。

“晚上好。”她哼了两声，望着泰辅苦笑道，“又是咖喱？就不能换换花样吗？”

“换了，今天是蔬菜咖喱。”

“这算什么呀？不就是扔了些冰箱里的存货进去吗？轮到功一哥做饭的星期，我每次来这里都满怀期待。”静奈在床上坐下，将包和纸袋扔到一旁，“啊，累死了。”

依然坐在电脑前的功一将身体转向静奈，盘起双腿。“老师的心情怎样？”

“还能不好吗？我都招之即来了。”

“旅行商量得如何？”

静奈厌烦地点了点头。“说要观赏红叶就得赶早，还准备了一大堆景点介绍，看中了那种每个房间都能泡露天温泉的宾馆。”

“时间呢？”

“下个月的第二个星期。”

功一望向贴在墙上的日历。“只有三个星期了。”

“那就赶快决定吧。”泰辅慢慢地搅拌着锅里的东西，“那个中学老师存款没我们预想的那么多。五十来万得赶紧弄到手啊，就用生命保险那招就行了吧。”

功一抱着胳膊，看着静奈问道：“到目前为止，感觉如何？”

静奈皱了皱眉头，歪着脖子说：“不好说。功一哥说得不错，这人极小气，警戒心也强，他似乎已经怀疑我对他这么热情是为了推销保险。”

“哦，不过事实也是如此。”功一的表情略微柔和了些。

在对高山久伸采取行动的同时，他们三人也盯上了这个单身教师。此人在小石川初中教理科，三十五岁，是静奈在九月的一个相亲会上发现的目标。功一经过详细调查，作出了“C 级”的判断。一百万以上是没有指望了，但还有实施行动的价值。如果能骗到一百万以上，就是“B 级”，高山久伸即属此类。上限无法预计的是“A 级”，这样的目标，至今为止只出现过两个。

“感觉只要跟他去温泉，他就会爽快地拿钱出来。”静奈说。

“喂。”泰辅粗声粗气地喊了一声，“不是说好不使这种手段的吗？”

“知道，说说而已。”

“不能拿这种事开玩笑。我们不论到什么时候——”

“也不让我去卖身，对吧？知道了，别说了，烦不烦啊？”静奈不耐烦地挥了挥手。

想说的话被人抢了先，泰辅无言以对。他看了功一一眼，见他慢慢地眨眨眼，点点头，好像在说：放心，规定没有变。于是，泰辅又将注意力放到咖喱饭上。

“钱财乃天下流转之物，那就让它流到我们这儿来吧。”这是他们正式开始诈骗活动时的口号。但那时功一就作出了几项规定，其中之一就是决不利用静奈的身体。他说，要是让自己的妹妹去卖身，那还算男人吗？不如死了算了。

自然，泰辅也有同感。他说如果那样还不如自己去找富婆呢。

“不行，这不也是卖身吗？我们不搞这一套，我们凭的是诈骗技巧。”功一斩钉截铁地说。

当时哥哥的话至今仍在泰辅耳边回响，他知道功一是不会让静奈跟人去旅行的，可最叫人担心的却正是静奈本人。她一遇上困难，行动没有进展时，就说些“算了，让我豁出去吧”之类的话。虽然她只是说说而已，可泰辅听了也觉得受不了。静奈还自作主张地定下“接吻和让人隔着衣服摸摸胸没关系”的规定。

抱着胳膊沉思良久的功一开口了。“抓紧时间，在本月内解决他，就用五十万保险的方案向他诉苦，说你要完不成保险公司的指标了。”

“这能行吗？”静奈歪了歪脑袋。

“再加上吃醋战术。泰辅，该你上场了。”

“行啊。”

“如果这样还不上钩，就撤退。本来就是个C级，不值得花太多的时间和精力。再说，我们还有个大行动呢。”

“大行动？”静奈的表情顿时生动起来。每当有新行动，她总是如此。

“具体内容吃了饭再说。过于兴奋会影响消化，不好。”功一颇有深意地摸了摸下巴。

做饭是住在这里的功一和泰辅的任务，采取轮班制，每人做一个星期。静奈租的公寓在日本桥的滨町，平时她住在那儿，房间里没有任何与两个哥哥有关的东西。这里也一样，丝毫没有能证明她出入过的东西。

如今，功一已不干设计师事务所的工作，但这方面的事也没有全部停下来，他以个人名义接了一些下包的活儿，理由是设计方面的人脉对主业有帮助。

所谓主业，就是诈骗。

静奈上了资质营销的当后，三人商量决定从别人那里将损失夺回来，那时还没人说要以此为主业。但事实证明，只要三人齐心协力，骗钱似乎并不困难，至少泰辅又再次感觉到了将他们三人维系在一起的纽带的力量。

有一件事促使他们下决心要充分发挥这种力量——令人难以置信，功一被骗了！

在一次长假结束后，功一如常去设计师事务所上班，一进屋却发现里面空空如也。数码相机、电脑、复印机、色彩样本、油墨、纸张、铅笔、圆珠笔、面纸、烟灰缸统统不翼而飞。不，只留下了一样东西——房间的钥匙。它孤零零地被放在百叶窗已被拆走的窗台上。

功一后来说，当时他根本不知道出了什么事。泰辅听后心想，那是自然，工作场所里的东西一下子蒸发了，谁遇上这种事都会不知所措。

不用说，事务所的老板也不知去向。同时，好像已成了定律般，债主蜂拥而至，个个面目狰狞。这时，功一才知道事务所欠了这么多债。

债主们气势汹汹地对功一发难，功一无言以对。他自己也是个受害者，不光丢了工作，还被拖欠了两个月的工资。此外，自己花四十多万刚买了不久的数码摄像机也没了影子。肯定是一开始就打算要逃跑，当初才故意鼓动功一要拥有自己的专用器材。

一些已预收报酬的工作尚未完成，其中有一些合约由功一负责签订，结果对方以此为据，要求他退还款项。

功一无计可施，只得保证自己承接的工作一定干完。他央求相识的设计师出借器材继续工作。自然，一切费用都由他承担，靠泰辅和静奈打工所得予以支付。

全部完成时，功一的体重骤减了四公斤。

“我现在谁都不相信了。”脸颊瘦削的功一对泰辅和静奈说，“能相信的只有你们。明知世道奸诈，却仍落到这步田地，我真是无地自容。今后决不再犯相同的错误。”

“这不是你的错。”泰辅说，“遇上骗子也没办法，没什么好难为情的。”

可功一依然目光决绝，神情愈发严峻，说：“以前我也说过，这世上要么骗人要么被人骗。明知这样，我还是被人骗了，真是个大傻瓜。还连累了你们，简直是做长兄的耻辱。”

这时，静奈将手放到垂头丧气的功一肩上，说：“既然如此，功一哥，我们骗人好了。”

功一抬头望向她。泰辅也紧盯着妹妹，听不懂她在说些什么。

“太不公平了，凭什么我们就得不幸呢？父母被人杀了，家里也待不下去。房子被卖，钱却被亲戚们拿走。我们三人好不容易相依为命地生活，还不断被人骗。功一哥，我们老被人骗，太傻了，既然这样，干脆去骗人。”

“骗人？什么意思？”泰辅问。

“我被人骗走了钱，你们不是帮我拿回来了吗？我们干得不是非常漂亮吗？就那么干，多干几次，多骗些钱来不就行了？”

“你胡说些什么？是吧，哥？”

功一却没点头。他低垂着脑袋，一动不动，默不作声。

一周后，设计师事务所的老板被人找到了。可是，他已经变成秋田县男鹿半岛的一具尸体。他自己了结了生命，还留下一封遗书。

事务所的老板投资了一家新的IT企业，准备在公司成立后负责设计部门。他押上了所有财产，并以人生为赌注，可公司却毫无启动的迹象，邀他投资的人也不见踪影，留给他的只有巨额债务和绝望。他扔下事务所一走了之，却已没有生活下去的勇气，便决定自杀。

估计这消息起了决定性的作用，不久，功一就像发表宣言似的说："我们要骗人，再也不受窝囊气了。"

静奈闻言双手握紧拳头，泰辅也频频点头。他们觉得，既然功一说到这份儿上了，那就是自己最好的出路。

"我们最有力的武器就是静奈的美貌，不加以利用就一无所长。这世上钱多得发愁而身边缺女人的男人到处都是，我们就瞄准他们，不骗穷人，这也是规定之一。"功一说。

并未经过特别的协商，三人不觉间自然而然地有了分工。功一负责制订方案和调查，泰辅和静奈则加以实施。

基本套路是：静奈勾引男人，收网骗钱时泰辅再出场。

三兄妹的"新事业"进展得相当顺利。静奈不仅容貌秀丽，而且天生具有俘虏男人的本领。只须说上几句话，基本就能看出目标喜欢哪种类型的女人。

至于泰辅，用功一和静奈的话来说，是"模仿天才"，保险推销员、银行职员、占卜师、棒球选手、陪酒男公关，演什么像什么。而且，只要演上某种角色，怎么看他都不可能是干别的工作的。

"要是去当演员，说不定现在已经去好莱坞了。"静奈甚至曾这样说过。

泰辅并没觉得有什么特别，只是想尽量扮得像一些，不连累他们。事实上，他从这份"工作"中看到了自己的价值，体会到了乐趣。一想到下次自己要变成什么样的人，他就兴奋不已。研究怎样才能扮得像的过程也充满了乐趣。此前，他换过很多工作，从未像现在这样感到充实。

三人吃过咖喱饭后，功一拿出一份文件。

“啊，终于要开始下一个行动了。”

“别卖关子，快说吧。”静奈噘起小嘴。

“这次的目标是他。”功一将文件放到玻璃桌上。

文件上附有照片。是个尖下巴的男人，称不上奶油小生，长得倒也不俗。

“比以前的目标帅多了。”静奈说。

“他叫户神行成，连锁餐饮店的少东家。”

“一千万的钻石就是要卖给他？”泰辅问道。

“没错。”功一开心地摸着下巴，“绝对叫他买下。当然，这颗钻石，应该是静奈从户神行成那里得到的礼物。”

静奈舔了舔嘴唇，竖起大拇指。“斗志十足。”

11

川野武雄开始在桌上摆开介绍资料，简直像个旅行社的业务员。接着，他又放上一张报告用纸，上面有许多手写的数字。

“经过多方调查，我觉得还是箱根比较好。考虑到交通便利的问题，这三家宾馆较为合适，档次可以，饭菜似乎也不错，费用也差不多。经过比较，大概就是这样。”川野将报告用纸推到静奈面前。

上面写的似乎是投宿这三家宾馆的费用比较。按说费用都是川野承担，没有必要给静奈看。估计是想让对方知道，我为了你要花掉这么多钱吧。正因如此，你才不讨姑娘喜欢，静奈心中暗骂。

自然，心里话不能说出来。她朝川野嫣然一笑：“哇，看起来都很棒哎。”

“那么，就交给我吧。”

“嗯，没问题。只是，不知道能不能请出假来。”

川野一听沉下脸来。“可我们是周六、周日去啊……”

静奈摇了摇头。“我是跑外勤的，没有什么周六、周日。客户都有工作，要想和他们好好沟通，就只能利用周末了。”

“唔……”川野面露不悦。微秃的头顶，松弛的脸颊，凸起的腹部——这么一副尊容，怎么看也不像是三十五岁的人。功一了解到，在大学川野学的是化学，曾一度在药品公司工作过，但和公司的体制格格不入，仅待了半年就辞职了。现在他在一所初中当理科教师，可在学校里并没有朋友，学生们也都拿他当怪人。

其实他并非怪人，只是不善于与人交往。他也和别人一样，想找女朋友，想结婚，所以才在网上报名参加相亲活动。然而，他依然没有勇气和女子搭讪，静奈主动接近他时，他兴奋得说话的声音都变尖了，眼睛也像一只怯生生的小狗。

对付这样的男人，对静奈来说，简直不费吹灰之力。相亲活动过后，静奈每天都能收到他发来的短信，和他一起吃过三次饭，其中一次还一起看了电影。这些已足以令川野忘乎所以，俨然把自己当作静奈的男朋友。

正要对他采取行动，叫他乖乖拿钱出来时，川野竟然约静奈一起去温泉旅行。本以为他不善于与姑娘交往，静奈颇感意外。后来通过交谈，静奈终于了解到了蛛丝马迹。川野经常上网与人聊天，说是有些话与熟人都难以启齿，在网上却可以方便地找人商量。想必是有网友给他出主意，要想和女朋友加深关系，就该约她去温泉旅行。静奈暗骂此人多事，横生枝节。

现在，他们俩正坐在池袋车站旁的一家大型书店二楼的茶座中。静奈喝着红茶，望向窗外。

便利店门旁有一个身穿花哨格子衬衫的男人，留着长发，戴黑框眼镜，手提一个纸袋。第一次见到他这副模样时，静奈忍俊不禁，心想，若把他放到秋叶原去肯定会立刻融入风景里，再也无从寻觅。

静奈伸手在桌下摆弄放在包中的手机。只须按一下快捷键即可，眼睛都不必瞧一下。

便利店门口的男子开始有了反应，他从口袋里掏出手机，看清号码后挂断了。就这样，联络完成了。

“那么，YUKARI，你什么时候才能知道能否休息呢？”川野问。

“呃……”

静奈歪着脑袋，心里想的却是与YUKARI对应的汉字该写哪一个。由香里，还是由加里？她有些不确定。向川野自我介绍以来，她从未用过汉字，发短信时也只写YUKARI。

“完成指标后就容易安排时间了。”

“指标？那么严格？”

“自然。”静奈点点头，“如果签不到合约，公司聘我们意义何在呢？业绩稍有下降，工资上马上就会反映出来。”

“哦。”

川野听后一脸茫然，公司、企业之类的词他听了就头疼，或许因为他本来就是公司逃兵的缘故。静奈心想，学生们被这家伙指导未来方向，也够可怜的。

“我要是签了约就行了吧。”川野将稀疏的头发往后脑勺挠了挠，咕哝道。

静奈真想说正是如此，可还是忍住了，微笑道：“我可不想给武雄你增添负担，再说去旅行不也得花钱嘛。”

“是啊，要看旅行后还剩多少存款了。如果还宽裕，我倒真想帮你。”

说什么混账话？静奈听了气不打一处来，旅行的费用不是已经写在报告纸上，弄得很清楚了嘛。

从不奢侈浪费的川野有近一千万的存款，这同时也证明他是个小气鬼。本以为他不肯爽快投保是对静奈有所戒备，最近才知道，他只是死攥着钱不肯撒手而已。

川野看向静奈的背后，静奈也感觉到有人从后方靠近。

不一会儿，一个男人站到他们桌旁——那个刚才还在便利店门口的长发男子。

“我说呢，”来人看着静奈的脸，笑道，“果然是 YUKARI。”

“啊，”静奈急忙开口道，“是 YAMADA 先生啊……”

“我一看背影就认出你了。哦，在谈工作？”来人笑着看着他们。

“不，不是的……”

“咦？快到月底了，我以为你又完不成指标了呢。怎样？指标能完成吗？”

“嗯，马马虎虎吧。”

“这个，”川野插嘴道，“是你朋友？”

“不，不是……”

“我是 YUKARI 的救世主。”那人说道，又对静奈说了声“对吧”，似在征求她的认可。

“救世主？”川野皱起眉头。

“哦，不好意思，YAMADA 先生，我们正在谈要紧事，下次我们再慢慢聊，好吗？”

“嗯，行啊，那有什么困难一定要联络我哦。”

“好的，谢谢您。”

“上次去游乐场玩得真开心，下次再去吧？”

“好的，一定去。”

长发男人说完，色眯眯地诡笑着走了。静奈明知他的本来面目，见他这副模样还是觉得后背直痒。

“这是谁啊？”川野问道。

“高中时的前辈。上次在街上偶然碰到，我说起在做保险，正为完不成指标发愁，他就当场和我签了约……”

“哦，”川野好像受到了一些刺激，“和他去游乐场玩了？”

“当时我说：‘怎么感谢你呢？’他就让我陪他去游乐场玩一趟，

不过就那么一次。”

“或许我这么说不太好，这家伙让人讨厌，就是所谓的御宅族吧。”

“我也不知道他是干什么的，只知道他挺有钱。所以，完成不了指标、走投无路时，就想去找他。”

“找他？”川野顿时双目圆睁，“找这种人帮忙？”

“可到了紧要关头有什么办法？”静奈冷冷地说，抿了一口茶。

川野伸手去端咖啡，咖啡杯与碟子碰得咔嗒直响。很明显，他开始慌了。“我不同意，为了完成指标，竟跟人去约会，这还像话吗？”

“不是什么约会，就去了趟游乐场。”

“可他似乎已经把你当女朋友了。”

“没有的事。”

“反正我不喜欢你这样，不要再跟这种人来往了。”

“可是……”静奈低下了头。

川野猛地将咖啡杯往桌上一放：“多少？”

“什么呀？”静奈抬起头来。

“指标啊，还差多少？”

见他明显已经急昏了头，静奈真想舔嘴唇。她控制住自己，吞吞吐吐地开了口。

从双筒望远镜中清楚地看到静奈和川野一同走出书店大门，静奈挽着川野的胳膊，亲昵地穿过马路，走进银行。

泰辅将眼睛从望远镜后移开，看了看手表，已过六点。今天他还有一个必须出席的重要活动，决不能为了骗一个中学老师而耽误大事。

他再度举起望远镜。坐在长凳上用望远镜这样张望，一般会让人起疑，可只要装扮成御宅族，人们就习以为常了。

不多时，两人从银行里出来了。静奈对川野说了句什么，随即招手拦下一辆出租车。她朝川野挥挥手，上了车，川野恋恋不舍地目送出租车远去。

看完这一幕，泰辅站起身走上快车道，也急急朝出租车挥手。上车后，他立刻吩咐司机去青山。

手机响了，是静奈。

“我是 YAMADA。”泰辅说道。

“转账结束，进了一根。”

“干得好。”泰辅晃了晃脑袋。一根是一百万的意思，看来川野那个小气鬼为了女朋友不被御宅族抢去还真是动了真格。

“我现在去日本桥的总公司，重新包装后再去青山。”

“明白，我先去打探一下。”

挂断电话后，泰辅摘下眼镜，除去长长的假发，取出镜子，快速梳理好头发。他可没有静奈“重新包装”的时间。

一到青山，泰辅立刻钻进附近大楼的卫生间。他从纸袋里拿出一个包来，里面装着衬衫和夹克。换完衣服，他将脱下的衣物和道具塞进纸袋，离开了卫生间。

要去的那家店在古董大街边上，挂着“baron”（男爵）的招牌。泰辅站在马路对面的人行道上，拿出手机贴在耳边，装出一副打电话的模样。不用说，他的眼睛一直盯着 baron 的门口。

衣冠楚楚的男女不断走进那家店，年龄大致在二十到三十五六岁。有男女成双结对的，也有同性伙伴，独自进去的也有好几人。

今晚这家店里将举办一个聚会，一个对泰辅他们来说极为重要的人也将露面。

他看了看手表，指针即将指到七点。

一辆出租车停在店门口，走下一个男人，身穿褐色皮夹克。看到他的侧影后，泰辅忙将手机的屏幕转向自己，那上面有一张男人的脸部照片。他将照片与来人加以比较。

那人走进店后，泰辅拨通了电话。

“这里是艺术策划所。”手机里传来功一的声音。

“目标已经进去。没有同伴，坐出租车来的。”

“果然。客人的情况如何？”

“各式各样。女人独自进去也不显眼，怎么办？”

功一沉默了几秒钟。“仍按原计划进行。静奈一人进去反倒引人注目，一起进去吧。”

“明白。”

泰辅挂了电话，再度望向baron时，有人拍了一下他的肩膀，是静奈。她身着一袭灰色连衣裙，外罩一件短上衣，好像重新化过妆，显得比刚才略微素雅些。

“你这妆能行吗？”

“有意见？”

“没有，但好像不够性感。”

“我们的对手肯定已经看腻浓妆艳抹了。走吧，春日井先生。”

“走吧，佐绪里小姐。”

等到车流出现了空隙，两人穿过马路。

12

葡萄酒从专用器皿中注入玻璃杯的瞬间，户神行成觉得这酒真不错。他转动玻璃杯，望着附着在玻璃杯内壁上的红酒静静地滑落下去，速度和黏度与他料想的相差不多。他又转动一下杯子，闻了闻红酒的气味，啜一口含在嘴里。口味纯正，能感觉到丹宁的酸味，同时又微微发甜。他想，这酒可与小牛排搭配。“产地为皮埃蒙特。”一个手捧盛酒器皿的年轻人说道。那人脖子上戴着领结，但与他的模样不太相衬，估计是个见习的侍酒师。

“意大利北部。”

“是啊。这酒的酒瓶上还有 GRAN RISERVA 的字样呢。RISERVA 的意思是……”

“不用介绍，我懂。”行成伸出右手加以制止。品酒时他不喜欢听别人介绍，那样容易先入为主。

他又喝了一口，静静地闭上眼睛，想象用餐时的情形。吃过炸肉排，味道在口中尚未消失时，喝下这款红酒，客人会有什么感觉呢？这酒和半釉汁（demiglace sauce）合得来吗？

RISERVA 的酿造成熟期有法律规定，是五年还是六年不太清楚，但这些没什么关系。关键是口味与菜肴是否相称。

“不错。”得出这个结论后，行成将杯子放到桌上。可他又想到另一方面的问题。

价格。这酒如在餐厅里出售，该在七千日元以上了，这对于心情舒畅地来店里就餐的情侣来说太贵了。

行成从口袋里掏出笔记本。不管怎样，先把这款葡萄酒的名称记下来再说。价格方面或许可以根据进货数量作进一步交涉。

离开这个展台后，他环视四周。这里看似立餐会，实际上却是个意大利葡萄酒的品尝会。摆放着菜肴的桌子上，同时也摆放着与之相对应的葡萄酒。

受邀请的客人以餐饮业人士为主，偶尔也可见到一些名人的身影，但看起来不相干的人也不在少数。听说有些邀请函在网上进行了拍卖，估计主办方觉得，这样总比没人来要好，便睁一眼闭一眼了。

行成在一个放酒渍鲜鱼和白葡萄酒的展台前站定。该选哪一种白葡萄酒是最近让他伤脑筋的问题之一。他刚拿起一只玻璃杯，一个女子的声音便飞进耳朵。

“前些天，有人介绍了一家非常好吃的餐厅。是个洋食屋。”

听到洋食二字，行成有了反应。他微微侧过脑袋，只见身旁站着一对年轻男女。是情侣吗？可看样子不太像，那男的似乎很谦恭。

“好吃的洋食屋真不多啊。叫什么名字？”男的问道。

“叫‘户神亭’，挺怪吧。”

行成的身体不由自主地僵硬了。他根本没想到她会说出这个店名。

“要斟上酒吗？”一个女服务员满面笑容地对他说。

“啊……麻烦你了。”行成递过空杯子，心思却完全在身旁那两人的交谈上。

“这店我知道，在东京都内有好几家呢，但我没有去过。哦？原来这么好吃啊，您那天点了些什么？”

“我吃了炖牛肉。我是和朋友一起去的，她点的是炸海鲜，她也说很好吃呢。”

“哦，那下次我要带妻子一起去尝尝了。”

“不过，那家店估计并不是每个女子都喜欢。你若是带夫人一起去，最好事先和她说一下。”

行成正要品尝白葡萄酒，手顿时停在半空中。这句话他不能置若罔闻。

“是吗？怎么回事？”那男子问道，行成也侧耳静听。

“嗯，一两句话说不清楚。女人都会明白的，不过也许只是我神经过敏。”

“让我很好奇啊，反而更有兴趣了。”

“那就去一次吧，去了就明白了。”

“好。”

两人缓缓走动起来。行成慌了，忙将喝了一半的葡萄酒放到桌上，追了上去。

那两人一边走一边谈笑风生。女子的身材高挑，从侧面判断像是二十出头。男子也很年轻，看上去比女子要大，中等个子，不胖不瘦，像是公司业务员。

“不好意思。”行成在他们背后说道。两人停下脚步，同时转过身来，脸上都显出茫然的神情。

刹那间，行成怦然心动。那女子太美了，比看了背影所猜想的还要美得多。

“啊……冒昧搭话真不好意思。其实，我听到了两位刚才的谈话。”

那两人对视一眼，女子不解地歪着头。

“就是关于洋食屋的事。”行成说，“你们刚才谈到了户神亭，对吧？”

“嗯。”那女子点点头，“是谈到了。有什么问题吗？”

“哦……有什么令您不满意的地方吗？”

“啊？”

“您刚才说，对女子而言，户神亭可能不是人人都喜欢，对吧？能请教一下，这是为什么吗？”

这时，男子上前一步，问道：“不好意思，请问您是哪位？”

“啊，太失礼了，我应该自我介绍的。”行成从上衣口袋里掏出名片递了过去，“这是我的名片。”

名片上印着“户神亭有限公司专务 户神行成”。女子看后圆睁双眼，男子也目瞪口呆。

“糟了，我信口开河……”女子用手掩住嘴。

“啊，真对不起。”男子立即改变了态度，对行成鞠躬致意，“没想到户神亭的人就近在咫尺。我们绝非故意那么说，请您千万不要介意。其实，这位小姐刚才说贵店的菜肴十分美味可口。”

行成连忙摇头。“怎么会介意？倒不如说是幸运，因为很少能听到客人坦率说出感受。我关注的只有这一点，就是您的感想。”说着，他直直地看着那女子。

女子不知所措地低下头，眨着眼睛。“不好意思，我的话没那么多深意。您只当是个小姑娘的感想就可以，不必在意。”

“这种感想很重要。拜托了，请您坦率地告诉我吧。”

“请您冷静一下。”男子插话进来说，“这位女士是我们一个客户的千金，与餐饮行业并没有什么关系。因此，她确实只是随意这么一说，这事就到此为止吧。”

“不、不，我绝无责怪之意，而是真心征求意见。希望你们能理解。”行成挠着头。

男子似乎理解了，转向女子说："怎样？佐绪里小姐，既然都这么说了，您就坦率地说一下吧？"

"千万拜托。"行成低下头。

"怎么会这样？这可怎么办？"女子叹了一口气，"一定要现在说吗？"

"您的意思……"

"如果可能，我再去贵店品尝一次，确认后再说。可以吗？"

"来我们店，是吗？"

女子点点头。"我不想对餐厅的经营者说些不负责任的感想。受一时心情影响的意见会给对方添麻烦的。"

"不，这样已经很有参考价值了。"

"我做不到。我不想在这里信口开河，过后又感到后悔。我会近期再去一次。如果印象和上次相同，我会发邮件给您。发到这个地址可以吧？"

她看了看行成的名片。

"当然……"

行成本想当场请教，可对方说做不到，也就不便强人所难了。

再说，只是谈一下感想就这么认真思考的女子真可谓凤毛麟角。也正因如此，她的意见更非听不可了，而且不是看什么邮件，要当面聆听。

"那就这样吧。用邮件的方式，佐绪里小姐也能比较坦率地阐述意见。"男子想要结束谈话。

"等等，您什么时候去户神亭？"行成问道。

"这个，还不好说……"

"日期定下来后请通知我。这样，您用餐结束后，我可以当面请教。五分钟或十分钟都行。"

"发邮件不行吗？"

"拜托！"行成再次低下头。

佐绪里小姐的叹息声清晰可闻。"好吧，我通知您，但您不要抱太大希望。我并未去过很多餐厅，对烹饪更是一窍不通。"

"这样的客人的意见才宝贵呢。多谢了。"

女子苦笑着，看向同行的男子。"事情变得越来越奇怪了。"

"没什么不好啊。哦，对了，忘了自我介绍，这是我的名片。"那男子将名片递给行成。

名片上印着"CORTESIA · JAPAN 东京本部营业部营业一科 春日井健一"。

这家公司行成也有所耳闻，主营贵金属和宝石。

"贵公司与餐饮业无关吧？"

"一开始不就说了？聚会的筹办者中有熟人，送来了请柬。我知道这位小姐喜欢葡萄酒。"

"您是……"行成再度望向那女子。

"高峰，高峰佐绪里。"

她从包中取出学生证，上面印着用汉字书写的姓名。

她是京都一所女子大学的四年级学生，现在处于休学阶段，正在东京进行各方面的社会体验。

"真悠闲啊。"

"如果对社会一无所知，就这么毕业，难道不更具风险性？"她挑衅般望向行成，显示出内心坚强的一面。

"说得有理。"行成答道。对一家餐厅都不肯轻易发表感想的女子，踏上社会前特地安排时间进行考察，对她来说或许是理所应当的。

佐绪里和春日井随后一同离开了派对，行成虽继续品尝葡萄酒，却已心猿意马。佐绪里的倩影在他脑中挥之不去。是由于她对户神亭的意见，还是在意她这个人本身？他自己也说不清楚。

聚会在九点过后结束。行成乘出租车回到位于目黑区的家。这栋房子是父亲政行在十年前买的。据说以前住的是一家德国人，所以大门的高度十分了得。从外表看是栋和式建筑，其实里面和室很少。

父亲正在起居室里打电话。他的西装还未脱掉，似乎也是刚回来。从他说话的严厉语气来看，电话那头估计是哪个店的店长。

“总之，这样的错误不能再犯第二次，给我用心记住。”说完这句，父亲挂断了电话。

“怎么了？”行成问道。

“不像话！买错了东西，套餐用料不够了。搞什么名堂？又不是小孩子。”政行咂咂嘴，脱下上衣，“葡萄酒怎么样？”

“嗯，有几种不错，但没有特别好的。”

政行无声地笑了。“多操操心，我也头痛过啊。”

“我可不想走您的老路。”

“那还用说，是你的店，全都由你负责决定。”

“知道了。”行成出了起居室，走上楼梯。他的房间在二楼。

他即将成为户神亭的新店长。场地已经定好，施工也已开始。他每天都想着这件事，忙着作准备。要办成有自己风格的餐厅，这是他最大的心愿。当然，这一切要以受顾客欢迎为前提。

高峰佐绪里的模样又在他脑海中浮现出来，真想立刻就和她交谈。

13

戒指中央是一颗炫目的钻石，以此为中心，周围还有一圈排列紧密的小钻石。泰辅看得眨眼不已。“哇，太神奇了！这是怎么回事？”

用手指尖捏着戒指的功一诡笑道：“是个摄影用的小道具，稍稍加工了一下。怎么看也像是真的吧？”

“给我看一下。”泰辅拿过戒指，仔细观察起来。

这次泰辅要扮演珠宝商，最近正在学习相关知识，特别对“春日井健一”供职的 CORTESIA · JAPAN 了解得格外详细。这家公司出品的订婚戒指有一个特征——在镶有钻石的金属座台某处会刻有公司名称的第一个字母 C。

这枚戒指金属座台的侧面也有一个 C，而且刻有一连串 C 的反转图案作为装饰物。这是很经典的款式。

“这个应该足够以假乱真。”泰辅取出放大镜观察起来。

“哇，泰辅哥还真是像模像样啊，像个专业珠宝商。”静奈在一旁揶揄道。

“是立方氧化锆吧？”泰辅说。

“那是自然，”功一笑了，“真正的钻石要几百万呢。仿得这么像你还能看出是赝品，很了不起啊。”

泰辅将眼睛从放大镜后移开。“乍看和钻石一模一样，但在放大镜下就能发现切割的棱线不挺拔。而且，闪光中的颜色过重，明显是人造钻石。”

嗬！功一和静奈面面相觑。

“想说的就是这些。”泰辅将戒指还给功一，“遗憾的是，我并不是真懂。我还没有见过真正的钻石，无从比较。”

“原来是虚张声势啊。不过，这也没办法。”功一小心翼翼地将戒指放回盒中，接着又拿出一个盒子，打开盒盖，转向泰辅，“看看这个怎么样？”

这里也有一枚戒指，但上面没有大钻石，而是密密麻麻地嵌满小钻石。

“CORTESIA 的新作。”泰辅马上答道，“应该还没有销到日本。”

“黑市真可怕，这种骗人的玩意儿早就出来了。我是在御徒町找到的，他们说，内行人一看就知道是假货，可外行人看不出来。”

“我也看不出来，我只见过照片嘛。”

“给我看一下。”静奈伸出手接过戒指，立刻戴到无名指上，在日光灯下摆弄。戒指闪闪发光。

“好可爱哦，我喜欢。”

“尺寸就是按你的手指定的。迟早是你的，别担心。现在可不能戴着它出门，只能在家里自得其乐。”

功一说完，静奈便噘起嘴，捋下戒指。“什么呀，真没劲。”

“这戒指要卖给户神？”泰辅问道。

“正是。刚才那个大的六百五十万，这个三百五十万，加起来正好一千万。为了更像回事儿，再加些零头也行。”

“不会露馅吧？”

“这就要看你们的本事了。让他买下戒指后，当场作为礼物送给静，这样那小子就没机会仔细鉴别了，永远没有。”

“户神对珠宝类……不了解吗？”静奈担心地问。

功一从桌上拿起一张纸来。“户神行成，二十八岁，毕业于庆明大学经济学系。毕业后在父亲经营的餐厅工作，任吉祥寺店店长。兴趣爱好为：听音乐、登山、钓鱼。大学期间曾参加自行车协会。没有独立生活经验。爱车是力狮旅行车。喜欢的演员：无，对演艺界可谓一无所知。喜欢的乐队组合：无。在附近的理发店剪发，从不染发。父亲户神政行，洋食屋户神亭社长。现有店铺，东京都内四家，横滨和大阪各有一家，近十年来发展迅速。近期又有一家新店即将开张，传闻行成将出任该店店长。户神家位于目黑区，以前曾居住在横滨。”一口气读完后，功一轮流看着泰辅和静奈，“如何？就这份简历而言，没有他精通珠宝的信息。还有一条并未确认的信息，就是到目前为止他只交过一个女朋友，在上大学期间就分手了。没有女人缘，往好里说是淳朴，往坏里说是个不解风情的呆子。戒指会是赝品这种事，他怕是连做梦都想不到。我已说过多次，一切都靠你们的演技。”

泰辅拿过那张纸，重新看了一遍，觉得似乎没什么可担心。

与此同时，功一在这么短的时间内能了解到这么多信息，泰辅很是佩服。虽然每次都是这样，但他一直觉得功一收集资料的能力非常人可比。

这次的目标是功一找来的。他混进一个单身者的聚会，发现了他。户神行成估计怎么也想不到，这群以找女友为目的聚在一起的男人中，竟然还有寻找诈骗对象的人。

功一说，找上户神纯属偶然。他提起父亲是开洋食屋的，这才引起了功一的兴趣。然后，在不露声色的偷听中，功一确信这家伙就是这次诈骗的合适人选。

功一将他评为A级。这意味着如果干得好，能大赚一笔。

“就看今晚了。静，有信心吧？”功一问。

功一指的是葡萄酒品尝会上静奈与户神行成约好的那件事。静奈将于今晚在位于广尾的户神亭用餐，随后与户神行成会面。

“没问题，行动步骤不都想好了吗？”静奈充满自信地说。

“真没想到户神那小子这么容易上钩。大哥的行动方案总是那么完美无缺。”

“真的。只说了一下户神亭，他就主动咬上来了。我拼命忍住才没笑出来。”

功一满意地点点头。“正因为看到他一说起餐厅的事就精神十足，才把他定为目标的。可以说，现在他眼中还看不到女人，脑袋里全被如何经营好餐厅的事塞满了。只要是有关户神亭的感想，不论什么话他都想听，所以他上了你们的钩是理所当然的，估计目前与静的魅力无关。”

“哦，伤心。”

“我是说目前，接下来就要用美人计了，一定得拿下啊。”

“看我的，我已摸准那小子的穴道了。”功一一鼓励，静奈的劲头更足了。

“好，这方面就交给静了。”功一在椅子上重新坐好，一本正经地看着泰辅和静奈，“有件事要对你们说一下，这次行动完成后，我们就金盆洗手。户神行成是最后一个目标。”

泰辅立时睁大了眼睛。

“哥，这是怎么回事？”静奈同样困惑不解。

“听不懂日语吗？卷了户神行成的钱，我们就不干这一行，不搞诈骗了。”功一慢慢地说。

“为什么？”泰辅问。

功一叹了一口气，说道：“总不能老干这种事吧？你也好，静也好，迟早要结婚生子，过上幸福的家庭生活，因此，要尽快走上正道。”

“可这么突如其来……”泰辅看了看静奈，征求她的赞同。

静奈点点头。“就是，用不着急着决定。现在不是干得挺顺手的吗？”

功一摇摇头。“不是突如其来，我最近一直在想这个问题。这种事干下去，迟早会有危险。以前我们骗过的那些人，说不定会在什么地方撞上。静说干得顺手，的确如此，但这时候急流勇退才至关重要。就这么定了，不能改，这次行动就是最后一次。”

看来功一已经下定决心。这种时候，无论是谁再说什么也没用。况且，他的判断一贯正确，这一点泰辅和静奈很清楚。

“既然大哥这么说了，就这样吧。”泰辅说。

“静呢？”

“我也没意见。”

“好，那就干好这最后一次。大笔进账后，我们去什么地方开家小店吧。”功一满面笑容。

户神行成走进户神亭时已过了八点半。店里生意很好，柜台处坐着几个老主顾，行成从一旁经过时轻声和他们打了招呼。

有一对老夫妇自从开店以来每月都要来一次，行成和他们寒暄几句后继续向深处走去。餐桌几乎座无虚席。

高峰佐绪里坐在靠墙的一张小桌前，似乎已用餐完毕，正喝着红茶。

行成回到柜台处，看了一下她的账单，他想知道她吃了些什么。

他返身重新走近佐绪里的桌子。静奈感觉到有人走过，便扬起了脸。看着她的盈盈笑容，行成的心又猛地一跳，只觉心旌摇曳，有些把持不住，他自己也不清楚是什么原因。

“您点了炸肉排？”他问道。

“是的，真好吃。”

“哦，那太好了。我可以坐下吗？”他指了指她对面的椅子。

“请坐。”行成听到回答后方才落座。随即他叫住服务生，要了杯咖啡。

“我没想到您一个人来，还以为肯定会和朋友一起光临呢。”

“本来是这么安排的，可朋友临时有事来不了了。”

“哦？那么您不妨改天再过来嘛。”

“也这么想过，可又想既然已经和您约好在今天，临时变更恐怕会给您添麻烦。”

行成用力摇了摇头。“没有的事，本来就是我强人所难。那可真是过意不去了，让您这么费心。”

“请您别放在心上，我也不讨厌一个人吃饭的。”佐绪里微笑着啜饮红茶。

咖啡端来了。行成抿了一口，挺直脊背望着佐绪里。“那么，请您多多指教我们店里的不足。”

佐绪里慌忙摆手。“哪里是什么不足？估计一般人都不会留心，只不过我稍微有些在意而已。您如果过于当真，我反倒不好意思了。”

“那就作为参考意见吧，务必请您坦诚相告。”行成将双手端端正正地放在膝盖上。

佐绪里稍稍犹豫了一会儿，像是下决心似的点了点头。“好吧，那么就请允许我自以为是地信口开河。我注意到的是柜台。”

“怎么？”

“靠柜台坐的想必都是老主顾。他们不住地和店员交谈，看样子很开心，就像是一家人。”

“有什么不对吗？”

“法式或意大利式餐厅自然也有老主顾，可几乎看不到这副光景，那里根本就没有靠柜台的座位。”

“柜台边有座位不好吗？”

佐绪里摇摇头。“问题不在这儿。我的意思是对我这样初次来用餐的客人来说，那样似乎气氛不太好，有被排斥在外的感觉。”

“这是您多虑了。与法式或意式餐馆相比，或许老主顾的比率是高了一些，但这也正是洋食屋的长处啊。您要是多来几次，或许就适应这里的氛围了。”

佐绪里歪了歪脑袋。“只不过是吃顿饭，却要适应餐厅的气氛，这不是很奇怪吗？”

“是吗？但——”行成苦笑了一下，“对不起，是我请求指点的，现在却又反驳，实在不应该。”

“您要是觉得不高兴，我向您道歉。这只是一个外行人的意见，不必放在心上。”

“不，我会参考的，只是我从未想过此事。”

行成取出笔记本，写下一句“如何对待老主顾，须考虑”。

“不过，”佐绪里又说，“菜肴很可口，真的。”

“谢谢。”

佐绪里耸耸肩，嫣然一笑。看到她的笑容，行成听到自己胸膛中再次扑通响了一下。

14

看户神行成的样子，静奈觉得他一定会上钩。果然与料想的一模一样，他是个只知工作的直率男子，并且从未见识过女人的狡诈或心计。他做梦也没想到，这位女客一本正经地阐述着感想，心里却在盘算如何将他诱入圈套。

静奈心想，看来没问题，从目前的情况来看肯定能行。她很少这样自我安慰。

其实，她觉得这次行动有些不对劲。到底是什么，她自己也不太清楚，勉强要说，就是胸中有一种淡淡的罪恶感扩散开来。当然，以前也并非从未有过这种感觉，但每次她都能轻而易举地予以排除。错在被骗的一方——这样的信念总能占据上风。

今晚却有些不同寻常。尽管仍和往常一样，静奈摆开架势后以居高临下的姿态俯视对方，但同时却又感觉自己受到了某种监视。

也许是这家餐厅的缘故。刚进店的一刹那，静奈就莫名地感到心神不宁。仿佛在心灵的角落里，一扇陈旧的门被人敲响。这种感觉绝非令人不快，反而会叫人放弃一切戒备，正是这一点令她不知所措。

静奈心想，大概因为这里是洋食屋。户神亭和从前父母经营的有明相比，无论规模还是档次都大不相同，然而洋溢着的气氛却有相通之处。这种气氛，要将她带回童年，回到那个绝不会想到去诈骗别人的纯真年代。

“您怎么了？”行成问道。他面露不安。

“哦，没什么。”静奈摇了摇头。

“除此之外，您还发现了哪些不妥的地方？不论什么都可以，请别客气，但说无妨。这种不懂专业知识和不带先入为主观念的意见，对我们来说反而更具参考价值。”行成的语气依旧那么热切。

静奈放下茶杯，环视一圈后说：“那么，我就再提一点。”

“是什么？”行成探身问道。

“靠里面的座位。刚才我就注意到了。”

“嗯？”

餐厅最里面隔出了一个空间，里面放着四张桌子。坐在那里的客人一对对都像是情侣。

“那边的灯光似乎有些与众不同。”静奈说道。

行成点点头。“有些客人希望能在令人安心的氛围中与自己最重要的人一起用餐。一般来说都是情侣，那边的空间就是为他们准备的。灯光偏暗一些，是为了营造气氛。”行成停下来看着静奈问道，“这样不好吗？”

“问题不在这里，我觉得照明的角度不太好。”

“角度？”行成十分意外，再次朝里面望去。

“整体偏暗，只有一个方向有强光，这样脸上就会出现阴影。在这样的灯光下，人的脸就不好看了。”

“咦？是吗？”

“譬如说，在黑暗中用手电筒从下往上照人的脸，会显得很可怕吧？夸张地说，就是这个样子。”

“原来如此，我从未想到过。自己的脸看起来是什么样子，本人是不知道的。”

“可看到别的客人的脸，就能想象出光线照在自己脸上会是什么样子。女人本就时刻注意自己在别人眼中的形象。”

行成点点头，似乎十分佩服。“这是男人想不到的。又是一个很好的参考意见，非常感谢。”

行成又在笔记本上写了几笔，再次朝里面的座位望去。“新开的店自不用说，别处的店或许也要重新检查一下照明。”

“新店？”

“哦，其实马上要在麻布十番开一家新店。这一阵子我一直在忙这件事，因此才一定要听高峰小姐的意见。那家店从开张准备到今后的经营将全部由我负责。”

静奈点点头，暗道和功一的调查一模一样。“哦？真了不起。”

“既由我全权负责，我便想搞出一些别的店没有的特色。但做起来可就不轻松了。”

“想办成一家怎样的店呢？”

似乎在等她这样发问似的，行成的眼睛立刻亮了。“一句话，就是能让客人尽情交谈的店。依我看来，目前为止的户神亭都太一本正经了，缺乏一种能尽情交流的氛围。吵吵闹闹自然另当别论，我认为用餐时的交流也必不可少。或许有人觉得交谈得欢畅与否是客人自己的事，可我认为这与店堂布置以及服务生的服务态度有很大关系。”

看着露出雪白牙齿微笑的行成，静奈心想，这人恐怕从未接触过藏在人心深处的邪恶。她胸中涌起一股恶作剧的冲动，想要让这人领教一下人类的邪恶，使他大失所望。可同时，她又羡慕起他的天真无邪来了。

“说实话，”行成的表情宛若一个想到新的淘气方式的小学生，“我还有一个看家菜呢。”

“什么？”

“这个呀，”他压低声音说道，“就是红烩牛肉饭。”

“什么？”静奈顿时惊讶不已，“真的？”

行成重重地点了点头。“当然，还不止这个。有套餐，在吃过鱼或肉后，用红烩牛肉饭来收场。前面的菜都是为它作铺垫的，要把重点放在如何品尝它上。”

“听着就觉得好吃啊，可这样会让人很饱吧。”

“每道菜的分量都必须加以调整，要让女性顾客也能全部吃完。”

“做那种红烩牛肉饭有把握吗？”

行成猛地收紧下巴，挺了挺胸膛。“我们家的店能有今天，靠的就是它。”

“这样的美味今晚要是点了就好了。”

行成微笑着摇了摇头。“很遗憾，这家店做的不是原来的那种。父亲每开一家新店，都要让店长首先拿出自己的红烩牛肉饭。老店的配方并不教给下属。户神亭各店的红烩牛肉饭各不相同。”

“本店做的也是新的？”

“不，这次新店决定回归老店的口味。”

行成像发表宣言般说：“我认为要回到原点，应该出售正宗的户神亭红烩牛肉饭，我最近才说服父亲，征得他的同意。”

“是跟您父亲学的配方？”

“我问出来的。花了不少力气，才重现老店的味道。对了，下次我们要开一个关于它的专门品尝会。您如果方便，一定请出席品尝。”

“我？这样好吗？”

“拜托了，您的意见比美食评论家更有参考价值，我更愿意参考。”

望着热情洋溢的行成，静奈内心窃喜，她正在找下次与他见面的借口呢。品尝会这个机会很不错，和功一商量一下，他肯定能想出一些说法，到时用外行的口吻说出来，让那些内行大吃一惊。其实，所谓“老主顾太抢眼，使新顾客受压抑”之类的意见，都是听功一说的。

“啊，这么晚了。”行成看了看手表说，“耽误您这么久真抱歉。下面还有安排吧？”

“没有。”是不是要邀请我呀？静奈充满期待。

“哦？那就好。”

行成毫无邀请之意。没办法，静奈只得拿起包。“结账吧。”

“这怎么行。”行成伸出右手制止，“我请您来的，怎么能让您付钱，算我请客。”

“这……”

“您提供了这么多宝贵意见，已经足够了。请别介意。”

他不容置疑的语气让人觉得很可靠。静奈心想，看来他不单是个公子哥。

“恭敬不如从命。”她低头致谢。

她离开座位，行成也跟了上来，像是要相送。

靠柜台的座位上还有客人，他们正在用葡萄酒推杯换盏，很是热闹。

“或许您说得没错。”出了店等电梯时行成说，“老主顾太显眼，似乎不是什么好事，可又不能不重视他们。这真是个两难的问题啊。”

“您别太在意。”

“不，新店不能马虎。”行成刚说完，电梯门开了，一个身穿灰色西装的白发男子走了出来。

看见行成，此人停下脚步。“你来了。”

“爸，您又为什么来这里？今晚不是去横滨吗？”

静奈一惊，凝视着那人。他就是户神政行？

“改变计划了。你怎么会在这儿？”说完，户神政行瞥了静奈一眼。

“为了听一位小姐的意见。不是跟您说过吗？在品酒会上遇到的，就是这位。”

“啊。”户神政行点点头，“劳您大驾，非常感谢。听到了什么意见？”

“以后慢慢告诉您，很有价值。”

“那太好了。”户神政行对静奈笑了笑，笑颜宽容大度。

“告辞了。”

“我送您下去。”行成说道。

“不用了，请留步。多谢款待。”静奈走进电梯。

出了大楼，走了一小段路，手机响了。

“在对面车道上。”手机中传来泰辅的声音。静奈环视四周，见对面停着一辆蓝色客货两用车，泰辅坐在车上。

静奈穿过马路，上车坐到副驾驶席上。户神亭所在的大楼就在右前方。

“怎样？”泰辅问。

“还行，应该没给对方留下坏印象。”

“可吃完饭也没有马上约会啊。哥说了，如果约会，让我立刻跟踪。我连化装道具都带来了却没派上用场。”

静奈噘起嘴。“那是块木头。我不引导一下，他绝不会先出招。”

泰辅笑了。“看来是这么个傻瓜。”

“已经约好再见面了，不用担心。”

“真有你的。”泰辅准备发动引擎，却又忽然停下动作，“喂，那小子出来了。”

行成正从大楼里走出，背后跟着户神政行，也许他们已将事情办完。两人拦下出租车，疾驰而去。

“也有这样的父子啊，生意兴隆，大把赚钱。”

目送他们远去后，静奈说道，随即看了看泰辅。不料却见他紧绷着脸，直勾勾地望着出租车离去的方向，眼睛一眨不眨。静奈从未见他表情如此严峻。

“哥，你怎么了？”

“那个人……后面那个，是户神行成的父亲？”泰辅的呼吸都紊乱了。

“是啊，怎么了？”

“就是他。”泰辅喃喃道。

“啊？”

“那天夜里……爸妈被杀的那天夜里，从后门口出来的那个人……就是此人。”

15

听完泰辅的叙述，功一的脸颊开始僵硬起来。“没看错？能绝对肯定吗？”他盯着弟弟的脸，确认道。

“不能说绝对……但确实很像，我觉得就是他。”

“只是‘觉得’可不行。”

“那又有什么核实的办法呢？只能说很像。”泰辅在床边坐下，紧握双拳，目光炯炯，像是拼命要将想法传递给对方。

功一回想起十四年前的往事。泰辅受到父母被杀一事的刺激一度失语，可突然间又开口说话。他当时说话的声音至今仍留在功一的记忆中。“哥，我看到了。我看到了杀害爸妈的坏蛋。”

现在，泰辅的眼神与那时一模一样。无疑，悲痛、苦闷又在他脑海中翻腾起来。

功一看了看静奈，只见她坐在地板上，靠着床。本该先听她汇报今晚行动过程，不料首先听到的却是面无人色的泰辅的狂叫：“我看到了当年那个坏蛋！”

功一站起身，打开衣橱，拖出一个小纸箱。他打开盖子，里面装着厚厚的文件。这些都是他们整理的有关父母被杀的资料，大部分都是新闻报道。孩子们能收集到的资料也不过如此。

功一翻出一份报道，递到静奈面前。“静，看看这画像。户神政行长的是这副模样吗？”

这则报道上刊载着根据泰辅的回忆画出的特征画像。

静奈凝视片刻，微微偏了偏脑袋。“有些像……可也不是一模一样。”

泰辅在一旁看了一眼画像，略微尴尬地挠了挠头。“当时心里很慌，又是第一次描述这种画像，所以说得不清楚。其实，是希望画成户神政行那样的脸的。”

功一合上资料，重新在椅子上坐好。“已经过了很长时间，你的记忆是不是也悄悄地发生了变化？”

“没有，相信我。我非常懊悔，虽然看到了那浑蛋的脸，却什么也没做到。那张脸我到死也忘不了。就是想忘也忘不了啊，我没有哪天不想起那张脸，有时做梦都能梦见。所以，记忆绝对没有变化，绝对没有。”

看着急切表白的弟弟的眼睛，功一心想，再怀疑下去，弟弟未免太可怜了。只要一想到目击杀害双亲的凶手这件事给幼小的泰辅带来的心灵负担，他的胸口就隐隐作痛。

功一将双手叠在胸前。“只是，光说像一点用也没有。”

“可这也不像是巧合啊。我们家是洋食屋，户神也经营洋食屋。是不是可以考虑他由于行业关系和爸爸有什么关联？”

功一点点头。泰辅所言有一定道理。“调查一下看看……”

“怎么调查？”静奈问道。

“这是接下来要考虑的事。总之，这件事交给我了，有进展会告诉你们。”

静奈默默地点了点头，泰辅却似乎依旧无法释然。

“怎么？泰辅有什么意见吗？”

“那倒不是……”

“想说什么就说，这个样子可不像你。”

“是不是有点信不过我？”

“怎么了？”

“他可能就是那起案子的凶手，杀害我们爸妈的凶手！你们为什么这么冷静呢？应该更加吃惊、激动一点才对啊。”

功一叹了口气，说道：“你的心情我理解，我也不是不感到震惊。如果户神政行果真是你目击到的凶手，这件事自然非同小可。可没一样确凿的证据啊。我讨厌一惊一乍，满怀希望，结果又落空，我们不老是这样吗？”

“是啊，哥。”静奈也说道，“等找到证据再激动吧。我也不想再失望了，特别是在这件事上。”

泰辅不服气的表情渐渐变成了落寞、无奈。终于，他轻轻点点头，说：“我明白。看到凶手的人只有我一个，我再怎么说像，也成不了证据。”

“别泄气，我不是说了要调查吗？这事先放着，今晚的情况怎么样？顺利吗？”功一轮流看着泰辅和静奈。

“功一哥你的指点很有效。”静奈回答道，“行成对老主顾的事很在意。照明的事也说了，他当真考虑了。”

“这说明事先的调查没白费。那么，下次见面呢？”

“很顺利。他请我出席红烩牛肉饭的品尝会。”

“咦？有这样的品尝会？”

“说是一定要前来品尝。那小子不会讨姑娘喜欢，下次该我主动进攻了。”

功一见静奈说得意气风发，放心地点了点头。可一旁的泰辅若有所思，又让他有些在意。

两天后，功一来到横滨。出了樱木町车站，沿着饮食店星罗棋布的街道往南走，大冈川桥旁有一家名为“马之树”的咖啡店，外观装饰得像一间木屋，店里也用了很多原木。

功一坐在由原木搭成的柜台旁，要了杯咖啡。店里再无客人。蓄着浓密白胡须的秃头店主走了过来，熟练地给他调了杯咖啡。

“这店在这里开几年了？”功一喝着黑咖啡问道。

“二十五年了。”不知为何，店主压低声音答道，“什么都是旧的。该整修的地方多着呢，要花钱啊。”

“开得够早的。这一带的变化不小吧？”

“怎么说呢，好像已经没法再变了。没有空地了。”老板擦拭着餐具，歪了歪脑袋。

“我小时候来过这里，记得有家洋食屋。您知道吗？”

老板重重地点了点头。“那就是户神亭了。在我们店斜对面，现在已经变成卖旧 CD、DVD 的店了。”

“啊，就是那一家啊。”

“现在搬到关内去了。户神亭，没听说过吗？听说最近开了不少。”

“好像在银座见过一家。”

“老店就在这里。店不大，可当时生意很好，有时门前还排队呢。有些客人等得不耐烦了，就会到我店里来。”老板乐呵呵地说。似乎并不是什么令人不快的回忆。

“为什么会那么受欢迎？”

“那里的红烩牛肉饭相当有名，电视、杂志什么的也介绍过。我也去吃过许多次，味道确实不错。”

功一想起静奈要出席牛肉饭品尝会的事，静奈说户神行成要将其作为新开店的看家菜。

“是什么人在经营？”

“姓户神的人呗，所以店名才叫户神亭。那人做生意很卖力，开店时还特意过来打招呼。据说是在别处学的手艺，好不容易才另立门户。刚开始没什么客人，很艰难，可第三年一下子就火了。刚才我不是说了嘛，门前还排队呢。刚觉得他时来运转了，店就搬到关内去了，估计是店里太窄了吧。他肯定赚了不少钱。哦，对了，想知道他们关内店的地址吗？”

“不用了，我自己能找到。谢谢。”

“大概十年前搬到关内，从此一帆风顺，到处开分店。我跟人家是没法比了。”

功一点点头，喝光了杯中的咖啡。根据他的调查，户神亭移至关内是在十二年前。两年后，户神政行也搬了家，看来确实是兴旺发达了。

功一父母被杀是在十四年前，如果咖啡店店主所言可信，那正是户神亭开始生意兴隆之时，店主在这时跑到横须贺盗窃杀人，似乎于理不合。

功一付了账，走出咖啡店，望着斜对面的二手音像店。商店正面镶着大玻璃，上面贴着电影海报和明星照片。不进去无法看得真切，但看上去也只比有明稍大一点。如果真是生意好得客人在门前排队，想搬到更宽敞的地方去也是顺理成章的事。功一朝樱木町车站走去，走到一半又想起了什么，转身走向日出町车站。他边走边从口袋里掏出手机，拨打了一个号码。他没有对泰辅或静奈说起过他与这个人还保持联系。

对方接了电话。功一道出自己正在日出町，想见上一面，对方立刻答应了。他们约定在横须贺中央车站见面。

功一许久没有坐京滨特快了。他站在车门旁，眺望着车外飞速流过的景色，回想起往事。他十分喜欢这片依山傍海的土地，轻易便可看到星星。

他轻轻地摇了摇头，不想沉浸在伤感中。他对自己说：不是已经告别这个世界，不再回头了吗？

到了横须贺中央车站，他再度拨打电话，对方说在附近的一个自助咖啡店里。

很快就找到了那家店，功一略感紧张地走了进去。虽然电话联系过多次，但距上次见面已相隔多年。

对方坐在面朝大街的柜台旁。从斜后方看过去，他似乎没什么变化，只是头发花白了，灰色西装遮盖的后背好像也瘦了几分。功一买完咖啡，走了过去，对方很快察觉了，转过身来。在相隔还有一定距离时，对方睁大了双眼。“是功一吗？长大了。”

功一在他身旁坐下，苦笑道：“上次你也这么说，从那以后我可没再长喽。”

“哦？也是啊。”对方也笑了。和十四年前一样，他嘴边仍蓄着邋遢的胡须。

此人正是横须贺警察局的柏原，现在仍在该局当刑警。功一离开孤儿院后不久，他就和功一联系上了，联系方式说是从孤儿院那里打听到的。从此，柏原每年都会突然想起似的给功一打一两次电话，大都没什么要紧事，只是问问近况而已。

功一并没同柏原说真话，骗他说现在自己和泰辅、静奈也不见面。考虑到现在自己所做的事，他明白与刑警接触极其危险。

“上次见面是在四年前吧。”柏原说道。

“嗯，为了赌博的事……”

“是啊。”

四年前，柏原称有事相告，将他叫了出来。那之前不久，横滨有个参与倒卖赛马票和赌博的黑社会组织被人告发，在没收的顾客名单中发现了有明幸博的名字。毫无疑问，正是功一的父亲。

幸博欠下约三百万元的巨款。被害前，夫妇二人到处向亲友借钱，似乎就是为了偿还这笔赌债。

横须贺警察局认为，这个赌博集团可能与洋食屋夫妇被杀一案有关，对此重新展开了调查。柏原约功一谈话就是调查的一个环节。然而，警察终未查出什么真相来，赌博集团与案件直接相关的可能性极低。

16

“今天怎么了，有什么急事吗？”柏原问道。

“也没什么。来到附近了，就想和你见上一面，也不知是不是在你百忙之中打扰了？”

刑警闻言张开嘴，露出被香烟熏黄的牙齿。

“地方警局的万年小警察，即便忙，也只是打打下手，稍稍消磨一些时间不算罪过。近来他们已不再指望我能干出什么名堂，我倒也轻松自在。忙得眼睛发绿，那时是最后一回。”

他说的“那时”功一自然明白。

“已经十四年了……说实在的，时间过得真快啊。”功一说道，“马上就要到十五年诉讼时效了吧。”

“最近有些动静，要重新调查。或许你会觉得怎么到现在才想起来，是吧？可事情就是这样。不断有案子发生，处理不了的就往后推，时效快到期了又急急忙忙地动起来。谁都知道这是徒劳。十四年来都没有找到线索，怎么可能在时效到期之前忽然找到呢？只是应付媒体罢了。”

功一点点头。柏原本人似乎忘了，四年前，类似的话他已经讲过一遍。判定赌博团伙与洋食屋夫妇被杀案无关后，横须贺警察局和县警本部又丢开了这个案子。

“还是毫无进展？”功一问道。

柏原愁眉苦脸地说道：“唯一的线索就是那张画像，可过了十四年，人的长相也会改变的啊。”

“长得酷似画像的人也不是一个都没找到吧？”

“那是自然，有好几个有些像的。来自普通市民的举报也很多，每当有人提供信息，我都会赶去。不光神奈川和东京，就连埼玉、枥木我也都去过，可全是些不相干的人。”

“那些人的名单现在还有吗？”

“长得与画像相近的人？当然保管着呢，怎么了？”

“能不能给我看看？”

柏原立刻露出惊讶的神色，凝视功一。

功一移开目光，将咖啡端到嘴边。“时效也快到期了，反正警察也查不出大名堂，我想自己做些什么，譬如在网上收集些信息。”

“那也用不着那张名单。另有企图吧？”

“什么企图……没有的事，只想再去找一遍那些人罢了。”

功一透过玻璃看着马路说道，脸颊上感觉到柏原炯炯的目光。

“发现相像的人了？”柏原问道，“所以想确认那人在不在名单之中，对吧？”

功一有些发慌，心想：不愧是警察，一猜即中。

他笑着摇了摇头。“如果有发现，首先就会和你商量。我再说一遍，我只想用自己的方式来调查，不想无所作为地等待时效到期。”

柏原以警察特有的锐利目光射向功一，功一觉得五脏六腑好像都被他看穿了。

不一会儿，柏原叹了口气，同时，眼中的光芒也熄灭了。“名单不能交给外人。再说，警察也并非无所作为。刚才不是说了？时效到期前还要行动。那些长得像的人还要再调查一遍。”

“要是这样就好了。”

“弟弟妹妹怎么样了，还是没联系？”

“嗯，在哪儿、干什么，都不知道。”

“是吗？骨肉至亲还是在一起生活为好啊。”

柏原的语气中包含着对自己身世的感慨。功一想起四年前曾听说，柏原离婚后，孩子由前妻抚养，但那孩子有先天性疾病，动过多次手术后还是去世了。本来那孩子马上就要上初中了，听说连校服都已准备妥当。

“柏原先生，你现在还是一个人？”

“嗯。”

“没有再婚？”

柏原晃着肩膀笑了起来。“谁会跟这么一个没用的小老头呢？功一，你倒是该娶老婆了。”

“从未想过。”

“组建新的家庭也很好啊。当然，这话由我来说没什么说服力。”柏原说到这里，胸前传出手机铃声。“对不起。”他掏出手机，说了三两句就挂了。“不好意思，那边叫我去呢。你好不容易来一趟，真抱歉。”

“哪里，倒是我不该打扰你工作。”

“打电话给我啊。”柏原拿起自己的空杯子起身离开，没走几步又站定转身道，“要是发现了什么，一定要和我联系，不要自己贸然行事，听见了吗？”

“知道了。”功一答道。

功一目送柏原走出咖啡店，心想，户神政行的事还不能说。虽然泰辅说他与目击到的凶手长得很像，可光凭这一点无法确定。现阶段户神政行只不过是行动目标的父亲。若将情况告知柏原，他定会盯上户神政行，这样一来，进展中的计划就不得不中止。不仅如此，柏原也会对户神行成展开调查，恐怕他很快就会注意到高峰佐绪里。如果知道了她就是静奈，柏原就会产生怀疑。功一可没有信心能在柏原的追问下蒙混过关。

户神行成策划的答谢会最终决定在户神亭广尾店举办。平时周日休息的这家店今天开门迎宾。他从下午五点钟开始恭候手持请柬前来的客人，晚会六点钟开始。

名义上是答谢会，实际上是为听取客人对新菜肴意见的品尝会。不用说，是为麻布十番店的开张作准备。接到请柬的老主顾对此也心领神会，他们对户神政行的公子会使出何种本领抱有强烈的兴趣。估计会故意作出严格评估的人不在少数，行成对此有思想准备。

五点半过后，客人三三两两地开始进店，其中也有行成熟悉的面孔。有些性急的客人已经恭喜他新店开张了，估计他们把这次答谢会当成新店开张的提前庆祝了。

晚会尚未开始，店里已经准备好饮料和点心。早到的客人边品尝边谈笑风生。虽有指定座位，但也有几个人像参加立餐会一样，站着喝饮料。

行成也加入了他们的谈话。不久，一个负责接待的服务生走了过来。“那边有位客人没有带请柬。”说着，他伸手指向入口。

高峰佐绪里站在那里，有些神色不安。

“知道了。”行成应了一句，朝她走去。

看到行成，佐绪里像是遇见了救星，露出放心的神情。

“请柬没有送到吗？应该发出了啊。”

“收到了，可我担心会弄丢，就交给要一起来的朋友了。我看请柬上写着可以两人出席。”

“您的朋友要过一会儿才来吗？”

“刚才打来电话，有急事来不了了……没有请柬不能进去吗？我无所谓的。”

“看您说的，完全没问题，本来就是我邀请您来的，请进。”

行成看过座位表后，将她领到座位上。那是一张靠角落的桌子。“请慢用。”

“那个……”佐绪里看了看四周，压低声音说，“我有些古怪吧，一个女人独自在这里用餐……”

“没有的事，请不必介意。”

“可是，您看大家都带了同伴，只有我孤身一人，觉得很尴尬。”

“是吗……”行成看看四周，歪了歪脑袋。一个人吃饭也没什么，或许年轻女子比较在意这个。

“户神先生，您不在这里用餐吗？”佐绪里问道。

“我在这里。和客人在同样的环境中用餐容易把握问题。”说到这里，行成似乎突然明白过来，“如果您不介意，我陪您一起用餐吧，我本来也是一个人。当然，如果您不嫌弃的话……”

佐绪里的表情顿时生动起来。“能这样最好了，这样我比较踏实。”

“那就这么办吧，我去叫服务生安排。”

离开佐绪里的桌子，行成心想：我的提议是不是有些厚脸皮？看起来她很乐意接受，但会不会是不好意思推辞呢？

到了六点钟，店长作了简短的致辞，随即开始用餐。先上了几道开胃的小菜，量很少，估计是为了让客人尽可能多地品尝后续菜肴。

佐绪里将菜肴送进口中，时而点头，时而沉思。行成非常在意她的举动。

“觉得有什么不妥吗？”行成问道。

“没有，非常美味。”

“如果不愿当我的面说，可以在餐后发的调查表上写下感想。不论怎样尖刻的意见都没有关系。”

“怎么会尖刻呢？”佐绪里绽开笑靥，随即又点点头，“不过，既然承蒙邀请，就允许我写下坦率的感想吧。”

“拜托。”行成在低头致礼的同时，心想：她果然不同于一般女子。通常在这种场合说的都是老生常谈的客套话，她却不同，显示出内心的坚强和诚实。

“今晚令尊不来吗？”佐绪里问道。

“对。”行成干脆地回答，“今天的晚会是我为自己策划的，和父亲无关。邀请的客人也都由我选定。”

“哦。”

“找我父亲有事？”

“不，没有。”她摇了摇头，抬眼看着行成，“户神亭最早是在横滨吧？”

“对，在樱木町和日出町中间。”

“那时去过横须贺吗？”

“横须贺？没有。怎么了？”

“没什么，那边有我一个朋友。”

“哦。”行成点点头，心想，为什么问起父亲，又突然提到横须贺呢？

行成起身去和店长商量事情时，被一名妇人叫住。她也是老主顾之一。

“喂，那位是谁呀？那位漂亮的小姐。你女朋友？”

行成急忙摇手。“不，只是一位客人。”

“看起来可不那么简单啊。我还跟丈夫说呢，行成终于有女朋友了。”

“不，真不是，请千万不要误会。”

行成直冒冷汗，赶紧逃走。但他丝毫没觉得不快，脑中闪过一个念头：像她那样的姑娘，或许能和我合得来。

菜肴一道接着一道，最后，红烩牛肉饭终于端上了餐桌。行成有些紧张，丝毫不愿错过客人们品尝时的神态。

反应相当好，甚至听到有人说，这么好吃的红烩牛肉饭还是第一次吃到。

行成放下心来，将脸转向对面。刹那间，他大吃一惊。

佐绪里的神情非同寻常，脸色发青，表情僵硬，充血的双眼只盯着一个地方。她在流泪。

17

泰辅停下玩手机游戏的手，确认了一下时间。快到晚上八点了，品尝会开始已约两个小时，估计要上甜点了。他关掉游戏，将手机扔到副驾驶席上，盯着斜对面的大楼。户神亭广尾店就在其中。

与上次一样，泰辅在等静奈出来。万一她和户神行成两人要去什么地方，他就在后面跟踪，但估计今晚也要放空。根据泰辅的经验，和女人比较疏远的男人有两种：一种是不讨女人喜欢，很卖力但对方不予理睬，还有一种是并非不受欢迎，但心思全被别的事情占了去，与女人无缘。

一般前一种类型的人对女性都很积极，即便没有开口邀请的勇气，也会厚着脸皮等女方靠过来。对付这样的人，对于静奈来说简直是小菜一碟，闭着眼睛也能手到擒来，不费吹灰之力就能叫他乖乖拿钱出来。

可户神行成明显属于后者。今夜他约静奈来是为了工作。他显然不讨厌静奈，却固执地不把感情带到工作场所中。品尝会之后再约静奈去什么地方这种事，估计他想都没有想过。当然，他也不会想到女方是不是希望被邀请，他脑中根本没有这种想法。

“只怕连静也会觉得棘手。”走出房间前，泰辅曾对功一这么说。

“也许。”功一点头称是。

功一前些日子好像去过横滨，在户神亭老店的旧址转了转，说是收集到了一些有关户神政行的信息。

功一说看来还是看错人了。发生凶杀案时，户神政行正一心扑在自家店的经营上，没有任何理由到横须贺的洋食屋去入室盗窃，也没有找到任何有关户神亭与有明相关联的痕迹。

泰辅对大哥的调查分析能力心悦诚服。既然大哥这般说，也只能认为或许就是这样。

可是——

那晚在此地看到户神政行时受到的冲击，至今仍留在泰辅胸中。的确，过了十四年，记忆或许有些模糊了，有认错人的可能。这个泰辅也懂。但在他眼里，户神政行的脸和案发当天目击到的那张脸如复制般一模一样，连尺寸也分毫不差。

泰辅摇了摇头，决定不再去想此事，不能因不相干的事分了心，疏忽了对静奈的支援。

重新将目光投向大楼，只见户神行成出来了。泰辅大吃一惊，不由得坐直了身子。静奈就在行成身边，而且，行成的手臂还揽着她的背。

两人等到绿灯亮起，开始横穿马路。泰辅歪了歪脑袋，有些不解。如果是送行，行成没必要一同过马路啊。

静奈一直低着头，一副无精打采的样子，但又不像是醉了。

两人过了马路，行成随即举手拦下一辆黑色出租车，后车门打开了。

“难道他——”泰辅边想边发动了引擎。他的预感丝毫未错，静奈上车后，行成也坐上出租车的后座。

几乎在出租车开动的同时，泰辅也开动了车。他伸出左手抓起手机，一边确认四周有无警车一边拨通了电话。

“怎么了？”功一劈头就问，似乎预感到这时会有电话打进来。

“静和行成一起从店里出来了，还一起上了出租车。”

“就他们两人？”

“是，他们并肩走出来。行成那小子还揽着静的后背。”

“奇怪！”

“有什么奇怪？不就是静得手了吗？”

“但其他客人没有出来啊。行成出来就说明品尝会结束了，对吧？他不可能比客人先回家。”

正是！到底是哥冷静啊，泰辅佩服不已。

“他们往什么地方去了？”功一问道。

“上了六本木大道，前往溜池方向。”

“你就这么跟着，可别跟丢了。”

“明白。万一他们去酒店或情人旅馆，我就使那一招。”

如果发生那种情况，泰辅就会拨打静奈的手机，通知她父亲或母亲出了事故。听到这样的消息，应该没人可以留住静奈。

“可以，但估计不会去那种地方。”功一说道，“总之，小心跟着。”

“明白。”泰辅挂了电话。

出租车沿内堀大道朝锻冶桥大道、新大桥大道开去。泰辅见状想到了一个地方。出租车明显朝日本桥方向开去，静奈正住在日本桥滨町。过了水天宫前的十字路口车往左转。毋庸置疑，行成在送静奈回家。最后，车在一幢灰色建筑前停下，行成与静奈先后下了车。泰辅凝视着他们。如果行成要进静奈的房间，就必须相应地采取措施。可行成只向静奈招呼了一声，又上了出租车。目送车远去后，静奈才走进公寓。

泰辅将汽车停在路边，下车直奔公寓。

为防万一，泰辅备有静奈住处的钥匙。他打开自动锁，走进大楼。静奈的房间在五楼。等电梯时，他不停原地踏步。

来到五〇三室门前，泰辅按响了门铃，拧开了门的把手。门开着，没锁。

静奈坐在一居室正中间，身上仍穿着风衣。她朝泰辅转过脸来，面色苍白。“啊，泰辅哥……”

“出什么事了？”泰辅脱下鞋子扔在一边，走进房间，“为什么让户神送你回家，不舒服？”

静奈摇摇头。“不是。对不起，我把计划搞砸了。”

“咦？怎么回事？快说啊。”泰辅在静奈身边盘腿坐下，探头看了静奈一眼，不由一惊，“静，你哭了？”

她眼眶下的妆已一塌糊涂。“本想忍着，可当时眼泪已经夺眶而出。真对不起。”

“所以我问你出了什么事。快回答啊。”泰辅拍着双膝说道。

静奈紧皱眉头，咬着嘴唇。

泰辅越发焦急。“静，你别使性子——”

“红烩牛肉饭……”

“啊？”

静奈看着泰辅，胸脯起伏着调整了呼吸，再度开口说道：“晚餐最后上的是红烩牛肉饭，就是他……户神行成说的最拿手的红烩牛肉饭。”

“那又怎么了？”

“一样的。”

“和什么一样？”

静奈迟疑地舔了舔嘴唇，说：“和我们家的……”

“我们家的？”

"就是爸爸做的，有明的红烩牛肉饭。今晚我吃到的和那个一模一样，味道完全相同。"

听完静奈的叙述，功一抱着胳膊，一语不发，眼神盯着半空，看起来有些可怕。

泰辅坐在床上，等待功一的反应。十分钟前，他把静奈带到这里。功一一头雾水，泰辅便让他先听听静奈的说法。

"难以置信。"功一仍看向空中，"不可能有这种事。"

"可这是真的。哥，相信我。我正因为这样才控制不住自己哭了起来。那种味道，太让人怀念了……"静奈满脸悲伤地诉说道。

功一紧盯着静奈。"你记得那种味道吗？爸爸做的那种，可是十四年前的事了。"

"记得。怎么会忘记呢？我最喜欢了。"

"再说，现在不也在吃吗？"泰辅说，"哥你不也经常做吗？"

功一慢慢摇了摇头。"那是两码事。那不是爸爸的红烩牛肉饭。"

"我知道。哥做的和爸爸做的不一样。"

"有这事？"泰辅望着功一问道。

"完全不一样。我常做的是偷工减料的，要做成老爸的那种需要下大功夫。"

"我没吃出来啊。"泰辅挠了挠头。

"你是味盲啊。"功一表情缓和了一些，看着静奈问道："味道上的差别确实很微妙。这种细微的差别，静早就知道了吗？"

"那还用说？所以我才大吃一惊，没想到会在那儿尝到那样的味道。"

功一又抱起胳膊，深深靠在椅子上，仰脸望着天花板。"真的是爸爸做的那种味道？"

“绝对没错。”静奈答道。

“好吧。”功一站起身，“泰辅，把车钥匙借给我。”

“去哪儿？”

“超市。月岛那边有家二十四小时营业的。”

“超市？去干吗？”

“还用问？买做红烩牛肉饭的材料呗。”

泰辅和静奈同时惊叫起来。“哥，马上就做？”

“对。不偷工减料，再现老爸的味道，做给静吃，和今晚在户神亭吃到的比较一下。确认的方法想来只有这个。”说完，功一拿起上衣，出了房间。

大约两小时后，房间里弥漫起调味汁的气味。功一将毛巾扎在头上，在厨房忙碌不已。泰辅还是头一次看到擅长烹饪的他带着这样生气勃勃的表情做菜。

“我在答谢会上已经吃过了，可闻到这股香味，肚子又饿了。”静奈吐了吐舌头。

“户神那小子怎么样了？你突然一哭，把他吓坏了吧？”泰辅问道。

静奈沮丧地点了点头。“嗯，差不多吧。周围的客人都瞪大眼睛看着，糟透了。户神问我是不是不舒服，我没法回答。他就说先出去一下吧，就把我带出来了。然后，他拿了我的风衣，说要把我送回家。我当时六神无主，就听了他的话，上了出租车。”

“户神没问你为什么哭吗？”

“没有。上车后只问了我的住址。”静奈突然又加了一句，“那家伙，或许还真是不错……”

泰辅转向功一。“哥，你怎么看？”

“什么？”

“计划呗。对今晚的事是不是有点影响？静说搞砸了，很担心。”

“计划怎么样……”功一看着锅里说，“取决于这锅饭的味道。”

泰辅和静奈不由得面面相觑。

又过了两个小时，桌上放好了盛有红烩牛肉饭的盘子。静奈手持调羹坐在桌前。

在功一和泰辅的注视下，她举起调羹舀了一勺饭放进嘴里，眼中充满紧张。

嚼着嚼着，静奈忽然睁大眼睛，接着又舀了一勺，送进嘴里。

“怎样？”功一问。

静奈看着他，重重点了点头。“没错，是爸爸的味道。”

泰辅也尝了一勺。果真是有明的味道，令人十分怀念的味道，味觉将他带回到十四年前。

“今晚在户神亭吃到的是这种味道吗？”功一问道。

静奈没有马上回答，她又尝了一口，微微偏了偏脑袋。“嗯……差不多，但稍稍有些不同。”

“什么？还是不一样啊。”泰辅笑道。

“也不是。户神亭的牛肉饭吃完后，口中微带余香，这一点和爸爸做的完全相同，可现在这份没有那种香味。所以……那里的才是爸爸的味道。”

18

高山久伸极力装作若无其事。实际上，受到的刺激太过强烈，几乎使他当场趴下。

他伸手去端咖啡，同时努力使自己的表情不发生变化。他觉得必须显示出冷静的一面，不让志穗察觉自己的狼狈。

然而，他精神上受到的创伤比自己感觉到的还要大。由于指尖乏力，咖啡端起后，杯碟间咔嗒作响。他放下咖啡，抓起盛水的杯子拿到嘴边，将水倒进喉咙。情急之下，水却跑进了气管，呛得他剧烈地咳嗽起来，弄得嘴边湿淋淋的。他掏出手绢捂住嘴，却无济于事，反倒连眼泪都呛出来了。

在能开口之前，暂时只能保持这样的姿势了。他偷望了一眼对面，刚才一直垂着头的志穗正颇为担心地抬眼看着他。“你没事吧？”

高山用手绢捂着嘴，点了点头。怎么会出这种洋相？他有些生自己的气。

收到志穗的短信是在昨天傍晚，说有事要谈，请他安排时间。高山当时很高兴，他和志穗已经很久没有见面了。他很忙，给她打电话往往又打不通，发短信也没有回复。对此，她的解释为：“交给了我一些新的工作，忙得不可开交，没工夫查看手机。”她在做时装设计师的助手。

收到志穗的短信后，高山马上回复“随时都能见面”。于是，她指定了时间和地点，在一家能俯瞰银座中央大道的咖啡店——与三协银行的小宫见面时去过的地方。

高山喜不自禁，可慢慢地又有些担心。有事要谈，会是什么事呢？回想起来，她主动约自己还是相识以来的第一次呢。

志穗分秒不差地出现在约定地点，点完饮料，她表情木然地开口了：“事出突然，非常抱歉。我们就把这次见面当作最后一次吧。”

高山立刻被推落万丈深渊。

他好不容易才调匀呼吸，把手绢从嘴边拿开，顺手擦了擦额头。他觉得额上好像冒出了冷汗。

“你没事吧？”志穗又问了一遍。

“嗯。”高山点点头，将手绢放回口袋，再度拿起水杯，小心翼翼地喝了一口。

“对不起。”志穗低头致歉。

“怎么回事？呃，就是说，要和我分手？”高山表情僵硬地问道。

志穗点了点头。

“怎么会这样……”高山摇摇头，“为什么？”

“其实，我可能要去美国了。”

“美国？”

“我现在跟的设计师和纽约的设计师很熟，他把我的作品给人家看了，对方便邀请我去那里工作。我老师也说在那边会很长见识，一定要我去。我自己也想去……”志穗低着头说道。

“去纽约……可以前你不是说，想一直和我待在一起吗？”

“我的心意没变，可当服装设计师是我的理想，再说这么好的机会恐怕也没有第二次了。”志穗喃喃道。语气虽然很柔弱，可看得出她心意已决。

“可也不会老待在那边，还是要回日本的吧？这样我们又何必分手呢？”

志穗皱起眉头，一脸难过。“也不知道什么时候能回来。说不定以后我就在那边发展了。”

“就算是这样，也不能永远待在那里吧。你家总还在日本啊。”

“我没跟你说过？”

“什么？”

“我父母离婚了。我跟我父亲，他在两年前去世了，母亲已经再婚。所以，我没有什么家。”

“可是——”

“对不起。”志穗深深低下了头，“我不想为了自己的理想给你添麻烦。怎么能让你连个时间期限都没有就一直等呢？久伸你还是另找别的姑娘，追寻自己的幸福吧。”

她的声音中带着哭腔，高山觉得揪心般地难受。可以看出她的内心很痛苦，这是在激烈挣扎后作出的苦涩决定。

“我会等你的。不管多少年，我都会等你回来。”

“久伸……”

志穗抬起头。这时，她身后的楼梯上出现了一个人，是三协银行的小宫。一发现高山，他就满脸堆笑地走了过来。“让您久等了。上次多亏您帮忙，非常感谢。”

小宫突然出现令高山迷惑不解，志穗则回头看着小宫：“小宫前辈，特地让你跑来，真是不好意思。”

“没关系，什么事啊？”小宫在志穗身边坐下。

“我想问一下，上次签约的那个美元债权，可以部分解约吗？”

“咦？怎么了？”

“我现在急需钱用，上次委托的那五十万能不能先还给我？”

“等等，”高山插了进来，“这事我可没听说啊。”

“我要向你道歉。我本以为靠存款能对付过去，可是去那儿的路费之类的开支很多，怎么也凑不齐。”志穗说道。

“那儿？”小宫问，“到底怎么回事？把我弄得一头雾水。”

“是这样……”志穗又将要去美国的事说了一遍。小宫边听边不住地瞥向高山。

“纽约……”听完，小宫的脸色阴沉下来。

“钱明天一定要付了，所以才将前辈叫了出来，真不好意思。”

“这倒没什么，可部分解约行不通，只能全部解约。如果现在解约，损失可就大了。上次我也说过，这款产品就是这样。”

“啊？那该怎么办呢？”志穗咬住下唇。

“再说，南田你这么做不觉得太随便了吗？”小宫噘起嘴，有些愤愤不平，“你帮我完成指标，我自然十分感谢，可你这样只考虑自己，说要解约什么的，会给高山先生添麻烦，我觉得这样不妥。”

小宫已不再使用银行职员的语气，换成前辈教训学妹的口吻了。志穗缩起脖子，低低地说了句：“我也知道。”

“你要去纽约也好去哪里也好都没关系，但总不能连累别人吧。再说，高山先生是你的男朋友，对吧？你究竟在想什么？”

“哎，行了行了。”高山急忙劝阻，“我也希望她能实现理想，请不要再斥责她了。”

“高山先生，太宠她了可不好。”

“行了。这是我们之间的事，就不劳小宫先生费心了。”

“那我也不好再说什么了。”小宫叹了口气，看着志穗，“解约的事怎么办？”

“不用了，我自己想办法。”

“真的？”

“嗯。”

“那我先走了。可不能再给男朋友添麻烦了哦。”

“对不起。”志穗仍低着头。

目送小宫大步离开后，高山的目光又重新回到志穗身上。只见她垂头丧气。

“你跟我商量一下不就行了？路费什么的为什么不和我说呢？”

“怎么和你商量？我以为一定要和你分手了……”

“我可不想分手。不管到什么时候，我都等着你回来。”

“久伸……”

“路费需要多少？”高山问道。

坐银座线到日本桥，再往东西线的站台走去时，泰辅加快了脚步。他赶上走在前面的静奈，和她并肩前行。静奈察觉后便停下脚步。

“拿了多少？”泰辅俯视着铁轨问道。

“五十万。其实，一百万也拿得到。”

“可大哥说了，只拿五十万。”

“知道，所以我才忍住了。其实，从高山那儿还可以再拿点的，没办法。”

“南田志穗什么时候去美国？”

“跟高山说是星期四。自然，他准备去成田机场送我。”

“星期二给他发短信，说已经上飞机了，因为在机场分别实在叫人难以承受……”

“好。”

“剩下的就是中学教师川野武雄。准备怎么跟他分手？”泰辅问道。

"基本上也还是这一手呗，但那小子不会轻易罢休。若贸然行事，他肯定会去保险公司打听。"

"这样不太好。还是多费些工夫吧。"

自从功一宣布准备收手后，泰辅和静奈就开始忙于善后工作。该收钱收钱，然后掐断联系，干净利落地脱身。

他们一回到门前仲町的公寓，就闻到一股香味。功一正在厨房里忙碌，一个旅行包扔在床上。

"哥，你什么时候回来的？"泰辅问道。

"三个小时以前吧。总放心不下，就赶紧做上了。"

"怎么样？"泰辅瞧了瞧锅里，"气味、外观和上次也差不多嘛。"

"嗯，吃过了再说。高山那边怎样？"

"五十万。静漂亮地弄到手了。"

"厉害啊，静。"

听到功一的赞扬，静奈得意扬扬地在床上坐下。"你去名古屋干什么？"

"不是说过吗？想再现爸爸红烩牛肉饭的味道，有一件秘密武器必不可少。"

"那东西在名古屋？"

"没错，总算弄到手了。"

"别吊人胃口了。到底是什么啊？"泰辅问道，功一却不答。

前些天，听静奈说户神亭的红烩牛肉饭才是有明的味道时，功一就低头陷入了沉思。不一会儿，他抬起头，宣布要去趟名古屋，说全部答案或许就在某个地方。他说得神秘，不肯直言。

"大功告成。"过了一会儿，功一说，"静，你尝一下。"

静奈坐到桌前，做了个深呼吸。

"不必那么紧张。"功一笑道，"放轻松，吃就行了。"

“可是，我的责任重大啊。”说完，静奈动起手来。吃了一口后，她眨了几下眼睛，又吃了几口。她抬起头望着功一，眼睛闪闪发光。

“怎样？”功一问道。

“完美。”静奈答道，“有一种独特的香味，是爸爸的味道。”

“那天在户神亭吃的也是这样的？”

静奈点了点头。

“果然……”

“哥，到底是怎么回事？别卖关子了，快说吧。”

功一从洗碗池下的橱柜中拿出一瓶酱油。泰辅从未见过。

“名古屋老作坊的酱油。许多厨师做红烩牛肉饭时都会用酱油，而爸爸偏爱这一种。本子上写着呢。”功一拿起放在厨房桌子上的笔记本。

泰辅也记得这个笔记本，知道那上面写有父亲做菜的配方。

“今天，我专程去买了这种酱油。”功一说道，“还在那家店里了解到一个重大信息。”

“咦？”泰辅和静奈面面相觑。

“户神亭也购买这种酱油，从十四年前就已开始。”

泰辅顿时如遭电击一般，静奈也表情僵化。

“并非偶然。”功一说道，“户神政行窃取了咱们家的味道。泰辅。”

“什么？”

“那天夜里，你看到的就是户神政行。你没有看错。”

19

户神行成在设计师事务所里与人商量新店的装修。这时，手机响了。他道声“不好意思”，看了看屏幕，显示的是“高峰佐绪里”。他背向设计师山部秀和，按下通话键。

“喂，我是户神。”

“啊……我是高峰。前些天在广尾店承蒙盛情款待……”

“哪里。您好点了吗？”

“没事了，当时真是给您添麻烦了。啊，现在会不会打扰您？”

“我正在与人商量事情，估计马上就结束，过一会儿我给您打过去，可以吗？”

“当然可以。不好意思，打扰您工作了。”

“请别介意。那么，一会儿再说。”行成挂了电话，转回椅子。山部看着他的脸，略显惊讶。

“是令你惊喜的人打来的吧，行成？”

“啊？怎么了？”

“你的表情完全不一样。刚才还紧皱眉头，像个哲学家，现在则眉飞色舞。是女的吧？”

行成不由自主地抹了把脸，又摇摇手：“别开玩笑，没那回事。”

“哦？该不会是前些天出席答谢会的那位小姐吧？”

被一语道破，行成大吃一惊。他想起那天山部也出席了。

“一猜即中吧。很好，她和你很合适。户神社长也说过，你善于合乎理性地做好工作，但却不知道，要打动人心光靠理性并不够。有了喜欢的姑娘，有时也会因不懂对方的心思而烦恼，这对你有好处。”

山部已承担过户神亭两家分店的装修，深得户神政行信赖，年龄比行成大十岁。

行成皱起眉头。“确实是她，但我们可不是山部先生你想象的那种关系。我只是想听听年轻女性的意见，才邀请她出席。那晚是因为她的朋友有事来不了，我才陪她同桌吃饭，仅此而已。”

“哦，那倒有些遗憾了。男人打天下时，背后得有个女人守护着才好。索性向那位小姐挑战一下如何？是位绝色佳人啊。”

“别开玩笑了。她怎么会理睬我这种小老头？你别看她那样，还是个学生呢。”

“学生？哎呀，这倒是没想到，看起来社会经验很丰富。啊，并非说她显老，而是说她有一种成熟的风度。”

“我明白，也有同感，但她确实是京都一所大学的四年级学生。她为了积累各种社会经验，休了学，或许原因正在于此。”

“哦。她那种风度倒不像是临时能装出来的……”山部歪了歪脑袋，“即便不是恋人，和姑娘多接触一下也很好。这次新店不也有意考虑到年轻顾客群了嘛。”

“我明白，所以和她保持着联系，但没什么别的想法……”

“知道了，知道了，别那么认真。”山部苦笑道。

他们又商量了约三十分钟。结束后，行成一走出设计师事务所，马上掏出手机打给佐绪里。“我是户神。刚才真对不起。”

"哪里，哪里，是我妨碍了您的工作。现在没关系了吗？"

"嗯，已经谈完了，是新店装修的事。"

"哦，很有意思吧？"

她的话不像在随口敷衍，语气中透着关切。行成想起她以前对店里的照明发表的感想。

"对了，刚才我也问过，您的身体不要紧了吧？"

"嗯，没事了，今天正为此事给您打电话。那天真是给您添麻烦了，今天特地表示歉意和感谢。户神先生，最近有时间见面吗？只要三十分钟左右就可以。"

"您不用这么在意。见面自然没问题，什么时候好呢？"

"对我来说是越快越好，您一定很忙，还是由您定吧。"

"嗯……"行成想了一下近几天的安排。突然，一个念头涌了上来，这是个相当有魅力的想法。他稍一犹豫，开口说道："如果可以，现在怎么样？不好意思，太急了。"

"现在？没问题。"佐绪里似乎有些意外，但并无异议。

"说定了。其实，我想请您陪我去看一个地方。"

"在哪里？"

"见面再说吧。"

约定一小时后在六本木新城的咖啡店见面后，行成挂断了电话。

他兴奋莫名，思忖原因，他不得不承认，让自己激动起来的并非是想带她去某处的好主意，而是马上要和她见面这件事。行成想起山部刚才的话。"挑战一下如何？"这句有些老套的台词在耳边响起。

若她果真成为自己的女友——光是这样空想就使行成体温升高了。在乘出租车前往六本木的路上，他发现心跳比平时快了许多。

在六本木新城转了几家商店，在约定的咖啡店里买浓缩咖啡时，他冷静下来，开始考虑有关佐绪里的其他事情。

他发现，自己对她几乎一无所知。在葡萄酒品尝会上见过面后，在户神亭同桌交谈已有两次，可听到的全是她对餐厅的印象。只知道她是个学生，专业、家庭情况和父亲的职业她均未提及。珠宝店CORTESIA · JAPAN 的顾客本应为社会地位颇高的人物。

行成陷入自我厌恶中。他并非不会和女性交谈，但话题仅限于烹饪或餐厅，此外他便无所适从，甚至连了解对方的念头都不会有。

答谢会也是如此。听完佐绪里对饭菜的欣赏，他就滔滔不绝地说起新店事宜。就算觉得无聊，佐绪里也不会表现出厌恶的神情，但想必她心中一定很不自在。

只顾一味讲自己的事，却没有及时注意到佐绪里的情绪变化。若无特殊情况，没人会在吃饭时哭泣。她必定在精神或身体上遭遇了什么难以抑制的刺激。行成至今仍在后悔：为什么没有提早发觉？

在送她回家的出租车中，他也丝毫想不出该说什么，担心随便搭讪会无意中伤害她，或被她轻视。

真是没用啊，行成咒骂着自己。

不久，佐绪里来了。她身穿白色毛衣，外罩灰色外套，黑色长裤，突显出修长的双腿。

“对不起，让您久等了吧？”她的视线落在行成面前的杯子上。杯子已经空了。

“是我来得太早了。您喝什么？”行成起身说道。

“我去买。那是浓缩咖啡吧，我也喝这个行吗？”

“当然。”

行成看着走向售货台的佐绪里，再度心生甜蜜。虽说不是情侣，但能与如此年轻美貌的姑娘一起约会般的相会，也让人乐不可支。

一张稍远的桌边坐着两个年轻人。行成发现他们正盯着佐绪里窃窃私语，直到她返回。如果她与女伴同桌，或许他们就想上前搭讪了。很明显，他们失望了，最后竟恨恨地望向行成。估计他们在想：为何这小老头能和这样的美女约会？行成心想：瞧着吧，没你们的份儿。将咖啡放到桌上后，佐绪里把双手放在膝盖上，低下了头。

“上次真抱歉，跟您见面都觉得很不好意思。首先要向您致歉……”

“您别这样，倒是我照顾不周，应该反省。我本应早些察觉您身体不适。”

“其实，我当时并非不舒服。是因为吃了红烩牛肉饭后，突然想起了一件事。”

“啊？此话怎讲？”

“我小时候有个好朋友，家里也开洋食屋。那天的味道和她家的非常像。”

“真的？那家店在哪里？”

“横须贺。是否真的很像我也不确定，或许红烩牛肉饭就容易给人这种错觉。我那朋友后来由于父母因意外事故去世，便搬到远方。我想起往事，顿时难过起来……真对不起。”

“哦。那么，她……”

“再未见过。”

行成心想，这是因为她感觉灵敏、感情丰富，并且非常为他人着想，否则不会因食物的味道想起暌违已久的朋友。

“本该道歉，却又说了一大堆理由……”佐绪里以手掩面，又将身边的一个纸袋放到膝盖上，“一点小东西，请您收下。”她取出一个纸包放到桌上。

行成大吃一惊，慌忙摇头。“高峰小姐，不必如此。”

“我很过意不去。不是什么贵重的东西，或许您工作时用得着……”

“真拿您没办法。”行成伸手拿过。不用说，他心里并没有丝毫不快。“可以打开吗？”

“请吧。别期望过高哦。”

行成小心翼翼地拆开包装，露出一把插在皮鞘中的酒刀，手柄略显弯曲，上面钉着黄铜钉。

“拉吉奥乐的再版！这是名牌啊。”

“初次见面是在品酒会上，所以……我想您肯定有更好的酒刀。”

“我哪有这么好的东西？这如何是好，我能收下吗？”

“一点心意。您收下我会很高兴的。”

“谢谢，我会珍惜。可估计我父亲会说，用这么好的东西还早了十年。”行成将酒刀放回盒中，小心地包好。

“听说令尊最早是在横滨开店？”佐绪里问道。

“是啊，那时我还在读小学。只是家小店，父亲也经营乏术。”

佐绪里的眼睛闪闪发亮。“户神亭创业时的趣闻轶事，一定要好好说给我听。”

行成苦笑着歪了歪头。“估计没什么您感兴趣的事。”

“成功人士艰辛创业的故事不是很有参考价值吗？”

“呃……也许。”行成将包好的盒子放到桌上，再次注视佐绪里，“我请您陪我去一个地方。我一边给您介绍那儿的情况，一边讲往事。其实，也没什么大不了的事好讲。”

“嗯，在电话里您也说过，要去哪里？”

“出去再说。”行成站起身来。

20

从麻布十番町步行约五分钟，是一条新老商店混杂的街道，行成要带静奈去的那家店就在这里。曲线舒缓的楼梯从建筑物正面直通二楼的入口处，但那里还没有装上门。

这里正是户神亭的麻布十番店，户神行成要向静奈展示的地方。

“请注意脚下。”说着，行成走进入口。静奈紧随其后，里面传来装修施工的声响。

穿过围着蓝色塑料布的通道，眼前豁然开朗。静奈停下脚步，睁大了眼睛。这可不是她装出来的。

“哇，好大呀！”她不由自主地说。

走在前面的行成回过头，露出雪白的牙齿。“因为还什么都没放呢。本想找个更宽敞的地方，却遍寻不到。但我已经很满意了。”

听着他颇为自信的话语，静奈环视四周。装修还没有结束，但在她眼中已经相当新颖、辉煌。

装修工人分散在四处忙碌着。他们在干些什么，静奈不懂，可从他们默默工作的身影上，可以感觉到这片空旷的所在即将变为一家崭新的餐厅。

“怎么样？本月装修基本结束，从下月开始运来桌椅，进入最后阶段。”

“太好了。可以容纳多少人？”

“不想太拥挤，最多也就五十多人。要优先考虑的是店内布局。”

静奈点点头，开始重新打量四周。该店处于建筑物的角落，所以四方形的空间两面临窗。静奈想象着在那里放上桌子后的情景。

“您会挑哪个位置用餐？”行成问道。

静奈沉吟着走向窗户，比较着外面的风景和店内的景象，但也只能在脑海中大致描绘。

她沿着窗户一直走到尽头。“我喜欢这里。当然，还要看与相邻餐桌的间距。”

“为什么？”

“想观赏窗外的景色。若是位置太引人注目，那就……但在这儿，无论坐下还是起身，似乎都不必太在意。”她又将目光投向附近的一根圆柱，“这根柱子也不错。这么一点遮挡，就给人一种隐私得到保护的安全感。”

行成轻轻点点头，露出笑容。“看来带您来还真来对了，增强了我的自信。”

静奈不解地歪了歪脑袋。行成见状解释道：“完全出于同样的理由。我也会觉得这个位子最好，对这根柱子的理解也是如此。”他拍了拍柱子，环视店内，“您不觉得这里柱子太多了吗？”

“倒也是……”

“柱子虽碍事，却也能起到遮人耳目的作用。尽管不太粗，但一根就会给人很强的安全感。可为了不影响行走，我也伤透了脑筋。”

“真是个好主意。”

“其实，在最早的户神亭店里就有许多柱子。”

“最早的店？在横滨？”

行成点点头。“面积不大，柱子倒不少。我当时还是个小孩子，总觉得碍事，以为顾客也不喜欢。可是，有一次我看到了很有趣的一幕。”

一种单纯的好奇涌上心头，静奈紧盯行成。

“一对年轻情侣来店里进餐。那天，我正在柜台吃房东提供的晚饭，不经意间看了他们一眼，发现那男子正悄悄做着小动作，仔细一看才发现，他在桌下藏了一个小盒子。不久，他看了看周围的动静，将盒子放到桌上。那是个装戒指的盒子。”

静奈想象着点了点头。那场景在电视剧中经常出现。

“我看不见他的脸，因为中间有根柱子，所以，他也没发觉我一直在看着他。如果没有那根柱子，他就会注意到我的视线，或许就不会做出那种戏剧般的举动。于是，我想柱子也自有其用。”

“好浪漫的故事啊。”

“当时的户神亭柱子多，只是直接沿用了原来的装修。资金不够，不能将柱子撤去，也算是无心插柳柳成荫吧。我老是忘不了那件事，一直盼望若有了自己的店，一定办成一个能令情侣无须顾虑别人的视线轻松交换礼物的所在。”

看着不时鼓动鼻翼、兴致勃勃述说的行成，静奈心想，这人真是从心底里热爱工作啊。不，他是热衷用洋食屋给人快乐，脑中满是这样的念头，无论看到、听到什么，都会与此联系起来。这样毫无邪念的活法令她非常羡慕。

一个工人走了过来，在行成耳边低语。行成脸上的笑容消失了，与那人略一交谈，他转向静奈：“对不起，失陪一下。”

“请便。”静奈答道。

行成和工人围着图纸商量，静奈再度环视店内。她想象着完工后的效果和客人进餐时的情形。具体的装饰和灯具情况不明，她按照自己的喜好在头脑中尽情描绘。行成说要办成一个能让情侣们无拘无束地用餐的店。该营造出怎样的氛围呢?

沿着墙壁走动时，她又开始考虑该挂何种画作。严肃的画不行，要能令人立刻心情开朗的才好。

想到这里，静奈停下脚步。

我在干什么？她质问自己。这家店会是什么样子，与我有何相干？无论行成经营成败都随他去。这些根本不是现在在这里应该考虑的。

功一再现了户神亭的红烩牛肉饭，即父亲做的味道后，兄妹三人曾商量过如何应对。

功一认为要找到证据。

“案发当晚泰辅看到的那个人，十有八九是户神政行。但口说无凭，警察什么都不会做，一定要有确凿的证据。”

“他不是偷了咱们家的配方吗？这不就是证据？”泰辅说。

功一摇头不已。“也不一定是偷的，甚至可以说不是偷的。”

“为什么？”

“只有我手上的那个笔记本写着配方，仅此一份。户神政行能做出一模一样的味道，只能认为是他直接问了爸爸。”

“这有什么关系？不管怎么说，户神政行与爸爸认识。我在案发当晚看见他了，这还不够吗？”

功一并不认同。“红烩牛肉饭的味道相像，不能作为他们认识的证据。即便指出他用了那种酱油，人家说这纯属偶然，我们也就无言以对。”

“有那样的偶然吗？再说味道也不是什么相像，是一模一样。”

“我认为不是偶然，但光凭这些说服不了警察。”

“那么，怎样的东西才能证明户神政行是凶手呢？”静奈问道。

功一抱起胳膊，叹息道："直说吧，如今再想证明已相当困难，毕竟已经过了十四年。不在场证明也没法调查了，就算能调查，也不能因为户神政行没有不在场证明就判定他是凶手。再说，警察对凶手的指纹、遗留物等均未确认。"

"那么，我们就认输了？"泰辅噘起嘴。

"谁说认输了？肯定会有办法。首先要调查十四年前户神政行在干什么。就像刚才所说，户神政行和咱们家肯定在某些方面有关联，首先要想办法把这一点搞清楚。"功一将锐利的目光投向静奈，"一切，都在静身上了。"

静奈默默地点了点头。不用别人提醒，她也知道能够接近户神行成的只有自己。

"如果在这方面有收获，该怎么办？"泰辅问，"通知警察？"

功一没有立刻回答。他皱起眉头，沉默着陷入思考。

"哥……"

"相机而动。"功一答道，"看能找到什么样的证据。如果是无可指摘的证据，就匿名通知警察。"

"如果不是呢？"静奈问道，"如果没有铁证还通知警察吗？"

"也只能这样了，对吧？"泰辅征求大哥的意见。

功一阴沉着脸说道："证据不充足，警察不会采取行动。即便采取，如果被户神政行抵赖过去，就到此为止了。"

"那我们再找就是了。"

"不，不可能。"

"为什么？"

功一看着泰辅和静奈。"我们如果通知警察，就必须马上从户神父子身边消失。因为警察肯定要找出检举人，并且会推断检举人就在户神政行周围。这样就会将怀疑的目光投向最近与他儿子接近的年轻女子。”

“这样有问题？”

泰辅一问，功一顿时露出大失所望的神色，叹道：“警察对使用假名接近户神行成的人会怎么想？还有假冒的珠宝商。”

“我们是被害人的遗属，就说是为揪出户神的尾巴而有意接近不就行了？”

“若问为何要盯上户神，你怎么回答？”

“这个，总有话说嘛。”

“好好回答。怎么对警察说？”

泰辅赌气一语不发，功一摇摇头。“别忘了我们的身份，还不知道何时会被警察盯上呢。知道我为什么要在门上装个警示灯吗？”

“这些我都懂。那你说，找不到确凿证据时到底该怎么办？”

“到那时……就只能使绝招了。”功一低低说道。

“绝招？”静奈问，“那是什么？”

“现在还没必要说，是最后的手段。现在，先要考虑怎样找到证据。”

功一再次盯着弟弟妹妹说道：“我再重申一遍，计划全面更改，目标已不是户神行成，而是他父亲户神政行。我们要得到的不是一千万，而是能证明户神政行杀害爸妈的证据。不用说，这是到目前为止最大的目标。A级，不，是超A级，我们一定要成功。”

功一响亮的声音现在仍回荡在静奈耳边。她心想：一定不辜负他的期望。这也是一扫十四年来积怨的出路。

“首先要弄清户神政行和咱们家的联系。”功一指示道，“要详细问出十四年前的情形，这样肯定会找到线索。”

静奈重新给自己鼓劲。不能跟着他的思路走，真与他商量餐厅装修，我岂不疯了？

和装修工商量结束后，行成笑吟吟地走了过来。

“让您久等了。柜台的材料被他们搞错了。”

“那可不得了啊。”

“没办法，谁都会出错，重要的是不要老犯同一个错误。对吧？”

看着露出白色牙齿微笑的户神行成，静奈觉得有一种朦胧的东西在胸中漾开。她也不知道那是什么。

21

走出店时，外面已暮色苍茫。上了马路，走在前面的行成像是倏地想起了什么，回头看着静奈。“您曾说想听听我父亲的事，对吧？想听刚开店时的趣闻轶事？”

静奈苦笑道：“是啊。您说边介绍新店边说的。”

行成摸着后脑勺，仰面说：“不好意思，忘得一干二净。光顾说自己的事情了……实在抱歉。”

“没关系。当然，我仍想听。”

“我可以细细说来，那就回去吧。”行成转身走上楼梯。

“嗯……要回去吗？”

“不是说好边介绍新店边说的吗？”

“可新店已经介绍得很详细了。”

“哦，这倒也是。”行成站在楼梯中间，再次摸了摸脑袋，“那该怎么办？”

看着他手足无措的模样，静奈直想笑。以前遇到这种情况，她总是急不可耐，可今天的心情莫名地不同。

这人也太没用了。和工作相关的事都能办得井井有条，可一出了这个范围，需要建立人际关系时，立刻就乱作一团。

静奈心想，只有自己来引导了。“一边用餐一边介绍也没关系啊。”

“用餐？哦，对，那也不错。什么时候好呢？”

“什么时候？”

“嗯，我想想本周的日程安排。”行成皱眉思考。

“户神先生，今晚您有安排吗？”

“今晚？哦，没……”他像是突然想起似的看了看表，“对，我们可以去用餐。不知道您方不方便？”

“我无所谓的。”

“那我们去吃饭吧？时间也差不多了。”

“好啊。”

“就这么定了。去什么样的店呢？”

行成低头沉思着走下楼梯。望着他的背影，静奈想，他是个好人，但太麻烦了。可她依然没有感到不快。

行成选中一家在麻布十番车站附近的意大利餐厅。店的外观和内部装修都较为平民化，餐桌上铺着方格桌布。据说该店自制的面包很有名。

“听说光发酵就要花上好几个小时。您看，这样掰开有一股淡淡的香味，这就是它的特点。”说着，行成将掰开的面包放进嘴里。一说起食物，行成就立刻神采飞扬。

“您对附近的餐厅也很有研究吗？”静奈问道。

“当然。他们既是竞争对手，同时也是战友。”

“战友？”

“不是吗？客人要来我们店，先得来这条街才行啊。如果客人去了银座或六本木，也就没什么可竞争的了。所以，即便客人要去的是别家店也好，要先让他们来到这条街上，接下来才是各显神通的竞争。”

行成的话中透着自信：只要客人来到我们店里一次，就一定会感到满意。

“户神先生制胜的武器，就是红烩牛肉饭吧？”

行成满意地点了点头。“我们店能成功全靠它。哦，对了，听您刚才说，它的味道引起了您很久以前的回忆。”

“不好意思，我净说些离奇古怪的话……”

“哪里，哪里，很有意思。居然还有和我们做的味道相近的店，真令人惊讶。听父亲说，他颇费功夫才创出这种味道。”

谈话恰到好处地接近了核心。静奈盯着行成的眼睛问道：“那是在最早的户神亭推出的？”

“对。刚才也提到了，就是那个柱子很多的小店。”

“是那家店的招牌菜？”

“对。很受好评，靠客人口耳相传，不久还上了电视和杂志，客人越来越多。但也不是一开始就一帆风顺。我记得刚开店时几乎每天都门可罗雀。大概过了两年，客人一下子多了起来。”

“有什么特别的原因吗？”

“如果硬要说有，就是推陈出新了。”

“哦？”

“其实只是改变了一下菜单，增加了红烩牛肉饭套餐。可这么一改，还真改对了。一到中午，那些公司职员都来吃这个。我们都觉得莫名其妙时，店外竟已排起了长队。老实说，到现在也觉得不可思议，没想到，只稍稍改动了菜单，竟会有这么好的效果。”

静奈心想：不就是饭的味道变了吗？虽不知来龙去脉，但可以认为：户神政行是在得到了有明的配方后才生意兴隆的。

但怎样才能证明这一点呢？

“那个真的很好吃。”静奈说，“有什么秘密吗？比如作料之类……”

行成顿时停下正在舀汤的手，神秘地笑道：“秘密不少。很遗憾，这不能告诉您。”

“调味汁中有一股特殊的香味，吃完后唇齿留香。”

行成十分惊讶，很佩服地看着她点了点头。“了不起。很少有人只吃了一点点，却能品得如此深。”

“那香味的秘密，”静奈果断地继续问道，“大概在于酱油吧？”

行成目瞪口呆。“为什么？”

“只是一种感觉，猜错了还请多包涵。”

“不，太令人吃惊了。”行成放下汤匙，将手伸向倒有白葡萄酒的杯子，啜了一口，咽下后叹道，“您说得一点也不错，是用了酱油。但没人能仅凭香味就识破这一点，就连美食家也不能。您真了不起。”

“哪里，只是歪打正着。”

“怎么会？您对烹饪一定很有研究。”

“才不是呢，谜底是听朋友说的。”

“朋友？”

“就是我提到的，双亲亡于事故的朋友。她说她家的红烩牛肉饭用酱油做作料，所以我才那么猜。碰巧说对了。”

行成点点头，似乎认可了。“哦。确实，用酱油也不算什么稀奇事，问题是用什么样的酱油。这个我可只讲给您一个人听，我们用了一种特殊的酱油。”

“哦，真有趣。如何特殊？”

“呃，”行成说到一半，摇了摇食指，“对不起，这个不能告诉您，是内部机密。”

“哦……这么重要的事当然不能随便对外人讲。不好意思，我怎么问起这个了……”

“不必道歉，我也觉得用不着保密，光知道用什么材料也做不出我们店的那种味道。虽说只是道牛肉饭，可做起来还是相当复杂。”

静奈确信，功一在名古屋的调查丝毫没错。户神亭购进那种酱油，正是用在牛肉饭上。

吃主菜时，静奈点了网烤斑节虾，行成要了小羊排。

“您父亲是怎样才研究出这种味道的呢？您听他说过当时的情形吗？”

行成正在切小羊排，闻言停下动作，眼神似在眺望远方。

“说实话，我没听说过。我也问过，是不是有什么契机，父亲说没有，就是靠不断试验研究出来的。”

“那是在户神亭开店之前？”

“自然，牛肉饭开店时就已列入菜单。”

可是，那时的和现在的味道是否相同，就不得而知了。静奈问道：“户神先生在开店之前就吃过那种牛肉饭了？”

“应该是吧。”行成含糊地回答。

“应该？”

“老实说，我记不太清了。”他难为情地露出雪白的牙齿，“我小时候对店里的事毫不关心，甚至很厌恶父亲的职业。我希望他也像别的孩子的爸爸那样打着领带去公司上班。或许正因如此，我很少吃父亲做的饭菜。晚上吃房东提供的晚饭是在店里生意忙起来以后，之前一般都是吃妈妈做的饭。小朋友们很羡慕我家开洋食屋，可我每天都闻着半釉汁的气味，早厌烦了。”

静奈点头，心中暗想，我倒不是这样。从学校回到家里，只要闻到从厨房里飘出来的烤肉味儿，心情就会不由自主地愉快起来。她最喜欢吃父亲做的饭菜。

她这样想，或许是当时年龄尚幼的缘故。若再多闻几年相同的味道，可能也会产生同行成一样的想法。

看来行成不可能记得户神亭开店时的味道。

功一说过，户神亭生意红火起来和有明发生盗窃杀人案几乎是在同一时期，很难想象这和两店的牛肉饭味道酷似没有关系。

静奈不由得屏住呼吸，一个念头在她脑海里一闪而过。说不定那天晚上户神政行是为了得到牛肉饭的配方而潜入有明家的。或许户神政行通过某种途径知道了有个写着配方的笔记本，在偷窃时被父母发现，情急之下将他们杀害。

然而，静奈立即发现这一推理中存在的许多矛盾。写着配方的笔记本并未被偷走，在凶杀现场也不可能有时间抄写。再说，有明店里也没有复印机。

最大的疑问就是：不管如何美味，能为了配方杀人吗？

"您怎么了？"行成问道，"不舒服？"

"不，没什么。想到了一些事，不好意思。"

"哦，那我就放心了。"

看着行成爽朗的笑脸，静奈心想，要想拿到证据，只有进一步接近他了。

吃完甜点，她谎称去洗手间，离开座位后，看了看手机。泰辅发来了一条短信："尽快联络。"打通电话后，只听泰辅略带怒意地询问："你在哪里？"

"十番的一家餐厅。"

泰辅咂嘴。"为什么不和我联系？不知道地点，我怎么跟踪？"

"对不起，我忘了。"

"怎么回事？这可不像你。为防万一，我不是一直都看着的吗？"

"知道了。我一个人也无所谓。"

"说什么呢？出一点差错，可就无法挽回了。"

“我不是说知道了吗？时间长了要被人怀疑，我挂了。”静奈不待泰辅回答便挂断了，随即关机。

烦死了，她暗道，随即歪了歪脑袋，心想：今天我的确和平时有点不同。

22

行成回到位于目黑区的家时，已经十点多了。和高峰佐绪里谈得兴起，两人吃完甜点后又喝了咖啡，在饭店里盘桓很久。

准确地说，并非谈得兴起，是因他不想与她分别而拼命找话题延续谈话。所幸佐绪里对饮食店的经营和户神亭都很感兴趣，聊的基本都是这方面的内容。

他也想出了餐厅后约她去别的地方坐坐。在麻布，行成常去的酒吧有好几家。可是，邀请的话怎么也说不出口。提出一起吃饭的是佐绪里，也正因这样更不能得寸进尺。他觉得如果要约她去酒吧，就该一开始就明确他们是在约会。

但行成还是有些后悔，没有再约她的借口了。答谢会邀请过了，开业前的麻布十番店也带她看过了。以后该怎么办？麻布十番店开业时可以再约她，但时日尚早。再说，即使那天她来店里，自己也肯定忙得不可开交，根本没时间从容交谈。

行成怀着一种朦胧的感觉走进家门。在宽敞的玄关，父亲的黑皮鞋放得整整齐齐。

父亲政行正在起居室里看文件，估计是各分店营业状况报告。行成感到，最近，父亲已经不再是厨师，彻底变成经营者了。

母亲贵美子从厨房里走出来。“回来了，吃晚饭了吗？”

“嗯，见了一个朋友。”

母亲皱起眉头，耷拉下嘴角。“那就说一声嘛，还给你留了生鱼片。”

“对不起。带人看了十番的店面后就直接去吃饭了，忘了打电话。”

政行抬起头来。“给外人看了麻布十番店？”

“这有什么关系？又没什么好隐瞒的。再说，那人也给了我很好的建议。你也见过，就是高峰佐绪里小姐。”

“哦，是她。”政行像是想起来了，紧接着又盯着行成说道，“你们接触得很频繁嘛。”

“谈不上频繁，今天是她联系我的。我不是说过，在上次答谢会上有位客人突然身体不适吗？就是她。那时我送她回家，她说要表达谢意。”

“哦。”政行似乎还有话要说。

“真是位有礼貌懂规矩的小姐啊。人怎么样？”贵美子问道。

行成心想：麻烦事来了。他后悔提起和佐绪里见面的事。从很久以前开始，只要行成说起姑娘，贵美子都要刨根问底，哪怕和行成几乎没什么关系的也要问个一清二楚。

“在品酒会上认识的，是个大学生。此外就不知道了。”

“都一起吃过饭了，怎么会什么都不知道呢？”

“我只想在十番店开业前，听听年轻女性的意见而已。没必要对她刨根问底吧？这样打听很不礼貌。”

“是吗？”贵美子歪着脑袋，一副不以为然的样子。

“用不着这么追问吧？”政行说道，“新店全都交给他了。用什么方法经营是他的自由，听听年轻女性的意见也很有必要。”

贵美子极不情愿地点了点头。“我觉得行成有个女朋友比较好。

如果是那样的关系，就大大方方地介绍一下嘛。”

“不是。”行成苦笑道。

“哦。”贵美子哼了一声，回厨房去了。

行成脱掉外套，在沙发上坐下。

“高峰小姐，是吧？对麻布十番店说了些什么？”政行问道。

“她非常喜欢，说极适合情侣用餐。还有，增加柱子的主意她也非常赞同。”

“不是恭维？”

行成摇了摇头。“她不是那种人。本来就是因为她指出了户神亭的缺点，我才要听取她的意见。我说过，就是关于那些老主顾太张扬、新顾客感觉不适的意见。”

“是说广尾店？那倒确实是很刺耳的意见。”

“能无所顾忌地说出意见的人难能可贵，在年轻女性中更是如此，所以应该珍惜这种关系。”

政行摇着头，将目光转回到文件上。“这种借口没有必要。我和你妈不一样，你和什么人交往我一概不过问。”

不是什么借口……话到嘴边，行成又咽了回去。他觉得再认真下去，反倒显得不自然。“她……高峰小姐，对红烩牛肉饭很满意。对她来说还另有含义，这倒有必要听她讲讲……”

“另有含义？”政行从老花镜镜框上方看向行成。

“她从前有一个家里开洋食屋的朋友，在那里吃到的牛肉饭和我们店里的味道极为相像。”

老花镜后的眼睛倏地睁大了，政行随即摘下眼镜。“那家店叫什么？”

“我没问。她只说是朋友的父亲开的……说是在横须贺。”

“横须贺？”政行的目光严峻起来，“没搞错？”

"没有啊，她是这么说的。怎么，爸，您想起什么了？"

"没，没什么……"政行移开目光，眼神在空中游移不定。不一会儿，他再次望向行成。"关于那家店，还听说什么了？"

"只说牛肉饭的味道很像。也可能是她的错觉，毕竟是她童年时代的回忆。"

"她长大后再没去过那家店？"

"也不是。"行成忽然想起一件重要的事情，"对了，她说那家店现在已经没有了。"

"怎么回事？"

"她朋友的父母在事故中去世了。"

"去世……"政行倒吸一口凉气，闭口不言，胸膛上下起伏，"她说因事故去世？"

"对。"

"是这样啊。"政行咕哝着又将目光投向空中。

"爸，您怎么了？您知道那家店？"

政行像是回过神似的叹了口气，摇摇头。"不，正相反。"

"相反？"

"我也听过不少同行的传言，所以，我在想有没有你说的那家店。但还是没有，那店我不知道。"

"哦。"行成点了点头。这时，贵美子再度从厨房里走出，手里端着一个碟子。"坏了怪可惜的，我就全部削出来了，多吃点吧。"

碟子里装的是洋梨，是朋友送的。好像她把剩下的全都削了，有很多。

"多谢。"行成说了一声，拿起叉子叉了一块放到嘴里。真甜。

"什么和我们家的牛肉饭味道相似，瞎说。"贵美子说道。父子俩的谈话，她似乎全听到了。

“为什么？”行成问。

“这不可能。或许你不记得了，你爸爸为了创出那种味道吃了多少苦，对吧？”她在征求政行的赞同。

“这个就不用多说了。”

“为什么？这次行成管的新店不是要将那个当作招牌菜吗？应该告诉他，你花了多少力气才创出来。”

“叫你别说就别说了。”政行露出不耐烦的神情，起身走出起居室。

“说了什么让他不高兴的话？”行成不解。

“就因为你说味道相像呗。”

“那不是我说的，我只是转述。”

“就为了这个嘛。这不可能，你爸爸的牛肉饭举世无双，再没人做得出来。你要是懂得这一点，别人的胡说八道就马上能够识破。”

“别这么轻易下结论，不是还没弄清楚吗？”

可是，贵美子毫不让步，重重地摇了摇头。“她一定是在胡说。她是为了吸引你的注意，才这么说的。”

“吸引我？怎么会？”

“就是这么回事。今天是她打电话给你的，对吧？说不定她是想做你的女朋友，你要当心啊。”

行成正叉起第二块洋梨，一听顿时将叉子放回碟中。“我吃好了。”他看了看母亲，站起身。

“怎么？不吃了？”

“她不是那种人。”行成说完便走出起居室。

回到自己的房间，在将上衣放入衣橱时，他从内袋中取出一个小包。

是佐绪里给他的酒刀。一握住刀，笑容自然地浮上他的脸颊。他回味着妈妈说过的话：她是想做你的女朋友。

若果真这样，那该多好啊。他想。

听了静奈的汇报，功一不由得哼了一声。“行成不知道那种牛肉饭是何时、如何做出来的？这倒是我失算了。”

“他说了，正因为那道牛肉饭，店才红火起来，所以应该就是在那之前做出来的呗。”静奈沉着脸说道。

“这种猜测我在调查横滨的店时已经说过。现在要的不是猜测，是证据。户神政行与咱家的交点只有牛肉饭。”

“我觉得从行成那里已经无可打探，除了接近他父亲以外别无他法。”

“接近了又怎样？直接问他牛肉饭是怎么做出来的？如果他就是凶手，你认为他会说真话吗？”

静奈无言以对，垂头丧气。

“哥，上次你不是说还有一招吗？”盘腿坐在床上的泰辅说道，“不是说找不到证据时就使用吗？说说，那是什么？”

功一摇摇头。“现在还没到时候。”

“可已经过了十四年，不会留下什么证据了。我不是说了吗？相信我的眼睛，不会错。凶手就是他——户神政行。”

功一不答，将双手抱在胸前，闭上眼睛。

他也知道，只有使那一招了。案发时，警察没发现一点线索。因此，也很难考虑凶手会将证据留在身边。

可一旦使出那一招就再也无法回头，且只能用一次。如果失手，自己就将遭到警方追查。

他反复考虑是否该冒险。作为长兄，他必须对弟弟、妹妹的将来负责。

功一睁开双眼。“静，那件事，户神政行在哪里学的手艺，打听到了吗？”

“户神亭开业前的事？问了。”

“行成知道吗？”

“知道。在吉祥寺以前的一家店。”静奈拖过扔在床上的包，取出一张纸，“我怕忘了，就叫行成写下来了。”

功一接过纸条，上面写着“白银屋”。“吉祥寺以前？现在没有了？”

“不清楚。行成好像没去过。”

功一点点头，咕哝了一声：“好。”

“你准备怎么办？”泰辅问道。

“进行最终的确认，然后就开始行动。”功一看着他们二人，说道，“该使那一招了。”

23

他们在吉祥寺车站边的百货商场停车场里停了车，决定步行前往，依照通过传真发来的地图，从车站前向北走去。天色尚早，还未到黄昏。

“真热闹。”身穿西装的泰辅瞪大眼睛四处张望。他还系了领带。“我头一次来吉祥寺。”

“我是第二次。在以前的公司时，曾去井之头公园拍过照。”功一说道。

穿着入时的年轻人在特色商店鳞次栉比的大街上川流不息。他们的气质和新宿、涩谷的年轻人略有不同，不过分追求流行，但似乎每个人对自己的模样都很满意。据功一分析，与都市中心绝妙的距离感给了他们这份闲适。

西式风格的小酒馆“NAPAN”位于离车站约十分钟路程处。木门前竖着一块黑板，上面写着今晚的推荐菜单——香草烤鲈鱼和软壳蟹。

门上还挂着“准备中”的牌子，功一却毫不犹豫地推门走进。

店里有些昏暗。一进门有个柜台，一个年轻女店员正在擦拭。她露出为难的神情看着功一。“啊……要到五点半之后才营业呢。”

"不，通知我们营业之前来的。"泰辅从上衣口袋中取出名片夹，递过一张名片。那是功一昨晚紧急赶制的，名片上印着"KTS 株式会社导演山高伸久"。KTS 取自功一、泰辅、静奈三人名字拉丁文拼法的第一个字母。山高伸久这个名字是静奈想出来的，将最近诈骗过的高山久伸的姓和名颠倒而成。

"请稍等。"女店员去了里间。

功一环视店内，见除了柜台以外，还有五张四人餐桌，那餐桌若当真坐四个人则显得太拥挤。墙上贴着外国电影的海报，架子上放有老式钟表和黑色的电话。功一觉得装修上虽毫无新意，但品位倒也不俗。

泰辅对功一做了个拍照的手势。功一点点头，从提着的包中取出照相机，随便对着店内的装饰拍了几张。他要扮演的角色是摄影师。

"怎么自作主张就拍上了？"响起一个粗大的声音。

从里面走出一个白衬衫外罩黑色背心装束的男人。他稀疏的头发剃得很短，更突出了那张圆脸。五短身材，看起来比较老相，其实应该只有四十多岁。

"野村先生吗？百忙之中前来打扰，真是不好意思。"泰辅正要再次取出名片，野村隆夫不耐烦地挥了挥手。"服务员已经给我了。我可没多少时间，请抓紧一点。"他在柜台前的凳子上坐下，"你们也随便坐吧。"

泰辅说了声"不好意思"，从餐桌边拉过一把椅子坐下。功一依然站着，继续环视店内。他觉得这样才像个摄影师。

"呃，是怎么回事来着？要了解户神的事？"野村问道。

泰辅点点头。"是，还有关于户神亭的红烩牛肉饭。是这样，昨天在电话里我也说了，我们要策划一个叫'名菜寻根'的节目，户神亭的牛肉饭作为候选也报了上来。"

野村冷哼一声，“那直接去问户神本人不就行了？”

“当然，跟他本人也预约了采访时间。但做这种节目，周围人的介绍也很重要。我们觉得要从本人付出了何种努力以及周围的人又如何看待这两个方面着手，才能体现出节目的厚重感。”

泰辅应答自如。功一本想亲自扮演这个角色，但又对演技缺乏自信。

“可现在已经几乎不来往了啊。”野村面露难色。

“您与户神先生在白银屋一起工作了三年，对吧？”

“是啊。之前我在别的店，那边倒闭后白银屋的老板将我叫去，可不久白银屋也倒闭了。我真倒霉。”野村露出自嘲的笑容。

正如他所说，白银屋在八年前就已倒闭，原因是老板猝死。功一从网上了解到这件事。输入“吉祥寺”和“白银屋”后，功一发现了相关的帖子，从中获取到一些其他信息：原先在白银屋工作的厨师在吉祥寺另开了一家西式小酒馆，店名叫NAPAN，厨师姓野村。

“户神先生是个怎样的人？”泰辅问道。

“很难回答。虽说在一起工作，但不太熟。应该说是个肯钻研的人，老板对他也很满意，所以，他说要自己开店时，就很开心地送他走了。再说他要开在横滨，也不会和我们抢生意。”

“户神先生在那时做红烩牛肉饭就很拿手吗？”泰辅直逼核心问题。

野村摇了摇头。“白银屋的红烩牛肉饭一直是老板的做法，户神只是照配方做罢了。不过，他也用心过，想在自己开店时做出特有的味道。”

泰辅用余光瞥了功一一眼，虽然脸上不动声色，但将内心的兴奋传递给了他。总算发现户神亭牛肉饭的起点了。户神政行是在独立开店后才做出那种味道来的。

“对当时的情形还有什么印象吗？只要是与牛肉饭有关的都行。”

野村抱起胳膊。“他独立开店后，就没怎么见过面，只是偶尔来店里和老板商量一下经营事宜。好像他一开始生意做得很艰难，我也是如此。”

“听说似乎不太红火。”

“岂止是不红火，据说简直是门可罗雀。因为客人太少，他甚至还送过外卖呢。又雇不起人，只好叫老婆去送，自己好像也送过。厨师亲自送外卖，生意到底冷淡到什么程度也就可想而知。”野村开始侃侃而谈。他并不讨厌说别人的店不景气的话题。

突然，野村似乎望向远方。“说起送外卖，还有一个有趣的小插曲。一天晚上，户神来到白银屋，当时已喝得烂醉。我还是头一回看到他那副模样呢。”

“出什么事了？”

“他和客人打起来了，倒没将人打伤，估计是大吵了一场。对方并未去他店里，而是叫了外卖。”

“什么原因？”

“对方说他做的饭菜难吃死了。”

“啊？是吗？”

“是啊。他没说是什么饭菜，好像对方说得很难听。当时，老板还安慰他，说那种地方的客人怎么会长着正经舌头。”

功一不禁插嘴问道：“什么地方？”

“咖啡店呗。”野村爽快地说。

“咖啡店里的客人还叫外卖？”泰辅问道。

“那里有台大电视，一到星期天就会聚一大堆人。那里没什么东西吃，所以叫附近的洋食屋送外卖。”

泰辅迷惑地点点头，功一也觉得这番话有些蹊跷。

"后来呢？"泰辅问道。

"嗯，"野村歪了歪脖子，"很久了，有些记不清。当时他喝醉了，醒来以后也就正常了吧。"

野村早已淡忘这段插曲。要让他再回忆细节，估计也是强人所难。

泰辅又问了问，但再无功一期待的答复。看来在白银屋时，野村与户神政行关系的确不太亲密。

泰辅看了看手表，又向功一使个询问的眼色，功一轻轻点了点头。"百忙之中，真是打搅您了。如果我们在节目制作中要用到今天谈话的内容，还会来采访您。"泰辅道。

野村有些意外，也有些不满。他噘起嘴问道："不把我的店拍到节目里去？"

"要用的时候自然会拍。"

"这么说还没有决定？"

"对。现在只是做些准备工作，采访素材哪些可以用到节目中还要再商量。"

"嗯，那么倒还可以说些户神政行的为人什么的……"野村低语。估计他也觉得没说出什么有趣的话题。他自以为已经决定要上电视了，有些大意。

"如果决定了，我们会和您联系。"说完，泰辅站起身来。

出了店门，走了一小段后，泰辅长叹一声。"听到户神政行自己开店后创出红烩牛肉饭时，我还以为会有收获，谁知越往后就越不像话，全无进展啊。"

"算了，这也没办法。再去别的地方找吧。"

"别的地方？有什么线索吗？"

被泰辅这么一问，功一也只好沉默。

户神政行和有明的关联或许不那么容易找到。如果户神政行是凶手，他肯定会想方设法隐瞒这种关联，不让别人发现。

两人默不作声地走着。临街有家电器店，店门口放着一台液晶电视机，正在实况转播高尔夫球比赛。

功一停下了脚步。

“怎么？”泰辅问道。

“是去看电视的吧。”

“什么？”

“户神去送外卖的那家咖啡店有电视，客人才会涌到那里。”

“哦，是这么说的。那又怎样？”

“你认为他们去看什么节目？”

“啊？”泰辅将嘴巴张成O形，“我怎么知道？”

“我知道。”功一拍了拍泰辅的肩膀，“快，再去兜兜风。”

他们去的地方是樱木町。将车停在大冈川大桥附近后，功一走向一家咖啡店——那家圆木装修风格、名叫马之树的咖啡店。

他一进店，站在柜台里的白发店主就仰起脸，爽朗地笑了。“哦，来过的那位。”

“上次真是谢谢您了。”功一低头称谢。

“后来去户神亭了？”

“还没，有件事想打听一下。哦，先来两杯咖啡。”功一竖起两根手指，在柜台前坐下。

泰辅在他身旁坐下。他仍有些不明就里，功一在路上什么也没对他说。

“以前附近有家叫‘日出’的咖啡店吗？”功一问道。

老板一边冲咖啡一边沉思。不一会儿，他“啊”地叫出声，点了点头。“有，就在前面的大楼里。现在没有了。”他略带深意地咧了咧嘴。

“是因那件事倒闭的吗？”功一抑制住内心的兴奋问道。

“正是。你知道的真多啊。当时，弄得我们也一团糟，要调查我们是不是也在干同样的勾当。”

泰辅用胳膊肘捅了捅功一的侧肋。“说什么呢？什么事？”

“等会儿再告诉你。”功一喝着黑咖啡，心情相当复杂。终于发现户神政行和有明的关联了。

四年前在横滨，有人举报了一个倒卖赌马票的团伙。在他们的名单上，有明幸博赫然在列。

这个团伙利用的场所就是有电视机的咖啡店。他们让客人看赛马实况转播，出售自制的赌马票。当时的报纸报道过这件事，那家咖啡店就叫“日出”。

24

“倒卖马票是什么？我不明白。在电视上倒是听说过。”静奈躺在床上问。她双手紧紧地抱着泰辅喜欢用的枕头。

“不就是个人赌博赛马吗？”泰辅说道。

“个人？押上钱，让自己的马去跑？”

“哪里有这种奢侈的玩法？亏你想得出来。”

“我不是说了不明白吗？哼！”静奈噘起小嘴，将脸转向功一。

“普通的赛马你懂吧？”功一问道。

“那个我还是知道的。”静奈回答道，“不就是猜哪匹马能赢，然后下注，买对了就有奖金吗？但我没买过。”

“倒卖马票的就是中间人。客人打定主意后会下单，对吧？他们就照单替客人去买，如果中了，当然就付奖金给客人。”

静奈翻了个身。“就是说，客人嫌买马票麻烦时，由他们代劳？”

“对客人来说是有这种便利。”

“然后他们收手续费？”

“不，一般不收，否则客人就自己去买了。”

“这么说是咖啡店为了拉拢生意搞的服务项目？”

功一对静奈诡秘一笑。“有人举报时，他们会这么说。”

“啊？这又是怎么回事？你再说通俗些。”

“这些倒卖马票的有好多种做法，刚才说的只是其中最基本的一种。但若仅仅这样，他们还赚什么钱？对客人来说也只是省去了买马票的麻烦而已。倒卖者还会增加奖金，比正规的还要多。公开经营赛马的机构要抽取马票面值的四分之一作为运营经费。若你买了一百元马票，实际押上的只有七十五元，而倒卖者将经费部分压得很低，奖金也就相应扩大了。这样客人才会通过他们买马票。”

“但这样做庄家先生不就亏了吗？”

静奈“庄家先生”的说法让功一觉得怪怪的，他不由得笑了。“若按客人下的单去买，自然会亏。可如果他们按照自己的预测去买呢？客人押得不对，而自己押对了，奖金不就是自己的？”

“但也有押错的时候吧？”

“当然。所以最厉害的做法是，拿了客人的钱，但根本不去买马票。这样那些钱就全进了他们的腰包。”

“如果客人押中了怎么办？”

“那就只好付奖金了。实际上，马票几乎都押不中，所以从长远来看，肯定是倒卖者赚钱。说穿了，赛马就是这么回事，也正因如此，JRA[①]才这么赚钱。当然，万一客人要买一赔一百那样高赔率的马票，为防万一，他们也真的会去买。”

静奈低着头，似乎在梳理功一所说的话。过了一会儿，她又仰面躺下。

“那家咖啡店叫什么来着？”

“叫日出吧？”

“嗯，那里干的就是这种事？”

---

①日本中央赛马会。

"差不多。"功一转过椅子，望向电脑。他在浏览新闻报道的检索网站，"报上是这么说的——该店服务生根据客人的要求，将组号和马号填写在专用的单据上，并将票根交给客人。客人若中奖，该店会支付比正规奖金高出百分之五的金额，但实际上该店并未购买马票。看，跟我说的一模一样。"

"爸爸就是沉湎于此？"

功一沉下脸。"客人名单中有他的名字，估计还是个老主顾。"

静奈摇摇头，将抱着的枕头扔到墙上。"我不信！爸爸赌马，我怎么一点都不知道？"

功一与泰辅面面相觑。泰辅的脸上写满悲愤，功一心想，估计自己的脸上也是这种表情。

"静那时还小……"泰辅嘟囔道。

静奈马上爬起身来，瞪着他。"什么？"

泰辅不答，将求助的目光投向功一。看来他不想多说此事。

功一将双臂撑在电脑桌上，托着脸颊。"爸爸嗜赌成性，特别迷恋赛马。"

"我从没见过。"静奈的语气依然强硬。

"那时你还小。店一停业，他马上就去赛马场。一大早出去，到了晚上也不回家。听妈妈说，他赌输了就去喝闷酒，赢了就挥霍一空才回家。他们为此老吵架，可爸爸就是改不了。"

"可在我的记忆中怎么一次也没有？不是改掉了吗？"

"是改掉了。作文里还写过呢。"

"作文？"

"哥，那件事就算了吧。"泰辅大幅度地摆了摆手。

"不说静不会理解。"功一转向静奈，继续说道："泰辅在作文里写过，父亲每到休息日就去看赛马，自己很寂寞，希望父亲多和自已玩玩。班主任老师看后还特意来家访，希望爸爸改掉。爸爸倒也认错了，对着妈妈和我们发誓，再也不去赌马。”

“胡说……”或许是和记忆中的父亲形象差距太大，静奈好像受了一点刺激。

泰辅咂舌道：“这种事怎么会胡说？后来我还被爸爸骂了，说我在作文中乱写。为此，妈妈又和他吵……”

“当时可真够呛。”功一苦笑道。自然，这绝非什么愉快的回忆，但无疑也是家庭生活中宝贵的一页。

“看来爸爸没有改掉。”泰辅咬住嘴唇，稍顿后又说，“赛马场不去了，在就近的地方玩？”

“有妈妈看着呗。说来也是，一到星期天，爸爸经常说工会要开会什么的就出去了，回来得倒比以前去赛马场时早了，现在想来估计是去日出了。再说，要是和倒卖者能够用电话联系下单，在家里也一样可以赌。”

“哥，你什么时候知道的？”泰辅问道。

“爸爸去倒卖者那里的事？小时候不知道。”

“所以我才问你。你早就知道，故而在 NAPAN 听人说起后才马上去樱木町，对吧？”

功一一时语塞。他并未说起自己和柏原有联系一事。

“是四年前的事了。日出被人检举后，神奈川警局发现爸爸的名字在客户名单中，便与我联系。”

一直靠着墙的泰辅立刻站直身体。“这个地方，警察知道了？”

“这不好吧？”静奈的脸色也为之一变。

“从孤儿院出来时，不是留了联系方式吗？虽然之后搬了几次家，可警察只要想找总能找到我们。也没什么大不了的，我们现在做的事又没有暴露，不用担心。”

"那就好。"静奈虽这样说，但看起来还是有些担心。

"当时没发现和盗窃杀人相关的线索吗？"泰辅问道。

"警察只知道爸爸向倒卖马票的人借了三百万，而且已经积了很久。估计是倒卖者放水，爸爸想在以后赚了钱再还，结果越积越多。听倒卖者说，爸爸答应在到期前还清。借条还在，爸妈遇害也在期限之前。他们没有杀人动机。而且即便到期了，他们把债务人杀死也没有任何意义。"

"哥，这件事为什么不告诉我们？"静奈用责备的目光望着功一，眼眶周围稍稍发红。

"我觉得没必要，也不想说起爸爸赌马一事。"

"可……"静奈有些委屈地低下头。

"户神政行出入过日出？"泰辅问道。

功一点点头。"NAPAN的店长说的那家咖啡店十有八九就是日出。户神政行应该到那里送过几次外卖，遇见过爸爸也不足为奇。"

"那店长说，户神政行在送外卖时遭客人指责。莫非是爸爸？"

"难说，以爸爸的脾气倒是干得出来。"

"他对饭菜的味道向来很挑剔。何必苛责别人呢？"泰辅在床上盘腿坐下，将双手抱在胸前，似乎已认定对味道挑剔的客人就是父亲。不一会儿，他像是想起了什么，扬起脸。"哎，这么说……"

"什么？"

"手艺遭到侮辱，一怒之下，户神政行就将爸爸……"

泰辅并未把话说完，功一明白他要说什么，摇了摇头。"不会，无论怎样也不会就为这区区小事杀人。如果是这样，户神政行能做出咱们家的味道，首先就说不通。"

"是吗？"泰辅低声嘀咕。

"虽不清楚过程，但我觉得爸爸认识户神政行。"功一说道，"而且关系还不一般，爸爸才会将配方教给他。说不定爸爸借了他的钱，以配方抵债。”

“嗯，爸爸正为钱发愁，也许就是这样。”静奈也坐了起来。

“可是，当时户神政行也正因生意不好而发愁。会不会是他学了配方却拿不出钱借给爸爸——”

“于是就把人杀了？”泰辅不由得提高了嗓门。

“小声点。”功一拉下了脸来，“别人的话先听完了再说。只因为拿不出钱来借别人就杀人，还是难以想象。可若看到一大笔钱又会怎样呢？被生意压得喘不过气的户神政行，一时动了邪念，不是很有可能吗？”

“有一大笔钱的人到底是谁啊？”泰辅问道。

功一哼了一声。“还有谁？不就是爸爸吗？”

“咦？”

“我明白了。”静奈在胸前啪的一声合起双掌，“案发前，爸妈不是四处借钱吗？如果筹够了还倒卖者的钱，那么，那天夜里我们家里就有三百万。”

“正是，而且很可能户神政行知道此事。”功一说道，“怎样？这样动机不就成立了？”

泰辅从床上跳下，紧握双拳两脚叉开站立。“肯定就是这样，凶手就是户神政行。还犹豫什么？”

“别激动。户神政行与咱们家联系上了，但其他部分全是推测，连那晚我们家有那笔钱的证据也没有。”

“那还要怎样？”泰辅像是要抑制住内心的焦躁，双手挠头。

“就是啊。那天夜里泰辅哥看到了户神政行，这没错吧？还需要什么呢？”静奈也在一旁帮腔。

“没错，我们都认可，但无法让警察相信。我们必须有确凿的证据。”

“这个……”静奈的脸上露出苦闷的表情。

“别担心，我不会叫你去找证据。上次我不是说了吗？要使别的招。”

“到底是什么？”泰辅问道。他的脸都快要气歪了。

功一淡淡一笑，说道：“既然找不到证据，那我们能做的只有一件事——制造证据。”

25

行成手持一盘用虾和鳄梨做的沙拉，先确认了一下花生酱的香味，再将沙拉送到嘴里，闭目咀嚼，慢慢咽了下去。余味也是一个重要的检查项目。

“真不错。”他睁开眼睛说道，“会留下余味，但不让人生厌，与红烩牛肉饭不冲突。”

一直在一旁惴惴不安看着的横田，这时才放下心来，绷紧的嘴角也放松了。

他们正在户神亭广尾店内。打烊时间早过了，店里已没有客人。行成面前的餐桌上放着好几个碟子，都盛着要添到麻布十番店菜单中的候选菜品。今晚，他们探讨的是中午的简餐。与主打菜红烩牛肉饭相搭配的沙拉，行成打算让客人在几个品种中加以选择。价格不能太便宜，他觉得，这款沙拉应该是作为一道单独的菜品也同样拿得出手。

“最终还是选花生酱了。芝麻酱你觉得怎样？”行成问横田。

“也不错，但我还是觉得花生酱更适合红烩牛肉饭。要不再试试芝麻酱？”

“不用了，我也觉得用这种好。还好，我和你一致。”

横田高兴地点点头。他虽年轻，在广尾店中却已经是一名骨干厨师。他原本就是行成物色来的，将他提拔为麻布十番店厨师长一事，也已得到户神政行首肯。

“沙拉基本可以确定，汤也差不多了，剩下的就是甜点，这个门类我最没把握……”行成正皱眉取出笔记本，一个服务生走了过来。

“不好意思，打断一下。社长来了。”

“我父亲？”行成朝服务生背后望去。

身穿灰色西装的户神政行从门口走进。横田立刻站得毕恭毕敬，纹丝不动。

“今天生意上有什么纰漏吗？”行成小声问横田。

“没有啊。”横田歪了歪脑袋。

“有话对你说。有空吗？”政行对行成低声说道。

“当然有，但不能回家再说吗？”

“我也想过，还是觉得该早点跟你说。我听说你们正在这里商量菜单。”政行走近，看了一眼餐桌，“是沙拉啊。”

“中午简餐用的，想用这些来与红烩牛肉饭搭配。很快就结束，能稍等片刻吗？”

“不，得马上说。我可不想让你们再瞎费工夫。”

行成正看着菜单，闻言顿时愣住了，根本不知父亲要说些什么。他抬起头盯着父亲问道：“这是什么意思？”

政行欲言又止，看看身旁站着的横田和年轻服务生。“对不起，我想和行成单独谈谈。你们能回避一下吗？”

横田顿时一脸疑惑，瞟了行成一眼，说了声“是”，就朝厨房走去。服务生紧随其后。

行成瞪着父亲。“到底怎么回事？我们商量菜单怎么就成瞎费工夫了？麻布十番店不开了？我可说在前面，事到如今若再中止——”

政行在脸前大幅度地摆了摆手。“谁这样说过？别急，坐下说话。”说着，他拉过一把椅子坐了下来。

行成依然抱着胳膊站着。

“你这样叫人安不下心，坐下说话行不行？”

“不。有事您就快说。”

政行叹一口气，抬眼看着儿子，目光中有一股压人的威势，但倔强的行成毫不示弱。

“新店开业，有一条方针需要变更。这已经决定了，听了别发牢骚。”

“方针变更？奇怪，店不是交给我全权负责吗？如何经营我早已决定。我并未依赖您什么，现在您倒要来变更？”

“不错，确实由你全权负责，但有一件事，你要依赖我。知道是什么吗？”

行成被父亲仰视，不觉心里有些发慌。他拼命思忖，能想到的只有一件。“红烩牛肉饭？”

“正是。以前每有新店开张，我都会命令店长创出独特的红烩牛肉饭。可你跟我说，要重新推出老牌红烩牛肉饭，我也曾一度同意。”

行成惊讶万分。“您要反悔？”

“是的。与以前的那些店长一样，你也去创出独特的味道吧，将它作为麻布十番店的招牌菜。”

行成松开抱着的胳膊，双手叉腰，俯视父亲。“且慢！这怎么可以？恢复老牌户神亭的味道是麻布十番店的根本理念。若要创新，岂不要从根本上颠覆？”

“每家店各有千秋，这本就是户神亭的特点。我们不搞简单的连锁经营。”

“这个道理我懂，所以才要推出老牌的味道。现在没有哪家店提供那种味道的红烩牛肉饭，连关内的总店亦然，在麻布十番店推出，不会影响其他店。”

政行表情丝毫未变，摇了摇头。“以前的店长为了能创出别出心裁的味道，个个都备尝艰辛。正因如此，每家店都没有经历大的挫折就硕果累累。我要求你也下同样的苦功，这叫作公平，不是吗？”

行成一时语塞。父亲说的句句在理。其实，他自己也并非没感到过内疚。然而，他总想让令户神亭走向成功的红烩牛肉饭在自己手里再创辉煌。他不想偷懒，愿意在别的方面付出与别的店长同样甚至更多的辛劳。

“麻布十番店的一切都以恢复老牌红烩牛肉饭为前提。从葡萄酒到原材料，到菜单……您想让我一切从头做起吗？”行成俯视着父亲。

“如果觉得这些经历都白费了，你就没有资格做一名经营者，还是赶紧找别的工作去吧。”政行站起身来，“我说过，这件事已经决定了，不可更改。今后，你做的一切我决不插嘴，我保证。有关开业的时间，我们改日再谈。”

行成向上捋了捋刘海，盯着父亲的眼睛问道：“为什么到今天才说？请告诉我理由。”

“刚才说过了，为了公平起见。”

“那之前为什么又同意？一开始就这么说不更好吗？”

“关于这一点，我应该道歉，不光对你，也对其他店长。我一反常态，竟对自己人偏心了。我已经作了反省。”

说完，他转身朝外走去。行成真想冲他的背影高声发泄一通，可还是忍住了。那样毫无意义。

他坐在父亲坐过的椅子上，觉得浑身乏力。

“行成先生。”有人在叫他。抬头一看，横田一脸担心地站在身旁。

“都听到了吧？”行成问道。

横田点点头，靠近了一些。“这下有点难度了，招牌菜的味道不得不改了。”

他的语气并不悲观，这对行成来说是一大安慰，但横田心里一定也很着急。

“一切从头开始。但父亲说得也没错，以往的经验可以利用。好好干吧。”

“嗯。”横田点了点头，开始收拾桌上的菜肴。行成看着横田，回想刚才和父亲的对话。父亲说的道理他都懂，但还是难以接受。

突然，行成想起一件事。会不会是因为——

他想起最后一次和父亲说起红烩牛肉饭，是和佐绪里共进晚餐的那个夜晚。她说过，以前曾吃过同样的味道。行成回家后说起过这件事。现在想来，当时父亲有些反常。

难道那些话对父亲产生了某种影响？如果是这样，那些话中哪一部分最重要呢？他又为何不对儿子直言相告呢？

行成取出手机，调出佐绪里的号码。在按通话按钮前，他打消了念头，轻轻摇了摇头。

他不认为问了佐绪里会有答案。首先，他不知该怎么问才好。

看到户神政行走出大楼，功一十分焦急。政行出来得比预计的要早。马路对面的大楼里有一家适合监视的咖啡店，于是他进去买了杯咖啡，可刚买好政行就出来了。功一慌忙喝完，冲出咖啡店。

户神政行一从关内的户神亭总店出来，功一就开始跟踪。他怀有特定目的。

户神政行至今每周仍要来总店掌几次勺，开车往返，一般都停在离店约五十米的月极停车场。

功一本想在那个停车场里达到目的。所以在总店打烊一小时前，他就已在附近监视。

不料打烊后，户神和一名店员一起出来，两人谈笑风生地一起走向停车场。看来那人也将车停在那里。

功一觉得今天没希望了。户神必须单独一人，这是绝对条件。但功一没有彻底放弃，开始跟踪户神开的那辆奔驰。虽有被户神发现的风险，可对成功的期待驱使他继续跟踪下去。他决定如果户神直接回家，就另选时日，因为那样毫无机会。

转机出现了。户神没有回家，而是朝户神亭广尾店驶去，功一一边操纵方向盘，一边不由自主地吹起了口哨。

户神将车停在附近大楼的地下停车场，功一也将客货两用车停到离户神稍远的车位，待户神离开后才下车。

户神为何去广尾店不得而知，但从停车场的营业时间看，他不会在店里待很久。

户神出来得甚至比功一预想的更早。

功一小跑着回到停车场，所幸户神的车旁没人。他仍小心地留意四周，从夹克口袋里取出一件东西。

这是一件对功一至关重要的物品，在这世上独一无二。功一曾为将如此重要的东西用在这种场合是否合适犹豫不决。或许会一去不返，但除此别无他法。功一将这理解为：正因为是如此珍贵的东西，才有促使他计划成功的魔力。

布置妥当后，功一藏进车内。接下来就等户神登场了。

不一会儿，身穿西装的户神从电梯处走了过来，独自一人。功一屏住呼吸。

户神一边掏车钥匙，一边走近奔驰。

看到户神打开车门，功一不由得咬住了嘴唇。户神似乎没发觉那件东西，他坐上驾驶席，关上了车门。

“还得重来。”就在功一暗叹之际，车门又开了，户神探身向下看去。不一会儿，他拣起了什么。

功一浑身发紧。户神这时的行为将决定功一下一步的行动。如果户神拿着那件东西离去，功一一定要将他拦下。

户神的行为完全符合功一的预想，他将拣起的东西又放回原处，关上车门。奔驰轻快地滑了出去。

奔驰从视野中消失后，功一跳下车，朝奔驰方才停放的地方走去。

功一放的物件还在原处。他用戴着手套的手将它拾起，放进塑料袋中。

“成功了。”他在心里向泰辅和静奈呼唤，“老家伙已经钻进第一个圈套。”

功一不由喜上眉梢。

26

星期六下午，静奈被川野武雄约了出来。看到手机上的来电显示时，静奈本想置之不理，可又怕他胡闹，就接受了他无论如何也想见上一面的请求，约定在池袋的一家咖啡店碰面。

见面后，川野一个劲儿地责问她为何不回短信。

“你的电话也打不通，到底怎么回事？”

静奈低着头，避开他的视线。“工作太忙了……对不起。”

“从上次见面到现在已经三周多，你知道这意味着什么？旅行的事都商量好多次了，却总不给个痛快的答复，结果还是没法预订宾馆。不是说好了要去温泉吗？”

“没说好吧。我只说要去也行。”

“那还不一样？你知道我为此作了多少准备吗？”

“我知道对不起你。可我上次也说了，工作太忙，总抽不出空来。”

“工作，工作，总是工作，保险的工作就那么重要吗？既然如此，说起来，我也是你的客户啊。我不是为了让你完成指标签了保险合约了吗？客户的话，你可以当成耳边风吗？”川野松弛的脸颊涨得通红，说得痛快淋漓，唾沫直喷到静奈眼前。

静奈猛地抬起头——他终于说出了静奈期待的话。

“原来你是为了和我去温泉旅行才买的保险？当时就是这么想的？”

“啊？”川野惊得目瞪口呆。

“你以为我是那种随随便便的女人吗？”静奈提高嗓门追问。周围人的视线唰地集中到她身上，可她一点也不在乎。或许这正是她需要的效果。

“没、没有的事……”川野突然结巴起来。这也在静奈预料之中。

“你不是这么说的吗？因为买保险了，所以要一起去温泉。”

“没、没说过啊。”

“你说过。你刚才还在说，客户的话不能不听。”

川野惊慌失措，陷入混乱，就差最后一把火了。

“简直令人难以置信。”静奈摆出一副羞愤欲哭的样子，“我竟被当作那种人……好，保险合约取消好了，把钱还给你总可以了吧？”

“你别急啊，不是这么回事。对不起，我赔罪，行了吧？你先冷静一下嘛。”川野一脸焦急，刚才的紫红色早消失得无影无踪，取而代之的是一片苍白之色。

静奈双手掩面，长出一口气，似乎在竭力冷静下来。她在指缝中窥视川野，只见他已狼狈不堪。

骗男人的钱并不难，麻烦的是事后如何甩掉。川野和高山久伸不同，不会认可为追求理想到国外发展那种话。钻起牛角尖来，说不定他会提出一起前往。他已到中年，却仍和孩子一般难缠。对付这种男人，就得从气势上压倒他。

接下来该如何处理呢？静奈刚想到这里，手机响了。会是谁呢？泰辅在附近伺机而动，但若不发暗号，他不会打来电话。

“你的手机响了。”川野说道。

“听见了。”静奈没好气地说，将包拉了过来。一看来电显示，她冷若冰霜的脸刹那间缓和下来，是户神行成。

静奈拿起电话，站起身，按下通话按钮，朝川野看不见的方向走去。

“喂，我是高峰。”她用轻快的语调说。

“啊，我是户神。现在说话方便吗？”

“方便，有什么事吗？”

“有些事想问问您。今晚能见个面吗？”

“呃……”

“啊，不一定非要今晚不可。只是想尽可能早一点……”

“现在就行，我没问题。”

“您在哪里？”

“池袋。有点小事，快结束了。”静奈边说边偷偷看了川野一眼，他依然垂头丧气。静奈马上改口道：“嗯，可以说已经结束了。”

和行成约好后，静奈回到座位，脸上再度罩上严霜。低着头的川野抬起眼皮，小心翼翼地窥视了静奈一眼。

“是上司。问我这么忙又疯到哪里去了。我说正和客户在一起，他就问是否已签约。我无话可说。”

“我要是签个什么合约就没事了吧？”川野探出身子，露出谄媚的目光。

静奈摇摇头，将手机塞进包里。“这种事我不麻烦你了。还能再麻烦你吗？”

“那要怎么办才好……”

“什么也不要你做。”静奈站起身，从钱包中取出咖啡钱放到桌上。

“哎，等等——”川野慌了，似乎马上就要哭出来。

“我要仔细想想，暂时不和你见面了。等我冷静下来，会给你电话的。”

“YUKARI……”

静奈径直离去。走出自动门时，她心想：YUKARI 的汉字到底怎么写？

去车站的路上，静奈给泰辅发了短信：“甩川野，倒打一耙战术成功。户神行成来电，约银座见面，像有话要说。”没等她走入地铁站，泰辅的回复就来了：“明白。我要为那个行动作准备，先回去了。”

静奈收起电话，一种担心在胸中蔓延开来。她知道“那个行动”。虽说功一也与泰辅在一起，应该没有问题，但万一失手将会被捕。她难以抑制内心的焦躁不安。

约好见面的地点是银座二丁目的一家咖啡店。行成已坐在临窗的座位上，正在眺望外面的大街，但似乎有什么心事。如果他真的在眺望大街，不应该没看见从那里走过的静奈。

听到静奈的招呼声，行成果然大吃一惊，他转过头愣愣地“啊”了一声。

“一本正经的，在思考什么重大问题呢？”

行成伸手去抚摩脸颊。“是这种表情吗？真是对不起。突然把您叫出来，真不好意思。事情办完了吗？”

“嗯，一干二净。本来也不是什么大事。”静奈在对面坐下，由衷地微笑道，“一些朋友计划去温泉旅行，可又凑不齐时间，只好取消。刚办完手续。”

“哦，您喜欢温泉？”

“只是喜欢和朋友一起玩。”

“大学同学？”

“不，初中和高中的。大学在京都啊。”

静奈谈起了朋友的工作情况，其中有时装设计师，有保险公司外勤。那位做时装设计的朋友最近为了去美国进修，竟然和未婚夫分手了。不用说，这些都是虚构的故事，登场的人物就是她以前骗男人钱财时用过的角色。正因如此，她说得生动流畅。

行成听得很认真，还不时露出惊讶的神情。看他这副模样，静奈渐渐内疚起来，同时也感到十分空虚。他听得津津有味的事只是一个叫高峰佐绪里的虚构女子所说的，一些世上并不存在的朋友的小插曲。

静奈忽然停下，将手伸向正在融化的冰红茶。

"怎么了？"行成不解地问道。静奈知道，他这么问并非因为她突然住口，而是她脸上的笑容蓦地消失。

"没什么。都是些无聊的小事，怪不好意思的。"她露出笑容。

"怎么会？我觉得很有趣。"

静奈摇了摇头。"不说了。您不是有话对我说吗？我很想知道啊。"

"啊！"行成张大了嘴巴。看来并非忘记了，只是稍加停顿。静奈察觉他要说的肯定难以启齿。"不好意思，叫您出来，却又……是关于红烩牛肉饭的事。"

"咦？麻布十番店的菜单？"

"不，不是……也有些关系。我想听听您上次说的红烩牛肉饭的事。"

"我说过什么吗？"

"您不是说过，小时候曾经吃过和我们店的味道很相似的红烩牛肉饭吗？"

"哦……"

"您说那家店在横须贺，对吧？还记得叫什么名字吗？"

面对行成一本正经的目光，静奈心里有些慌乱，不知他为何突然问起这个。有明这个店名自然不能说。

"叫什么来着？很久了……"她装出一副冥思苦想的样子。

“您说是朋友家开的，对吧？那位朋友叫什么？”

这个问题可不能不答。吃到久违的味道，勾起往事，在人前已经泪如雨下，这说明那位朋友对高峰佐绪里来说极为重要。如果连名字都不记得，那就太不符合常理了。

“姓……矢崎。”这个姓氏脱口而出，静奈自己也大吃一惊。她觉得浑身开始发热。这是她的真姓，表明她的双亲与两个哥哥不同。

她也不清楚为何会说出这个姓来。情急之中想出假姓名应付，以前也有过几次，可今天她却觉得不能这么骗行成。

“名字呢？”行成问道。

一种冲动涌上心头，静奈竭力保持冷静，她知道必须谨小慎微。她答道：“静奈。”

“汉字怎么写？”行成递上笔记本。

静奈拼命抑制住激动的情绪，写下汉字。绝对不能告诉哥哥，否则肯定会挨骂。

静奈也不确定这样做好不好。若问理由，她只能回答就想说真名实姓。

“为什么问她的名字？”静奈问道。

“呃，自然有道理。”行成一阵尴尬，又将目光落在笔记本上，“矢崎静奈……好名字。她是个怎样的人？”

“很活泼。她和哥哥们手足情深。”

静奈觉得心中有一股热流在翻腾，她拼命将其压住。行成正在打听自己的事，他口中念的是自己的真名。不用撒谎，完全可以实言相告，对此，她欣喜万分，激动不已。

站在黑暗的小巷里，仰望身旁的高楼。泰辅心想，这样的事多少年没做了？为了看狮子座流星雨，他们三人曾从孤儿院里偷偷溜出。此后再没这样做过。幸亏当时用的套环没丢掉。

可是，这么做真的没问题吗？

这是聪明的功一想出来的，应该没错。泰辅这样想。他刚听说今晚的行动计划时大吃一惊，还觉得十分恐惧。

“已经作过充分的实地考察。我信心十足，你不用去，我一个人来做。”功一这样说，泰辅自然不能应一声“好啊”就退缩。危险的行动向来都是两人配合完成。

上面有动静了，泰辅亮了一下小手电，这是“没问题”的暗号。不一会儿，登山索放了下来，还听得到铿锵的金属声，那是套着套环的缘故。

功一下来了，速度和小时候一样快。他背着一个帆布包。

“顺利吗？”泰辅问道。

“当然。快走吧。”

两人弯下腰，开始奔跑。

27

连休后的一个上午，萩村信二被股长矶部叫了过去。

“你怎么了？满脸倦容。”矶部从文件上抬起头，看着萩村。

“没那么严重吧？只是很久没有长距离开车了，肩膀有些发僵。”

昨天，他带着妻子和上小学的儿子，回了一趟静冈老家。他的双亲已经有三年没看到孙子的小脸蛋了。

“为家庭服务啊，佩服。我已经多年没有家庭旅行了。当然，老婆和女儿也并不想和我一起出去。你也该注意了。”

“怎么注意？”

“我要是知道，还会这样吗？行了，言归正传。前天深夜，有人向横须贺警察局举报，马堀海岸停着一辆可疑的车。地域科的人去看过了，是辆白色轻便型汽车。”

说着，矶部递过一张照片，上面是以海堤为背景的一辆四四方方的汽车。

“这车怎么了？”

“从车牌号查到车主，发现已报失，像是停在横滨的马路上时被盗。车的发动锁栓已被拔掉，是用电线直接搭上发动的。”

“然后呢？”萩村催促道。他心想，应该不会叫自己去抓盗车贼，因为他现在隶属于神奈川县警察本部搜查一科。

“问题在于车上有大量 DVD 和一个旧包。”

“DVD？”

“成人片。遗憾的是并非违禁品，是些随处可见的 AV 片。这些都是听横须贺警察局说的，我没看到实物。”

萩村的脸色不觉和缓下来。“要我调查什么？”

“别着急，正题还在后面。DVD 没问题，但是从一起被发现的旧包里找到了这些东西。”矶部拉开桌子的抽屉，取出几张新照片。

萩村伸手拿起一张，上面拍摄的是一个四方形的罐子。盖子上画着糖果图案。

“像个糖果罐。”

“对。当然，里面装的不是糖果。”矶部将几张照片摊在桌上：钱包、手表、粉盒、口红的照片，每张上面都只拍了一件物品。不知为何，口红盖被拔掉了。

“这么说或许对不住失主，可这些东西怎么看都是垃圾。”

“没错，但横须贺警察局也只能从这些东西中寻找偷车贼的线索。尽管不抱希望，他们还是一一进行了认真调查。结果，有了一个意外的发现。”矶部拿起一张拍着手表的照片，那是块金色手表。“看看这个，注意到什么了吗？”

萩村看了看，像是块破旧的手表，不是什么高档名牌。

“怎样？”

“没什么特别啊，这表怎么了？”

“你再看看这张。”矶部又从抽屉里拿出一张。

这也是一张手表的照片，不同之处在于拍的是手表背面，上面好像刻了字。萩村凑近细看，辨出是“贺　有明新店开张纪念”。

“有明？”他不由自主地低语。

“想起什么了吗？”矶部诡秘一笑。

“横须贺的那家洋食屋？”

“还不清楚。听说横须贺警察正在调查手表的生产厂家和零售店，早晚会有结论。”

“股长，如果真是那家洋食屋——”

萩村急急说道，矶部伸手制止。“冷静。我知道你参与了那起案子的侦破，所以将你列入继续调查的名单。但不能有先入为主的念头，不正常的偏执会影响侦破方向。不管怎样，你先去趟横须贺。”

“明白。”回到座位上作出差准备时，萩村发觉自己开始热血沸腾。

股长说要冷静，可冷静得下来吗？时效到期已迫在眉睫，几近放弃的悬案，或许会以出人意料的方式冒出一些新线索来。

出了县警本部，萩村掏出手机，一边走一边拨号。“喂，听说了吧？”电话刚接通就传来柏原的声音。听他的语气，似乎早已知道萩村会打来。

“听说了，真令人吃惊啊。怎样？那块表是有明幸博的吗？”

“还不清楚，我觉得极有可能。除了手表还有口红，这也听说了？”

“看过照片了。”

“关于口红，问过生产厂家，说是十三年前就停产了。那种糖果罐也已停产，最后上市销售是在十六年前。”

“都是很早以前的啊。”

“所以我觉得，是不是那些玩意儿连同糖果罐一起存放在某地，可能十三年都没人碰过。如果是这样，可以认为那块表也是出于某种原因一直放在糖果罐中。”

萩村觉得心跳加快，他知道柏原想说什么。“手表是在出事时被盗的，对吧？”

“嗯，但我已经被上面的人提醒过，说现在下结论还为时过早。”

柏原低声笑道，可见他也和萩村一样很难抑制冲动的情绪。

“手表的生产厂家知道了吗？”

“知道了。瑞士的一家厂，进口代理商也已找到，但再往下就难了。批发给零售店是在二十二年前，又没有详细记录。”

“那表有那么老吗？”

“有明开张时的东西，自然很老了。”

确实如此，萩村不禁点了点头。“总得核实一下到底是不是有明幸博的。”

“我倒有一招。我马上要去见一个人，你若方便也一起去。”

“见谁？”

柏原像在卖关子般顿了顿才道：“有明功一。”

见面的地点是品川车站附近的一家酒店。萩村和柏原在横滨站会合，一同在酒店大堂的茶座中等待有明功一。

柏原已将自己偶尔和功一联系的事告诉萩村，说起因是四年前横滨的倒卖马票举报案。

“确实，得知那个案子里出现有明幸博的名字时，我们都很激动，以为终于抓到凶手的尾巴了。可谁知……”

“从那些浑蛋那里一无所获。由于借给有明的钱收不回来了，凶案发生后，他们还起了内讧。”

“你是在那时见到有明功一的？”

“嗯。想向他打听有关他父亲赌马一事，但他对此一无所知。自然，我也想让他了解一点调查情况。”

萩村点了点头。

四年前，萩村已经调到现在的部门。倒卖马票案立案后，曾一度重新开展有明凶杀案调查，萩村也参加了，但没考虑到遗属的事。

看着正在喝咖啡的柏原，萩村心想：这人炉火纯青了。以前他并没有那么深切地关心遗属心情。估计还是对儿子的事无法释怀吧，萩村猜道。柏原的儿子做过多次心脏手术，可还是不治身亡了。萩村依然记得柏原接到儿子病故通知时的表情。当时，他蹲在地板上，双手抱头，呻吟不止。那声音简直像是从地狱中发出来的。

柏原抬起头，望向远方。“哦，来了。”

萩村闻声回头，只见一个身穿深褐色夹克的高个子年轻人走了进来。

一时间，萩村没意识到这人就是有明功一，还将目光转向别处。当他再次将目光投向这个年轻人后，便从那略带阴郁的眼角依稀看到了功一童年时的表情。

“让你们久等了。”功一毕恭毕敬地低头行礼。他的嗓音完全变了。

“你还认识我吗？”萩村问道。

“当然，萩村先生。”功一露出雪白的牙齿笑了。

他坐下，叫来了服务生。萩村和柏原的咖啡杯都空了。

据功一介绍，他在东京的一家设计师事务所工作，不与弟弟、妹妹见面。他们离开孤儿院的时间不一，自己一个人要生活下去已是竭尽全力。

萩村的脑海里浮现出三兄妹的模样，也记得当时曾希望他们今后能互相勉励，互相帮助。他不由得感到胸口隐隐作痛：现实残酷啊。

“不是说有东西要给我看吗？”大致讲了近况后，功一看着柏原问道。似乎他掌握的情况并不多。

“嗯。”柏原点了点头，将手伸进西装内袋，取出装有那块表的塑料袋，放在功一面前。

“眼熟吗？”

“可以触摸吗？”

“隔着塑料袋可以。”

功一将手伸向塑料袋，聚精会神地看了一会儿。

萩村期待他露出惊讶的目光，然而没有。功一只轻轻歪了歪脑袋，眼神迷茫。

“这是什么表？”功一问道。

萩村朝身旁看了看，柏原的表情毫无变化，但他应该和萩村一样感到失望。

“看看反面。”柏原说道，“或许不容易看清，上面写着‘有明’‘贺新店开张’什么的。”

功一翻过塑料袋，定睛观察，眼睛却只稍稍睁大。

“会不会是你们家的东西？会不会是你父亲的？”

功一似乎倒吸一口凉气。他皱起眉头，像在思索。

“不是吗？”萩村问道。

功一将眼睛闭了几秒钟，然后又仔细看。“我倒是听说过收到手表的事，但是不是这一块就不清楚了。”

“谁送的？”柏原问。

“像是同学，父亲的初中同学凑钱买的……”

“你父亲在哪儿上的初中，知道吗？”

“呃……估计是当地的公立学校。”

“这个很容易查。”萩村说道。

“是啊。”柏原点点头。

“我说……这块表在哪儿找到的？”功一问道。

萩村闭口不言，决定让柏原处理这个问题，因为手表是横须贺警察局发现的。

“在一辆被盗的车里发现的。”柏原说道，“那车被扔在马堀。是谁开去的现在还不知道。”

“只发现了手表？”

“不，还有几样东西。”柏原再次从西装内袋中取出几张照片，拍的是钱包、口红和糖果罐，“怎么样？对这些东西有印象吗？”

“不好说，这些东西到处都有。”

“也是。”柏原收起照片，与手表一同放进口袋。

“警察先生，那些东西若是我父亲的，有可能抓住凶手吗？”功一探身问道。

柏原瞟了一眼萩村，轻轻摇了摇头。“不知道。这块表为什么现在出现也不太清楚。”

“可已经没有时间了。若不快点动手——”尖声说到这里后，功一像是注意到了自己的失态，挠了挠头，“那块表是不是我父亲的，还不知道呢。”

“是啊。但我保证，在时效到期前我会一直追查下去。”柏原说。

“拜托了。”功一低头深施一礼。

28

听了功一的讲述，泰辅十分不解。“为什么不明说手表是爸爸的？这样不是更快吗？”

一旁的静奈点头赞同。

和往常一样，他们又在兄弟俩的房间里开“作战会议”。功一坐在电脑旁，泰辅和静奈则在两张床上时而躺下，时而盘腿坐起。泰辅最喜欢这样的时光，他觉得这样就像回到了童年。

“进展太快了反而不好。”功一说。

“为什么？”

“十四年前的事了。爸爸戴什么样的表记得清清楚楚，人家不觉得奇怪吗？”

“是吗？老爸很喜欢那块表，我就记得很清楚嘛。所以，哥说可以带走一件有纪念意义的东西时，我马上就想到了。”

泰辅想起带走那块金色手表时的情形。那时，他们正要进入孤儿院。

这次要他拿出那块表时，他也很反对，但听了功一的解释后，还是下决心交出。他理解，要给双亲报仇只能这样做。

功一摇摇头。“听好，要造成那块手表在案发当夜被人从家中偷走的假象，必须要让警察认为是杀人凶手拿走的。”

“这我知道。”

“如果我看到手表一眼就认出来，说是父亲的，警察肯定会问，为什么案发时没注意到？”

“啊……”泰辅不由自主地叫出声。

“案发后，警察问过我很多次，少了什么东西没有？如果对这块表印象很深，十四年后依然记得十分清楚，那么当时就应该发现丢失了。当然，也可以推托说当时心情紧张，没注意到。但与其这样，还不如回答不知道来得自然，对吧？”

“警察能查出这表是爸爸的吗？”静奈有些担心。

功一苦笑道：“别小看警察。再说，即便我一口咬定那表是爸爸的，他们也会想办法证明，所以结果一样。花力气得到的答案比轻易就弄明白的更显珍贵。估计他们会找爸爸的同学调查。不知他们能找到几个人，但只要得到了‘是我们送的’这样的证言，应该就会感到欢欣鼓舞。”

看着功一自信地侃侃而谈，泰辅也开始觉得，或许这是个正确的选择，同时他也深深佩服哥哥总是那么深谋远虑。

“问题是接下来该怎么办。我们放出了诱饵，警察咬上来自然好。若不上钩，我们也不能告诉他们‘诱饵在这里’，只盼柏原他们不太傻才好。”

“可是，和警察保持联系没问题吗？”静奈问道。

“要了解他们调查的进展，必须不时与他们联系。别担心，他们没理由怀疑我。必须小心的倒是你，静。”

“我？”静奈按住胸口。

“如果进展顺利，当然，也必须进展顺利，警察的注意力就会集中到户神政行身上。可以想象，他们肯定会调查户神政行身边所有的人。上次我也说过，如果这时发现了一个叫高峰佐绪里的女子，即便和十四年前的案子毫无关系，他们也肯定会起疑心。静奈至少从那时起必须从户神行成身边消失。”

泰辅注意到，静奈听后表情发生了微妙的变化。她显得既吃惊又紧张。

“高峰佐绪里的戏就这样结束了？那个‘菜谱行动’怎么办？”

功一点点头，皱紧眉头。“的确想靠你来完成，但也要看户神行成的反应。总之，必须潜入户神家里，但若没被邀请，你也没法进去。”

“你打算怎么办？”

看着一言不发的功一，泰辅不由得倒吸一口凉气。他猜到了哥哥的想法。“哥，还要那么干？”

功一不答。

静奈坐得笔直，问道：“还干……不会是再偷偷钻进去吧？”她交替看着两个哥哥，最终将目光落在功一脸上。

“那可不行，他家里可不比一般民宅。”

“是不太好办。虽说我没见过，但肯定装了报警装置。”

“我今天去看过了。”功一说道，“没错，摄像头、防盗玻璃什么的装了不少，想溜进去没那么简单，但无论防卫怎样严密的房子，小偷也总有办法进去。小偷能进去，我就能进去。”

“不行！”静奈高声嚷嚷道，“绝对不行。哥又不是小偷，运动神经再发达也不行。太危险了。”

“我同意。是要给户神下套，可哥要是在此之前先被警察抓去，那还像话吗？”

“不这样做不行。以前也说过，找不到能证明户神是凶手的证据，就只好制造证据。就算警察盯上了他，像现在这样没有足够证据也没法逮捕他。”

“可是……”泰辅一时语塞。

“我来干。”静奈忽然说道，“还是让我来吧，这样最好。既安全，又不留痕迹。哥不是说了吗？菜谱行动的绝对条件是不留痕迹。哥或许能像专业小偷一样溜进户神家，但无法保证不留痕迹。所以，还得让我来干，就交给我吧。”她一口气讲完，又添了一句“拜托了”，随即双手合十。

功一将胳膊肘支在电脑桌上，手按额头，他难得地用迷茫的目光看着泰辅。潜入户神家有多危险他自己最清楚。

“红烩牛肉饭要换了？”功一保持着这个姿势，一动不动。

“啊？”静奈没反应过来。

“上次和行成见面时，他说过在麻布十番店推出老牌红烩牛肉饭的计划泡汤什么的。”

“对。”

“是户神政行的命令，对吧？你们认为，事到如今户神老头为什么会作出这个决定？”

“是静说的话产生作用了吧？”

“恐怕是这样，或许是横须贺的洋食屋这件事引起了他的注意。如果行成连老板死了的事也跟他说了，那么他联想到咱们家也就顺理成章。有人察觉户神亭的牛肉饭与有明的味道极为相像，这对户神来说是件极危险的事。于是，他立刻取消了计划。这么分析你们觉得怎么样？”

泰辅觉得很有说服力，可不明白为何现在要说这些。

“也许是，可这与刚才我们说的有什么关系？”静奈似乎也有同样的疑问。

“你想想，静奈……不，高峰佐绪里对户神政行来说危险无比，他能容忍这样的人一直在儿子身边转悠吗？我要是户神，也会叫行成别跟这种女人来往。”

“上次见面时，行成可没说这个。再说，还是他说想见我的呢。”

“估计是他爸还没跟他说，也可能是已经被警告，不好意思告诉你罢了。不管怎样，户神肯定会阻止你们两人关系的发展。所以，将高峰佐绪里邀请到家里去，简直是天方夜谭。”

泰辅恍然大悟。“这样啊。”他嘟囔道。

“可是，又不用户神政行邀请我，只要让行成邀请不就行了？”

“你还是没明白。我是说，户神政行不会允许。”

“不试试怎么知道？户神先生也不是什么都要听父亲吩咐的人。”

“户神先生？”泰辅皱起眉头，看着静奈的侧脸。

“啊……不好意思，这是在他面前的称呼，竟叫习惯了。我是说，户神行成也不见得什么事都听他父亲的。”

“怎么说呢？据我看，那小子的恋父情结还不浅呢。到现在还住在家里，就说明他不想离开父母。”

“不是！”静奈的语气突然凶了起来，吓得泰辅张大了嘴。功一也像猝然遇袭般瞪大眼睛。

看到哥哥们如此反应，静奈不好意思地低下了头，旋即抬头说道：“总之，这事就交给我了。行成迷上我了，我能控制他，不会让他全听他父亲的。”

功一用手撑着脸颊，笑道：“你总是充满自信。”

“到目前为止，我说能行的事还没有失败过吧？”

“这次与以前不可同日而语啊。”

“就让静去办吧。”泰辅说道，“不行再另想办法不好吗？”

功一叹了口气，说：“时不我待。警察盯上户神时，就是最后的时刻。到那时，静必须立即撤退。明白吧？”

“知道了。反正以后一辈子也不见行成了。”静奈紧盯着功一答道。

泰辅看着静奈，感受到了她坚强的决心，但又觉得她的表情中另有含义。到底是什么？他不知道。

萩村来到了上大冈[1]的一家鞋店里。他不是去买鞋，而是来找店主室井忠士。他们在店堂角落的长凳上并肩坐下后，萩村从包里取出一个塑料袋，道明了来意。

室井眯起眼睛看着，眼角的皱纹愈发深了。

“哎呀，是这个啊。”室井十分怀念地翻转着装在塑料袋的手表，仔细辨认了反面的文字后，他伤心地垂下眉角，“一点也没错，就是那块表。是我们送给有明的。”

“在哪儿买的？”

“应该不是在百货商场买的。同学中有个姓山本的，是叫他帮忙买的，因为会在表背后刻字的只有一家。想不到现在还能见到这块手表，真叫人吃惊。”

看着室井十分怀念的样子，萩村悄悄捏紧了右拳。这不可能是室井的错觉，这块表毫无疑问是有明幸博的。

“这块表怎么到警察先生手里了？这与有明被害案有什么关联吗？”室井还了手表，问道。

“现在还说不准，调查还没结束。”

“可既然出现了这块表，不就说明有线索了吗？在哪儿发现的？”

“对不起，我不能告诉您。”

“好吧，您就说有没有破案的希望吧，我相信警察。我曾想，杀害有明的凶手会很快被抓住，可谁想非但没被抓住，时效也快到了。怎么会这样呢？有什么要协助的尽管说，无论要我干什么都行。同

①地名，在日本神奈川县横滨市港南区。

学们每年都在悼念他呢。”

室井的心情可以理解，萩村也不想让他失望，但现在已无暇听他唠叨。萩村敷衍了几句就离开了。

他边走边给柏原打电话。

“怎么样？”一通话就提问似乎成了柏原接电话时的坏习惯。

“证实了。毫无疑问，是有明幸博的。”

“果然。”

“下一步，就是怎样抓住偷车贼了。”

“哦，这方面刚听到了些情况。”柏原压低声音继续说道，“说不定，偷车贼已经死了。”

29

浪花翻腾之际，海面在刹那间呈现出乳白色。浪花平息后，潮水奔涌而至，飞沫直扑脚面。萩村向后退去，他的鞋底陷入潮湿的沙滩，里面好像进了沙子。

他想，回去的时候，还是要去便利店买双鞋。

他来到走水海岸，这里离发现被盗车辆的地方大约有一公里。这一带的海岸线离国道较远。

柏原怕冷，缩着肩膀走了过来。

“你怎么看？”

“什么？”

“觉得能发现尸体吗？”

“难说。”萩村歪了歪脖子，“刚才听当地人说，海流很复杂。再说，平时海浪不太大，可这两三天不太平静。”

“正适合自杀？”柏原眺望远处的洋面说道。

萩村的视线像被他牵引般也朝那边望去。海上保安本部的船只漂浮在远处，但没听人说起调查将持续到何时。

昨天，有渔船船员在观音崎洋面发现一艘倒扣着的手划艇，艇上空无一人。

不久就搞清楚了，这是一艘在走水海岸被盗的小艇。横滨警察局的探员在附近调查时，又发现了一个可疑的纸袋。

纸袋里有手套、眼镜、圆珠笔和信封，信封里还有一张纸条，上面写有文字，内容如下：

智子，对不起，我没弄到钱。以后的事全都拜托你了。

由于无论从时间还是地域上都很接近，横滨警察局马上调查起此案与汽车被盗案的联系。在遗留物品上没有发现指纹，因此就将注意力集中到了手套上。

这是一副旧手套，满是油污。重新检查了被盗车辆上发现的DVD等物品后，发现了几处与该手袋相一致的痕迹。

虽无法断定，但这纸袋极可能是偷车贼的物品。

问题在于到底是谁呢？到目前为止，所谓线索只有“智子”这个名字。横滨警察局决定调查到目前为止所有的寻人请求。这个“智子”可能是女子，也很可能办过请求寻人的手续。但一无所获。

“如果把那纸条理解为遗书，说明案犯曾经很需要钱，对吧？”萩村问道。

“是啊，估计是欠了债。”

“车里那么多DVD又是怎么回事？想卖了换钱？”

“有可能，但问题是这些东西又从哪儿来的呢？”

柏原抽起香烟，一只手里拿着便携烟灰缸。“坐小划艇出海，然后跳海自杀了？嗯，也不能说没有这种可能……”

“有什么不对劲儿吗？”

“怎么选了这么麻烦的死法？若要自杀，更为干脆的死法有的是，比如跳楼什么的。”

“或许案犯扔了偷来的汽车后，在海岸边左思右想地转悠。结果看到了小艇，一时冲动就想到了跳海自杀。大概是这样。”

“我们头儿也这么说，可我觉得不太对劲儿。”

“你认为是假自杀？”

“也不是没有可能吧？”

“那又为了什么呢？当然，为了躲债，以前就有假自杀的做法，还有，骗保险金什么的，但这种情况必须明确到底是谁自杀了。可这人在遗书上连名字都没写，这不奇怪吗？”

“就是这个问题。真自杀也好，假自杀也罢，为什么不写名字呢？”

“会不会是改变主意了？一开始，他想留下一封像样的遗书，可不知出于什么理由，后来又不想写了。他并非故意不写名字，而是写到那儿突然中止了。”

“嗯，这么说也行。”柏原的神情表明他并不十分赞同。他将烟蒂捻灭在烟灰缸里。

“如果是假自杀，那么案犯也冒了很大的风险。”

柏原闻言，目光炯炯地盯住萩村。“怎么说？”

“若是假自杀，案犯要将小艇划到洋面上，再游回来。深更半夜多危险啊，就算是游泳好手也会望而却步。”

柏原哼了一声，打开烟盒，将手指伸进去，扬起了脸。

“如果是两个人呢？”

“嗯？”

“假设他有个帮手，会怎么样？两艘小艇一起出海，其中一人乘上另一艘小艇，再将自己划来的那艘掀翻，不就没危险了？”

萩村想象此种情景。的确，这样也并非没有可能。

“为什么呢？这么做仅仅是制造了一个不知是何人自杀的假象。有什么意义？对谁都没好处啊。”

"理由……"柏原叼起香烟，摇摇头，"不知道。"

"钻牛角尖了吧。"说完，萩村转身走开。海风早已将他吹得浑身冰凉。

刚吃了一口，行成就觉得味道果然不同。番茄酱的味道稍重了一点，这是所谓令人留恋的味道，估计喜欢的客人也不少，但与户神老牌红烩牛肉饭的味道还是大相径庭。

他有些失望，但没有停手。他对这份牛肉饭已没有什么兴趣，但仍不愿剩下。

洋食屋"YAZAKI"位于石神井公园车站附近，行成是在网上查到的。来这里一看，发现店门口有个小花坛，是家很有品位的店。还没到午饭时间，但已经有好几位年轻女顾客坐在店里吃蛋糕。看了菜单，知道是这家店出售的甜点。行成不擅长甜点，尝一尝当然也是种学习，但他今天来这里其实另有目的。

盘子一空，行成马上就站了起来。店里只有他一个男顾客，坐在里面觉得很不自在。一出店，他就不由得做了个深呼吸。

他一边朝车站走去，一边自问：这么做有意思吗？要在麻布十番店推出的红烩牛肉饭的味道还没有确定。与其将时间花在这种毫无意义的事情上，还不如与厨师们商量配方。尝一尝别人的红烩牛肉饭固然可说是研究的一个步骤，但今天，他这么做完全别有用心。

他脑中有着疑虑不消除就无法进行下一步的想法。疑虑自然是源于父亲政行的态度。

行成觉得父亲出尔反尔的原因，在于他听到了高峰佐绪里说的那番话。这件事肯定与横须贺的一家洋食屋有关。

然而，线索太少了。唯一一条是从高峰佐绪里那里听来的，那家店店主的女儿叫矢崎静奈。

将姓名用作店名的做法很普遍，户神亭也是如此。于是，他猜测横须贺那家洋食屋的店名是“矢崎”或是“やざき”[①],他便以首都圈为中心开始寻找。

找到的只有这家位于石神井公园的“YAZAKI”。在神户有一家叫“矢崎”的店，但那是从昭和初期就开始经营的老字号，不可能从横须贺搬来。

来到车站前，他边思索边走向售票机，手机短信的提示铃响了。他想或许是麻布十番店的人发来的，不料却是高峰佐绪里。内容是：有事相商，方便时请回电。

虽说脑子已被菜品的事塞满，可看到这条短信，行成的心情仍为之一振。会是什么事呢？他迫不及待地想知道。

行成决定先回电话。

“喂。”铃声没响几下佐绪里就接了，行成很高兴，这说明她在等他回电话。

“我是户神，短信收到了。”

“真不好意思，打扰您了。”

“没关系，什么事啊？”

“在电话里说不清。最近有时间见面吗？”

“今天就行。”

“真的吗？您现在在哪里？”

“石神井公园。”

“练马区的那个？”佐绪里似乎颇感意外。

“嗯，来这里看一家洋食屋，已经结束了。去哪儿好呢？”

“上次那家银座的咖啡店怎么样？”

---

①日语里“矢崎”和“やざき”均读作YAZAKI。

"好啊，我大概五点钟到。"

到了池袋改乘地铁时，牛肉饭的事已被行成抛至脑后，专心想着佐绪里。她到底有什么事？

他有一种不祥的预感。佐绪里是否要说已有男友，不再与自己见面呢？

到达银座二丁目的咖啡店时已过五点。坐在窗边的佐绪里对他轻轻挥了挥手，似乎他一进店门就被她发现了。看到佐绪里的表情，行成稍稍放下心来，没有要讨论严肃话题的气氛。

"对不起，我没算准时间。久等了。"行成在她对面坐下后立刻道歉。

"我也刚到，倒是我打扰您了，真不好意思。"佐绪里低头致意。

"不必介意。"

佐绪里还没有点饮品，似在等行成。行成对服务生招招手，二人点了饮料。

"您说有事商量……"行成惴惴不安地说。

佐绪里的表情有几分僵硬，但唇角的笑意尚未消失。"昨天，我父母打来电话。最近没向他们汇报近况，他们有些担心，教训了我一通。"

"教训？"

"问我到底想玩到什么时候，似乎很担心我明年四月是否真能复学。"

"哦。"行成想起佐绪里尚在休学。他感觉有一股焦躁的情感涌上胸口，明年四月她就要去京都了。

"您自然打算复学喽？"

"呃……其实，我正为此犹豫呢。"

"此话怎讲？"

“我早有留学的念头。”

“留学……要去国外？”话一出口，行成就开始自责：这不是废话吗？

佐绪里嫣然一笑，点了点头。“我想在大学毕业后从事将日本文化介绍到国外的工作，因此选择了京都的大学，父母也都很支持。但这样必须有较强的外语能力。”

行成眨了眨眼睛，望着佐绪里。以前和她谈过各种话题，可听她说起梦想还是第一次。他觉得，这个梦想十分适合她。

“或许应该去留学学习语言。”嘴上这么说，行成却感到胸中的焦躁在膨胀。如果只是去京都，要见面还是方便的，若去了国外可就难了。

“是吧。几年前我家曾住过一个加拿大女学生，今后我要住到她家里去了。”

“好啊。”行成言不由衷地敷衍道。

“前些天，我打电话告诉她这个想法，她特别高兴。她父母竟说要重新装修房子，好让日本人住得舒服一点。我说根本没必要，可她硬说要报恩……因此，有件事想麻烦您。或许您会觉得我有点厚脸皮，不知该不该说。”

“什么事？”

佐绪里犹豫了一会儿，抬眼看着行成。“我想参观您的家，行吗？”

行成一时没反应过来。服务生恰在这时端来了饮料，他条件反射般抓起放在面前的杯子喝了起来。那是一杯冰红茶。

佐绪里吃惊地张开了嘴。“那是我的……”

行成看了看两个杯子，才想起自己点的是咖啡。“啊！拿错了，真不好意思，这该怎么办？”

佐绪里眯起眼睛笑道：“没关系，我喝咖啡好了。”

“真不好意思。”行成从口袋里掏出手帕。汗珠从太阳穴流了下来。

“对不起，是我的请求太过分了，才让您如此吃惊。”

“不……吃惊倒是事实。”行成大口喝着冰红茶，“为什么要看我家？”

“您以前不是说过吗？你们家以前住的是德国人，后来改造过，和洋合璧的部分相当多。”

“我的确说过。”

行成早就忘了。他似乎觉得和佐绪里说过的只有麻布十番店和菜肴方面的事。原来也谈过不少别的闲话，有关家里的房子也谈起过，只是约略提过，她却记得很清楚。想到这里，行成心里美滋滋的。

“我觉得完全没有必要重新装修！可想到要在那边生活那么久，确实应该考虑怎样才能住得舒适一些。我也知道这是个不情之请。”

行成将两手放在桌上，重重摇了摇头。“不。只要您觉得有帮助，我随时愿意效劳。一直得到您的指点，正想回报呢。”

“真的？如果有什么为难之处就直说好了，我不介意。”

“我就是有话直说。只是有些担心是否真能对您有所帮助。”

“肯定会有帮助。多谢了，跟您商量一下还真是对了。”佐绪里将咖啡杯移到面前。或许是因为了却了一桩心事，她的笑容更加灿烂了。

能对佐绪里有所帮助，行成觉得兴奋异常。然而，他的胸中很快又升起一片乌云，并迅速扩展开来。他有种不祥的预感：恐怕以后再也见不到她了。

30

荻村找到那家有问题的DVD店，恰巧是在马堀海岸发现被盗汽车一周后。那家店在横滨的樱木町，离车站稍远，大冈川从店旁流过。

店铺是二层木质房子，一楼是店堂，店正面镶嵌着大玻璃，但店内的情形从外面无从得见。玻璃上贴满了宣传画，连一丝缝隙都没有。这并非为了宣传什么产品，主旨在于保护顾客的隐私。主营成人影碟的商店大多如此，否则会影响营业额。

店名叫作“好片”。不光销售DVD，同时也收购。招牌下就贴有写着高价收购事宜的贴纸。

荻村去的时候没有一个顾客。店里除了旧DVD外还陈列着CD、写真集之类的东西。但看来还是以AV方面为主，这类商品占据了大半个店堂，连一些现在已经很少见的VHS录像带都有，很明显都是翻录的，估计DVD也差不多。

店员是一个姓辻本的年轻男子，很瘦，脸色也不好。荻村进去时，他连“欢迎光临”都没说。但荻村出示证件后，他立即慌张起来，微驼的背也挺得笔直。

荻村出示了那三张在被盗汽车里发现的DVD，辻本的表情发生了明显的变化。

一开始辻本说没印象，在萩村的严厉追问下，他承认那些正是出自此店，贴在盒子上的价格标签也是这家店两年前用的那种。

萩村觉得很痛快，总算找到这些 DVD 的出处了。

萩村问辻本为何撒谎，辻本有些窘迫地讪笑道："这些大概都是被盗的物品。"

"被盗？什么时候？"

"大概十天前。"辻本看了一眼贴在墙上的日历，"那天，我一到店就发现收银机有被撬过的痕迹，四下好像也被翻过。我马上意识到进贼了。"

辻本住在上大冈，下午四点到夜里十一点上班。深夜时店里空无一人。

"报案了吗？"

辻本皱眉挠了挠头。"社长说很麻烦，不用报。"

"社长？"

辻本打开收银机，取出一张名片——"上田繁雄"。这人在别处还开有回收公司，是辻本的舅舅。

据辻本说，上田总是在打烊前露一下面，拿走当天的营业额。若有收购，会让辻本汇报。

"他不相信我，总不把钱放在这里。估计小偷很失望，收银机里一分钱也没有。"

"收购时没现金怎么办？"

"有五万元放我这儿专供收购使用，事后社长再补给我。"

"哦。那笔钱没被偷吗？"

"总是放在我钱包里。区区五万元还放什么收银机？没想到这样还真做对了。要是放在收银机里被人偷了，社长肯定会说'被盗是你的错，你自己赔'。"

萩村没有接话，只微露笑意。他想，那五万块现在还在不在辻本的钱包里也很难说，估计他也经常挪用。

“DVD 被盗的事也注意到了吧？”萩村问。

“嗯，但那些都卖不出去。社长说这样倒好，省得自己处理了。”

萩村望着手中的 DVD。“这些都放在哪儿？贴着两年前的价格标签，想必不放在店里。”

辻本点点头，用大拇指指了指上面。“放在二楼，小偷似乎也是从二楼的窗户进来的。”

“能带我看看吗？”

辻本有些为难地撇了撇嘴。“随便带人去看，社长又该说我了。”

“失窃不报案，社长本该被警察训诫，你是在帮他，应该全面协助调查。”

“好吧……”辻本刚要往里面走，又站住了，回头问道，“那些 DVD 在哪儿找到的？调查的是什么案子？”

“查别的案子时偶然发现的，估计和你毫不相干，你不必知道详情，我也不能告诉你，对不起。”

“哦……和我没关系就好。”

店堂靠里有一扇门，打开后便是楼梯。“这房子的结构真奇怪。”萩村低声道。

“听说以前是家小饭店。”辻本边上楼梯边说，“厨房什么的全拆了，变成现在的店。社长也说，有些地方的结构很怪。”

“小饭店？什么样的？”

“不知道。”

莫非是洋食屋？萩村脑海中浮出这个念头，又连忙抛到一边。他反省道，不论什么事总跟有明凶杀案扯在一起，是先入为主的观念在作怪。没有任何证据显示这家店与十四年前的盗窃杀人案有关。

况且，现在这里与饭店毫无关系。

二楼有两间和室，分别有六叠和四叠半大小，但现在显然无法住人。装满 DVD 和录像带的纸箱几乎将榻榻米全都遮蔽起来，且无一例外积着厚厚的灰尘。似乎这些东西搬进来后，就再没见过天日。

“以前还搞过一些清仓处理的促销活动，但既卖不出去又费工夫。现在就只管往这里堆，不知以后会怎么处理。”辻本事不关己地说，“小偷全搬走才好呢。”

“肯定卖不出去？”

“完全卖不动。这里不是顾客拿来的东西，大部分是录像制作公司倒闭、租赁店关门时，社长搜罗来的便宜货。要是 AV 片还好说，可净是些画质不好的名作，或画质虽好但制作成本太低的 C 级片，谁肯买呢？社长只顾便宜，也不看内容。里面还有教育录像，甚至连公司介绍都有。”

萩村苦笑着瞥了一眼身旁的一个纸箱，最上面的是介绍瘦身操的录像。“刚才那三张放在什么位置？”

“记不清了。AV 片一般都放在壁橱里。”辻本正要朝壁橱走去，萩村喊了声“等等”，将他制止。

“被盗后，这屋里的东西动过吗？”

辻本摇了摇头。“只修补了一下窗户玻璃，也只是糊弄了一下。”

萩村看了看窗户，见勾锁附近有一个圆形缺口，用胶带固定着一块塑料板。

“社长嘴上还说不好好修一下还会有小偷进来。”

“从外面能爬进窗户吗？”

“不太清楚。后面是条小巷，没什么人。”

萩村点点头，戴上手套，朝壁橱走去，尽量不碰任何东西。壁橱开着，下面一格放满了纸箱，上面一格情况类似。但有一块方形的地方没有一点灰尘，像是直到最近为止，上面一直放着纸箱。萩村向辻本确认。

“不错，就是现在你脚边那个纸箱。刚才那几张可能原来就放在那里。”

萩村看了看脚边。确实有个空箱子，要是将被盗汽车里发现的DVD全塞进去，估计正好装满。

“为什么只偷这个箱子里的？”他喃喃道。

“都是AV片的缘故吧。”

“别的箱子里也有啊。”壁橱里另外几个纸箱中好像都装着AV片。

萩村将头伸进壁橱四下打量，最后目光停在天花板上。天花板被移开了，露出检修孔。

“那儿以前就是这样吗？”

“哪儿？”

“壁橱的天花板。喂，尽量别碰东西啊。”

辻本小心翼翼地走过来查看。

“我不清楚。”他摇了摇头，“最近没来看过。”

萩村叹了口气，这时，一件发亮的东西映入他的眼角。在壁橱靠里的地方。

他伸手捏起，忽觉热血沸腾。“社长姓上田？能马上跟他联系一下吗？”

“要找社长？”

“看来还是报案为好。”

“是吗？”不知为何，辻本有些无精打采。他掏出手机，同时看了一眼萩村手里的东西，“那是什么？”

萩村诡秘一笑。“这个与你无关。但可以告诉你，这是个口红盖。”

31

上田繁雄两腮突出，脸上尖中宽，宛如将棋棋子，肩膀耸起时几乎看不见脖子。他在萩村等人面前一直保持这个姿势。估计是在提防警察会因他没有报案而处罚他。

“这些 DVD 都是你的？”萩村问道。

上田将本就很短的脖子又缩了缩，点了点头。“啊，嗯，我想大概是吧。”

“大概？”

“呃，不，是我们店的，没错。”他点头哈腰地说道。

横须贺警察局的会议室里，萩村和柏原一起讯问上田繁雄。会议桌上放着从被盗车辆里发现的 DVD 和旧包。

“又没受到多大损害，如果报案，势必要进行种种调查，这样就要歇业了。我们那种店一天也停不起啊。突然停业会给客人带来麻烦，所以才不想报案。真是对不起。”上田摸着后脖颈，不停低头赔罪。

萩村将包放到上田面前。“对这个包有印象吗？”

上田一脸困惑。“没印象。真的，我从没见过这种包，不是我的。会不会是辻本的？”

“给他看过照片，他也说没见过。”

“哦？那就不是我们店的。”

萩村从包里取出几个塑料袋。原先在这包里的东西都已被分别装进塑料袋。“里面有你知道的东西吗？”

上田疑惑地看着桌上的东西——糖果罐、钱包、手表、粉盒、口红。

不一会儿，他拿起装手表的塑料袋，定睛看了看，又放回桌上。“不知道，都不是我的。”

“手表呢？”

“我有过一块比较像的表，所以看了一下，但完全不同。”

萩村看向柏原，想听听他的意见。

“那个壁橱什么时候变成那样的？”柏原问上田。

“哪个样子？”

“乱七八糟地堆了不少卖剩下的DVD，什么时候开始的？”

“啊……什么时候呢？”上田抱起胳膊，想了想，“那里很久没动过了。一年……不，还要早，我是说最后打开壁橱的时间。”

“被盗的DVD上贴着两年前的标签？”萩村说。

“对对。就是在标签全换成新的以后，才将那些DVD塞进去的，快两年了。”

“从开店时起就把库存放进壁橱？”柏原问。

上田努着下巴点了点头。“是啊。刚租下那房子时想在二楼布置一个办公室，开始营业后才发现根本不需要，倒是需要一个仓库。所以，连壁橱也利用起来了。整个二楼成了一个大仓库。”

“你好好想想，”柏原双手撑在桌面上，探身俯视上田，“除了你，还有人使用过二楼吗？哪怕时间很短。”

为他的气势所迫，上田稍稍往后缩了缩，摇摇头。“没有。换过几批员工，说不定有谁将东西放在那儿。这种事无法一一查证。”

“用作仓库之前，二楼是什么样的？”

"嗯……就是个空屋子呗，所以才改成仓库。"

柏原看着萩村，轻轻点了点头。萩村明白他问完了。

"我说……"上田抬起眼睛说道，"这到底是什么审讯？二楼怎么了？我们只是将卖不掉的DVD放在那里，没放别的。"

"谈不上审讯，只是请你协助调查。"萩村说。

"可为什么是横须贺警察局来调查呢？我的店不在你们辖区内。"

"这些东西是在本局辖区内发现的被盗车辆中找到的。"

"哦……"

"最后一个问题，对于小偷有什么线索？不是经常有人利用熟悉的环境，偷盗曾经供职过的商店吗？"

上田皱起眉头，咧了咧嘴角，想了一会儿，最后摇摇头。"可在我那儿干过的家伙都知道偷不到什么。"

萩村叹了口气，看来问不出有价值的信息了。"谢谢。或许以后还会问你，到时还请配合。"萩村说道。

"嗯，我可以回去了吗？"

"可以。"

"这些东西怎么办？"上田看着桌上的DVD。

"你先报案，办理有关手续后就能拿回。"

上田暧昧地点了点头，走出房间。

柏原苦笑道："这个小老头既不想报案，也不想拿回DVD。"

"嗯，手续麻烦，拿回去也只会增加库存。你怎么看？这个上田与案件毫不相干？"

"应该是。"柏原在椅子上坐下，"看到包的时候表情没什么变化，不像是装出来的。"

"我也有同感。他的确一无所知，可这些东西确实曾经在那个壁橱里。"萩村看着桌面说道。

柏原拿起口红。“只有这个掉了盖子，对吧？”

口红在被发现时并没有盖，现在则已经套上。

这个盖子落在好片店的二楼壁橱里，是萩村发现的。他一看到就确信这是被盗车辆中那支口红的盖子。于是，他立刻打电话给柏原，要柏原将口红拿过去，在现场确认，发现果然严丝合缝。

现在，鉴定科的人正在好片店二楼取证，结果很快就会出来。萩村认为，入室盗窃和偷车的肯定是同一人。

“刚才和鉴定科的人通过电话，那个检修孔确实最近才打开。”

“壁橱天花板那儿？”

“嗯。”柏原点点头，“还说虽然不细查不能下结论，但天花板上面确实有被人动过的痕迹。但不是四处走动，只是用手触摸过检修孔。”

“辻本和上田都没什么印象，那就是小偷喽。”

“看来是该这么考虑。”柏原盯着那些物证，“以前，我听一个因盗窃多次被抓的人说过，没什么收获时，就先看看壁橱的天花板。运气好的时候，或许能摸到某人藏在那儿的私房钱或秘不示人的宝贝。”

“我也听说过。”

“这个糖果罐或许就藏在天花板里。”

“又被偷了出去？”

“或许小偷觉得不管里面有没有值钱的东西，总比空手而归好，就带了出去。顺手又捞了些 DVD，大概就是这样。”

“能问问小偷就好了，可惜已经不可能了。”

“是不是死了还不能断定呢。”

“只怕……”

在观音崎海面发现的小艇到底是由什么人划过去的，到现在还无法确定，尚未发现溺水的尸体。据说，如果顺着潮流漂去，尸体可能已经从浦贺水道漂入外海。

“那小偷活着也好，死了也罢，和我们没多大关系。问题是到底是谁将糖果罐放到天花板上的。”柏原似乎有话要说，却突然取出手机，好像是手机在震动。简单对话后，他便挂断了。“是鉴定科的人。辻本和上田的指纹与手表上的都不一致。”

“果然。”

“这下能证实案子与那家店不相干了。”

萩村点点头，将目光投向桌上装有金色手表的那个塑料袋。

只有这只手表留有较为清晰的指纹。这指纹并非被害人有明幸博或塔子的，这一点已与十四年前的资料对照过，确凿无疑。

“你看，下一步怎么办？”柏原问道。

“调查好片。”

“那家 DVD 店？鉴证报告自然会传过来。”

“找房屋中介问问。”萩村答道，“说不定在上田租那栋房子前，那个糖果罐就已经藏在那里。据我看，只有一楼重新装修过。”

“哦，原来如此。”柏原连连点头，竖起大拇指，“去问问。”

给上田打电话问清出租方是横滨车站附近的一家不动产公司后，两人动身前往。

在大楼一层的办公室里，他们见到了出租房屋的经手人，一个戴眼镜的年轻男员工。

“那里换过几批房客。房东本为了开服饰店才建起那栋房子，可没有经营好，于是决定出租。”青年看着资料说道。

“在现在的 DVD 店之前租给什么人？”萩村问道。

“开餐厅的，叫 TOGAMI。”

“TOGAMI？”

“嗯，汉字是这么写的。”

青年将资料转向萩村，只见上面写着“户神亭”。

“好像听说过。”柏原在萩村身旁低语。

青年的表情缓和了一些，点点头。“现在是相当出名的洋食屋。”

“洋食屋？”萩村立刻警觉起来，不由得提高了嗓门，“真的？”

青年一脸不解，似乎在问：这有什么奇怪？

“听说户神亭就是在那里起家的，出名后换了地方，规模也越做越大，据说是因为他们的红烩牛肉饭大受欢迎。这些都是从前辈那里听来的。”

萩村与柏原面面相觑。

竟然是和有明一样的洋食屋。这只是个偶然吗？

“听说租给好片时，一楼改造过。二楼怎么样，也施过工吗？”柏原问道。尽管语气平淡，但萩村察觉到他正极力抑制激动的心情。

青年又翻了翻资料。“签合同后，上田先生好像重新装修过。从记录来看，正如您所说，只改造了一楼，二楼没动过。”

“没有出租方在二楼施工的记录？”

“是的。可能做过些清洁工作，但没有大动作。”

出了办公室，萩村问柏原：“DVD店之前是洋食屋，你觉得这仅仅是偶然吗？”

柏原不置可否地取出手机。“问问他吧。”

32

一接到柏原称希望立刻见面的电话，功一就猜到了个中原委。他竭力不让对方察觉自己的激动，平静地问道：“案子有什么新发现吗？”

“还谈不上，但发现了一些需要你确认的事。打扰你工作不好意思。能见面吗？我去东京也行。”柏原的声调很节制，似乎掌握了某种确定的东西。

“不能在电话里说吗？”

“也不是，但我想直接与你交谈，这样对你也比较好。”

“好，我现在就有空。”

“谢谢。在哪儿方便？”

“你要是能来东京车站，就太好了。”

“可以。你还在工作吧？不好意思。”

“不客气，这也是要紧事。”

约好在东京站内一家咖啡店见面后，功一挂断电话。泰辅不安地坐在旁边的床上。功一说出通话内容。

“就是那件事？”泰辅皱起眉头。

“估计找到那家DVD店了，恐怕连是户神亭的旧址都查到了。”

“会吗？”

“否则不会打电话来。看来警察在我们铺设的轨道上跑得挺顺利啊。”

功一起身打开衣橱。已对柏原谎称自己在设计师事务所工作，必须换上不使他起疑的服装。

“警察若盯上户神亭，我们就得少活动了吧？”泰辅道。

“自然，但必要时还得出手，否则恐怕难以善始善终。”

“你指菜谱行动？”

“对，告诉静时间不多了。警察不久就要调查户神政行，老在他们身边转悠太危险。”

“嗯，一会儿就说。”

功一点点头，从衣橱里取出夹克和运动裤。

“哥，警察能逮捕户神政行吗？”泰辅有些担心地问道。

“不逮捕怎么行？我们不就是为了这个才给他们找齐证据吗？”

“可我觉得户神不会那么爽快就坦白。就算警察将证据放在他面前，估计他也会搪塞，或声称有人陷害他。”

“很有可能。不，他肯定会说，根本不知道什么有明的手表，更不记得曾将其藏在以前家里的天花板上。”

“那不就糟了？”

“放心。”功一边换衣服边俯视弟弟，“据说大多数嫌疑人在证据面前都不肯老实承认，也有人提出遭人陷害。可不管户神说什么，警察都不会理睬。”

“那就好……”

“怎么？有什么放不下的？”

“倒也不是。”

“有什么话就痛快地说，这样可不像你。”

“我自己也没理清楚。”泰辅挠了挠头，“哥的计划是要警察这么想：杀了我们父母的凶手偷走了糖果罐，因为里面装有现金或值钱的东西。现金用完后，就将罐子藏到家里的天花板上。凶手搬家后，那里成了DVD店。有小偷进了那家店，发现了天花板上的罐子，以为里面有值钱的东西。是吧？”

“还有下文呢。那个小偷负债累累，走投无路，所以才入室盗窃。结果没偷到什么大失所望，又偷了一辆车，漫无目的地开到了海边，就想到了自杀，并给名叫智子的独生女儿写遗书，却只写到一半。在走水海岸偷了一艘小艇，投海自杀。警察的想象力要发挥到这种地步才好啊。”继续换衣服的功一说道。

“智子是小偷的独生女儿？我还以为是他老婆。”

“怎样都行，反正是个对于小偷极为重要的女人。总之，不留下遗书，就无法让警察理解成他是自杀。”

“警察会相信吗？”

“不知道。找不到尸体，或许会怀疑是假自杀。”

“这样好吗？”

“有什么不好？小偷真自杀还是假自杀和有明凶杀案毫无关系。重要的是有这个小偷，应该说是让警察觉得有这个小偷。正因如此，柏原才会找到DVD店。一切都按计划进行，毫无纰漏。只要静能圆满完成菜谱行动，我们的演出就结束了。”

泰辅依然阴沉着脸。

功一不由得焦躁起来。“有意见？”

泰辅急忙摇了摇头。“没，只是竟然将这么重要的东西忘了，合适吗？”

“什么？”

“糖果罐。凶手在搬家时遗忘在了天花板上，会有这种事吗？它对凶手来说可是致命的啊。”

“一般不会。”

“那警察还不怀疑？”

“怎么怀疑？怀疑有人做了手脚？”

“那就不知道了。”

“没关系，稍稍有些不自然的地方无妨。”功一道，“人类的行为并非都能用理性来解释。或者应该说，不合情理的地方居多。盗窃杀人犯将罪证藏到天花板上，搬家时竟然忘了，这确实不太自然，有些鲁莽。但人就是这样，会犯这样那样的错误。还有，对于警察来说，那种事无关紧要。”

“什么事？”

“你在质疑为什么凶手会将那么重要的证据忘了，他们不会这么考虑。即便稍加考虑，也不会因此放弃好不容易才找到的线索。只要不放弃证据，稍有疑问他们也不会深究。警察就是这样。我以前在打工的地方被怀疑偷了营业款。因为肯定是内部人作案，而其他店员都有不在场证明。其实如果我要偷，必须躲过很多人的眼睛。可警察置之不理，只是一个劲儿地狂吼‘是你偷的吧？快点承认’。若非后来证实是店主的傻儿子干的，我就成罪犯了。”

“听你说过。”

“那么，我说的这些，你懂了吗？”

“嗯。”

换好衣服后，功一拍了拍弟弟的肩膀。“别担心，一切都进展顺利。从柏原那儿还能打听出更详细的信息。”

“嗯，没担心这个。只是觉得为什么非得绕这么个大圈子呢？当然，事到如今，本不该再说这种话。”

功一叹了口气，在另一张床上坐下。“关于这个，我不是讲过很多次吗？光说‘和十四年前见过的那个人很像’‘牛肉饭的味道一模一样’，警察不会采取行动。即便采取，也不能保证他们会找到铁证。很可能只是例行公事一遍，一无所获。”

“可警察也不傻，总能查出点什么吧？或许爸爸和户神在赌马的地方见过面。”

“然后呢？”功一侧过脑袋望着弟弟，“这有什么用？凭这点就能抓人？”

“或许其他方面也能找出些线索。毕竟警察专业，说不定能发现你找不到的证据。”

“若找不到呢？那时怎么办？我们就像没事人一样，看着警察因证据不足而释放户神？”

“呃……到那时再采取菜谱行动。”

功一板起了脸。“你还是什么都不明白。开始调查时，户神身边一点证据也没找到，过了一阵子却不断出现，警察不起疑心才怪。而且，会理所当然地怀疑我们。”

泰辅无法反驳，只得噘起嘴，低下脑袋。

功一看着他继续说道：“从决定栽赃时起，就决定我们必须到最后才在警察面前出现。特别是你，是最后的最后，只是履行一下辨认的手续。你要做的只有一件事——见到被捕的户神政行，说句‘没错，就是十四年前我看见的那个’。而在此之前，你当然不认识户神政行，更没有怀疑过他。绝对不能让警察察觉现在他们掌握的证据和我们有瓜葛。”

泰辅为功一的气势所迫，不由得垂下视线，轻轻点了点头。“我懂。我对你的计划没意见，只是对静放心不下。”

“我也有同感，但只有赌上一赌了。静不是说包在她身上吗？”

“嗯……也是。”

“别钻牛角尖了，最后再加一把劲。”功一再次将手放在弟弟肩上。

功一乘地铁往东京站赶去。他抓住拉环，直直地看着车厢广告，回味着刚才与泰辅的对话。

他也觉得这样做确实有些绕。泰辅向来凭直觉采取行动，或许会感到不耐烦。

功一回想起潜入好片二楼的那晚。功一和泰辅颇为忙碌，先在好片制造了盗窃假象，随后开着事先偷到的轻便汽车直奔横须贺。车是泰辅偷的，他曾夸下海口，说自己在修车厂干过，五分钟就能偷一辆旧车。

让他们真正感到害怕的，是在各划一条小艇朝大海驶去的时候。平时较为平静的海面那晚很不安分。为不引人注意，他们都只戴着一个小小的头灯。如果只有一个人，估计就会退缩。两人相互鼓励，才划到海面。将一条小艇掀翻后，两人坐另一条小艇返回岸边。之后，他们一直走到横须贺中央站附近，待到了天亮才坐电车回到东京。两人在电车上均沉沉入睡。

一切都像在走钢丝。他自己也觉得奇怪，这些事居然都做成了。本不想让泰辅冒险，可功一无论如何要让这个计划成功。

和泰辅说起辨认案犯的事，也是出于想让他和静奈尽可能在最后才去接近警察的考虑。如果到了需要提供某种证言的时候，他们或许必须作为证人出席法庭。那时，估计户神行成也会在场。看到自称珠宝商的男人和自称高峰佐绪里的女子竟会作为遗属出庭，他肯定会大闹起来，稍有不慎，以前的诈骗行为就会暴露无遗。

功一决心无论如何也要保护好泰辅和静奈。

到了约好的咖啡店，柏原和萩村已经坐在一张小桌旁。见到功一，他们露出淡淡的笑容。

“打扰了。”柏原说道，“喝些什么？”

“不用了，刚喝过咖啡。说正事吧。”

两个警察对视一眼，萩村开口道：“你父亲是开洋食屋的，他与同行有来往吗？”

“指其他做餐饮的？”

“不，和你父亲一样开洋食屋的。”

“唔……”功一想了一下，“别的店的坏话倒是听他说过，有没有来往就不知道了。”

“什么坏话？”

“菜品价高、中看不中吃之类。对不起，记不清楚了。”

“说过一家叫户神亭的店吗？”

功一不由得心跳加速，警察终于问到户神政行了。他佯装平静地摇了摇头。“没听说过。”

33

听了功一的回答，萩村大失所望，同时也觉得在情理之中。毕竟十四年了，他当时只是个小学生，若能了解父亲的交际圈，反倒是件稀罕事。

“你听他说起别的洋食屋，仅限于背地里说坏话……那家店在什么地方，在那里干活儿的人，诸如此类的信息，如果想得起来就请告诉我们，不论多么小的细节都没关系。”萩村说。

功一抱起胳膊，像在沉思，随即又迷惑地望着萩村问道：“这事与案子有关？凶手是同行？”

“不。”萩村赶紧摆了摆手，“现在还什么都不能确定。这个同行有可能以某种方式涉案，所以问问你。”

“找到新线索了吧？”功一轮流看了看萩村和柏原，“能透露吗？”

两位警察感到很棘手。萩村愿意让遗属了解侦查进展，但遗属方面又不能保证不泄露信息。如果遗属接触媒体就糟了，况且，还必须防备猜出了嫌疑人的遗属做出过激行为。

“前几天给我看了手表，祝贺我家饭店开张那块，是从那里了解到的？”

萩村正在踌躇，柏原开口了：“就是这么回事儿。我们了解到那块表是被人从某处偷来的。为什么表会在那里呢？在调查与彼处有关的人时，发现了一家洋食屋。这与案子是否有关尚不得而知。仅仅因为是家洋食屋，我们才感兴趣，目前还无法详细解释。”

萩村暗暗佩服柏原解释得高明。隐去了核心，只讲些有关手表调查的过程。

功一皱眉思索，又展开眉头，转向萩村。“刚才你问起户神亭？这家店正被你们调查？”

萩村只得点点头。“正如柏原所言，现情况不明，也可能与案子无关。你不要抱有特别的想法，你只须信任我们，等着破案就行。”

功一苦笑了一下。“我没想赶到你们前面。了解询问意图后才好认真考虑……仅此而已。”

“哦。”萩村说道。

“呃，刚才说什么来着？问我父亲有没有说过别的洋食屋？”功一以手支颐，抿紧嘴唇，像正在儿时记忆中翻江倒海般探寻。

“有没有说过别家店的特色？”

“特色？”

“比如与众不同的服务。”

功一晃着肩膀笑了。“洋食屋还会有这些？”

“只是举个例子。”

“服务……”功一的神情也认真起来，“倒曾说起过一家送外卖的洋食屋。”

“外卖？”

“我们店不送外卖，因为人手不够。听说父亲在常去的那个地方叫过洋食屋的外卖，说红烩牛肉饭极难吃。我父亲总是说同行店的坏话。”

萩村心想，这不大可能是户神亭。那里的牛肉饭大受欢迎，再说，他们生意那么好，估计也无暇送外卖。

“去哪儿？”柏原问道。

“什么？”

“你父亲常去哪里？开店不是很忙吗？”

“这倒是，但星期天休息。”功一像是想起了什么，轻呼一声，稍稍张开了嘴巴。

“怎么？”萩村问。

功一低下头，有些发窘地咬紧嘴唇。

萩村又问了一遍，他抬起头，说：“就是那个，赛马，赌博。”

“啊……倒卖马票的地方？”

功一收紧下巴。“当时不知道那家店不正经。好像就是父亲去赛马时，说起过送外卖的事。”

“嗯。”萩村点点头。他对那件案子没兴趣。四年前就已弄清，那伙倒卖马票的人与本案无关。他将目光投向柏原，却大吃一惊。柏原正目光严肃地望过来，似乎要传递某种讯息。

“怎么？”萩村问道。

“没什么。他也很忙，我想今天就到此为止，让他慢慢回忆，怎么样？”

“哦……好。”萩村猜到了柏原的心思。肯定是他注意到了重大问题，却不愿当着功一的面说。

“今天就到此为止，打扰你了。”萩村对功一说道。

“这就行了？”谈话突然中断，功一显得有些迷惑。

“会再跟你联系，到时还请配合。非常感谢。”

“哦……”功一点点头站了起来。

“还没和弟弟联系上？”柏原问道，“是叫泰辅吧？听你说过，一直没见面。联系方式也不知道？”

功一似被戳到痛处，挠了挠耳背。“若要联系也不是没办法……”

“联系一下吧，或许会要他协助调查。”

“已经过了十四年，凶手长什么样，他应该也忘了。”

“这也要请你确认。”

功一不知所措地眨了一下眼睛，低声道：“我试试，估计他的电话号码没变。”

“嗯，联系一下吧。这样对你们也有好处。”

功一闻言歪了歪脑袋，告辞离去。

“他为什么不和弟弟见面？”萩村问。

“他弟弟刚从孤儿院出来时好像跟他一起生活，可他看不惯弟弟吊儿郎当的样子，两人吵翻了。具体情况我也不太清楚。”

“他妹妹呢？”

“本就不是户籍意义上的妹妹，出了孤儿院就不知去向了。”

“哦。”

萩村脑海里浮现出兄妹三人的模样。不知道发生了什么事的小女儿、受到严重刺激说不出话的次子，还有强忍泪水、不在弟弟妹妹面前暴露软弱的长子。想到他们失去的事物那样宝贵，就有一种情绪油然而生：决不能让案子随时间风化，决不能错过时效期。

“这些暂且不论，听了刚才的话，没想起什么？”柏原问道。

“倒卖马票那伙人？没……柏原，你注意到什么了？”

“倒卖马票的场所不是在樱木町吗？”

“嗯……像是家咖啡店，店名不记得了。要是在樱木町，不就在那家 DVD 店旁边？”

“确认一下。”柏原猛地站起身。

泰辅来到静奈的住所时，她正在穿衣镜前比画着一件藏青色连衣裙。

“在干什么？”

“选去户神家时穿的衣服呗。套装和连衣裙，你觉得哪个好？”

“一样，时间定了吗？”

“等他的电话呢，快的话，说不定就在下个周末。”

泰辅对“他”这个说法稍稍感到有些别扭，却说不清到底哪里不对劲。

“哥说了，尽量快点。刚才柏原打电话来，哥去见他，说是警察或许已经开始注意户神亭了。”

“那倒要抓紧了。”静奈将连衣裙扔到床上。与之前放在那里的套装比较后，她在床上坐下。“去户神家，完成菜谱行动，我的使命也就结束了，对吧？”

“是啊。哥说了，接下来的事就交给警察。一切都在按计划进行，哥真了不起。”

静奈不语，打量着服装。不一会儿，她叹了口气，耸耸肩。“真傻。下次见面后，那个叫高峰佐绪里的女人就要蒸发。穿什么去又有什么关系？已经没必要吸引行成了。”

“穿得太没品位或许会被赶出来，但是正常的服装应该都没问题。”

“可不是。”静奈开始收拾衣服。

“我带资料来了。”泰辅将提着的一个纸袋放了下来。

“什么资料？”

“关于留学和加拿大的。高峰佐绪里要去加拿大留学，不预先了解怎么行？”泰辅怪笑了一下。

“嗯，没关系。”

“什么？”

“不需要，我能应付过去，别担心。”

“特意拿来的，你就这个态度？再说你到那人家里，还不得问问你留学的情况？你要是语无伦次或破绽百出，人家不起疑心吗？要保证菜谱行动成功，决不能让人起疑。”

“知道了，啰唆。”静奈连珠炮似的说道，“会干好的，跟行成见面只此一回，以后再也不见面了，怎么能露马脚？”被她一顿抢白，泰辅呆呆地站着，一时语塞。静奈见状便低声说了句“对不起”，接着又说道：“到了最后关头也不能马虎，对吧？对不起，我会好好干的，放心。去他家的时间定下来后，我会通知你。”

“好。”泰辅转身朝大门走去。

他回到门前仲町的公寓时，功一已经回来了。

“果然不出所料，警察瞄准户神亭了。”功一有些激动，“户神政行虽不会马上被当作嫌疑人，但有了这么多材料，他们想必会认真调查。说不定还会找出我们找不到的证据呢。”

“那……太好了。”泰辅淡淡地说。

功一不满地撇了撇嘴角。“怎么？对我的做法又有什么意见？”

“不，我刚才去静那儿了。跟她说，哥的计划进展顺利，菜谱行动要抓紧。”

“她说什么？”

泰辅摇摇头。“什么也没说。只说会干好，不用担心。”

“那你怎么哭丧着脸？有什么问题？”

泰辅犹豫不决。他不知道是否该把刚才注意到的事告诉哥哥，但他知道只靠自己无法解决。

“喂！”功一不耐烦了。

“静……”泰辅看着功一的眼睛，“喜欢上他了。”

“啊？”功一皱起眉头，“你说什么？”

“她喜欢上户神行成了，不是在演戏，是真的。”

34

功一还未说话，静奈的表情就相当僵硬。或许她在被叫出来时就已有所预感。

功一直截了当地提出问题。静奈像是猝不及防地被人捅到软肋一般瞪大眼睛，露出惊慌狼狈的神情。这些自然都没有逃过功一的眼睛。她随即换上不耐烦的神情，挤出笑容。“什么？我怎么听不懂？开玩笑吗？”

静奈坐在床上，看着两个哥哥。泰辅双臂环抱靠墙而立。

“静，我在问你。快老实回答。”功一说道。

静奈长叹一声。“怎么可能？是不是泰辅哥说什么了？”她双眼紧盯泰辅。看他默不作声，静奈似乎已经确信，便皱起眉头，有气无力地说道：“刚才我对你是有些不耐烦，可我不道歉了吗？想不到你竟回来对大哥胡说八道，你不觉得过分吗？”

“你说我是为了出气？”

“不是吗？”

泰辅摇摇头。“我觉得非说不可，才告诉大哥。”

“亏你想得出来。”静奈将脸扭向一边。

功一缓缓说道：“静，你的心情对我们来说非常重要。我们要干的不是什么小孩子的游戏。只要走错一步，锒铛入狱的就不是户神，而是我们。你肩负的菜谱行动是计划的重中之重，所以，只要对行成有一丁点儿好感就是严重问题。怎么样？能坦承你的真实心情吗？”

静奈慢慢地摇了摇头，看着功一，放松了绷紧的嘴角。“哥，这怎么可能？他是杀害我们父母的凶手之子。我怎么会喜欢这样的人？简直不可思议。”

功一目不转睛地看着她。“如果我们的计划能够顺利实施，户神政行就将被捕入狱。这自然会影响户神亭的经营，或许所有分店都会破产，就连行成也难保平安。新店自然不可能再开张，恐怕他一生都要躲避人们的目光了。虽说罪不在他，可最终还是会形成这种结果。这样也无所谓吗？”

“有什么不可以？杀人凶手的儿子受些罪也是应该的。”

“到时候你不心疼？”

静奈杏眼圆睁。“我为什么要心疼？我是怀着报仇的决心做的。行成不就是靠着他父亲赚来的钱长大成人，还上了大学吗？受些罪也理所应当，不是吗？”

说着静奈提高了嗓门，功一赶紧伸手制止。“别那么大声啊，邻居都听见了。”

“都怪你们说那些莫名其妙的话……”静奈咬住嘴唇。

功一看着她，坐在椅子上左右摇晃。不一会儿，他停止晃动，叹了口气，点点头。“好，我相信你的话。我不想心有芥蒂地做事，所以才要问清楚。”

“怪不怪啊？竟然怀疑起我来了。”静奈低下头。

“不是怀疑你，只是想弄清楚。这件事到此为止。突然将你叫出来，对不起。”

“这就行了？”

“对。行成那边就交给你了。”

“嗯。”静奈点点头，站起身。

目送静奈离开后，泰辅转向功一，脸上依然疑虑重重。“你这么轻易就相信了？”功一不答，泰辅焦躁地挠了挠头。“要相信我的眼睛，我最了解她了。当然，哥也了解她，可我跟她在一起的时间更多。她逢场作戏的情形我看得多了。我不会看错，相信我。”

功一将胳膊搁上椅子的扶手，撑着脸颊。“谁说不相信你了？”

“可……”

“正像你所说，我也了解她。估计她也是第一次为男人那么生气。”

“哥……”

“事到如今，计划已无法改变。真伤脑筋……”功一移开撑着脸颊的手，拍了拍额头。

听行成说完，贵美子毫不掩饰自己的不快。看着她拧起的双眉，行成心想果然不出所料。

“我之前说过，她帮了我不少忙，让她参观一下家里有什么关系？”

“倒也没什么，但这人的脸皮可真厚。”

“怎么了？没提什么过分的要求啊。”

“她来我们总得招待吧。”

行成无奈地摇了摇头。“人家说了不用费心，看一圈就走。”

“那总不能连茶也不上一杯啊。”

“我来倒好了，什么都不用妈动手。”行成站在厨房门口，用稍稍强硬的语气对正在洗东西的贵美子说道。

“嚷什么？”起居室的门开了，换过衣服的政行走了进来。他刚回家不久。

贵美子从厨房里走出来。“行成要带个女人到家里来呢。”

“嗯？”政行颇觉意外，“谁啊？”

“不是什么不三不四的人。爸也见过，是高峰小姐。”

“她？来干什么？”

行成解释了一番。

“那没什么关系吧。”政行说道。

“我也觉得没什么，可妈不同意。”

“我没说不同意。”

那您是什么意思？行成刚要这么说，电话响了。贵美子循声而去。

行成叹了口气，在沙发上坐下。

“你说过一件奇怪的事。高峰小姐曾吃过味道和我们家相同的牛肉饭，是吧？”政行问道。

行成没想到父亲会先提起这件事，愣愣地看着父亲，说：“是啊。她说已不记得那家店的名字，店主姓矢崎。您想起什么了吗？”

“唔……没听说过。”政行摇了摇头，像是的确不知。

贵美子手握电话子机，神色紧张地走了过来。“是警察。”

政行的脸上闪过一丝紧张的神情，行成也屏住气息，他心想：难道哪家分店出事了？

“哪里的警察？”

“说是神奈川县的警察。”

“神奈川？”政行满脸疑惑地接过电话。

行成在一旁听着。似乎对方想登门有事相商，在电话里不方便说。

政行说了一声“恭候光临”，挂断电话。他看了看行成，问道：“猜得出为了什么事吗？”

“莫非总店出事了？”行成说道。

“若是那样，总店的人会先打来电话。”

行成心想也是，便沉默不语。

大约过了三十分钟，门铃响了。两名警察被贵美子领到客厅，一人四十不到，身材魁梧；另一个目光炯炯，瘦小精干，五十上下。

年长的自称是横须贺警察局的柏原，年轻的姓萩村，手提一个纸袋。

“我们也能留在这儿吗？”行成问道。

“当然可以。有些东西也想请家属确认。”柏原笑答。

政行与行成并排坐在警察对面，贵美子去沏茶。

“首先，有些东西想请你们过目。”

柏原说话的同时，萩村将手伸进纸袋，取出一个装在塑料袋里的四方形罐子放在桌上。罐子已很旧了，锈迹斑斑。

“这是什么？”政行探身查看。

“有印象吗？”柏原问道。

政行皱眉歪了歪脑袋。柏原见状又将脸转向行成，问道：“你呢？见过吗？”接着又朝厨房那边喊道：“请夫人也来看一下吧。”

行成细细观察。“像是个糖果罐。”

“对。二十年前的东西，现在已经买不到了。”

贵美子端茶过来，在众人面前放好茶盅。然后，她看了看桌上。“这东西怎么了？”

柏原不答，注视着政行问道：“以前你们住在樱木町？”

“是啊，已是十年前了。”政行答道。

“搬到这里以后，去过原来的房子吗？进去过吗？”

“没进去，只是曾路过。”

柏原又看看行成，行成便道：“我也差不多。”他根本不明白警察目的何在。

“哦。老实说，这个糖果罐原来就在那所房子里。”

行成不太理解，政行似乎也一样，他困惑地望着警察。

“那里现在已变成一家DVD店。”柏原说道，“最近，那里被盗了。这个罐子，就是那时失窃的。令人不解的是，现在的店主却说从未见过这个。经多方调查，查清它本藏在壁橱的天花板上。所以，我们才想询问一下之前的住户，故特来打搅。”

“哪里的天花板上？”政行问道。

“二楼壁橱的天花板，在检修孔旁边。”

政行摇了摇头。“毫无印象，也从未打开过那里。哦，是你藏的吗？”他问行成。

“我没见过。”

政行点点头。“大概是搞错了，和我家没有关系。”

“那请确认一下罐子里的东西。”

和刚才一样，柏原说罢，萩村将手伸进纸袋，拿出钱包、口红、粉盒、手表——件件都是旧的。

最先伸出手的是贵美子。她拿起装着口红和粉盒的塑料袋，仔细看了一阵，摇摇头又放了回去。“不是我的，我没用过这些东西。”

“其他东西呢？钱包或手表。”柏原交替看着政行和行成。

“没见过。”行成正嘟囔着，政行伸手抓起装有手表的塑料袋，定睛看了一会儿，似又沉思起来。

“对这个有印象吗？”

政行感到警察的眼睛闪闪发光。“啊，不……”他摇了摇头，将塑料袋放回原处，“没印象。”

“这不是普通的手表。”柏原说道，“是朋友们为祝贺新店开张送给店主的。那是家洋食屋，名叫有明，听说过吗？”

听到“洋食屋”三个字，行成望向父亲。政行依然毫无表情，他眨了几下眼后，平静地说道：“没有。”

35

荻村一直在专心观察户神政行的神态，但并未发现什么明显的变化，即便是听到有明，神情也依然泰然自若。荻村根据经验也知道，人到一定年纪后，特别像户神这种管理者，即使受到刺激也能不露声色。但他在听到洋食屋时竟毫无反应，反倒使荻村觉得有些奇怪。行成在听到洋食屋时，曾面露惊慌之色，倒像是自然反应。

户神政行曾拿起手表细看，这个细节也引起了荻村的注意。当然，这些物品展现在眼前时，像户神政行这种年龄的人一般都会首先注意到手表，好片的老板便是如此。这与户神的妻子首先对粉盒和口红感兴趣道理相同。

“最早的户神亭开在樱花町，还记得附近有家日出咖啡店吗？”柏原问道。来之前他与荻村已经商量好了，今天由他主导询问。

“日出……怎么说呢？记得有几家咖啡店，但店名记不住了。”户神回答道，表情毫无变化。

“听说那时你们也送外卖？”

户神点点头。“对，但持续时间不长。”

“那家咖啡店就是您送过外卖的地点之一，我们听当时去过那里的人说过。我想给咖啡店送外卖应该很少见，或许您会记得这件事。”

户神政行双臂抱胸，低头深思。

这时，户神的妻子开口了："像是有这么一家。"接着她转向丈夫说道："总是在正常用餐时间之外打电话来，记得一般是在星期天下午两点。份数不少，可花色繁多，也很够呛。"

户神点点头。"我也想起来了。"

"我记得店名是叫日出，因为总是我接电话。"

看来毫无疑问了，萩村看了柏原一眼。

"还记得那家店里都是些什么客人吗？"柏原进一步问道。

"这个……"户神政行的脸上堆出一丝苦笑，"我们只是去送他们要的饭菜，只到店门口那儿，怎么会知道里边的客人呢？"

"那些客人中有个开洋食屋的，他的店就叫有明。"

"啊！"户神政行惊叫一声，将目光转向塑料袋，"就是这块表的……"

"对，就是那家店。老板也姓有明，有明海①的有明。不知他与您是否有某种关联？"

户神政行摇摇头。"没有印象。正如刚才所说，我没有和咖啡店的顾客直接见面。他们中有我的同行，今天是第一次听说。这块表我也没见过。"

"是吗？您说得如此肯定，想必是一无所知。"柏原干脆地说道。他已没有能进一步询问的材料。

"这是什么案子？"户神行成问道，"调查的都是很久以前的事，到底有什么目的？"

萩村默不作声。柏原笑答道："没错，是在调查一件很久以前的案子。这起案件一直悬而未决，这个罐子里的东西很可能是重大线索，

①日本西北部，被长崎、佐贺、福冈、熊本四个县围起来的浅海海域。

所以，我们想弄清到底是谁把它放到天花板上的。”

“是什么案子？”户神政行问道。

“这不能说。但如果你们对这个罐子能提供什么线索就另当别论了。”

户神行成有些不服气地看了看父亲。

“和我们毫不相干。”户神政行不慌不忙地说，“我不知道这个罐子怎么会在天花板上，但肯定不是我们放的。”他直视柏原，言辞干净利落。

“好吧。深夜打扰，十分抱歉。如果想起什么，还请与我联系。这是我的名片，随时可以拨打我的手机。”柏原将名片放到桌上。

出了户神家，萩村问道：“觉得怎样？”

“不好说。”柏原愁眉不展，“他一伸手就拿起了手表，对吧？”

“是啊，我觉得有些可疑。”

“哦？我倒觉得正相反。”

“怎么说？”

“如果他对手表有印象，反倒不会毫不犹豫地伸手去拿。假定他就是有明一案的凶手，行凶后抢走了那块表，就更不会随便去碰了。”

“你说他是清白的？”

“也不能断定。有明幸博曾出现在他送外卖的地方，很难说仅仅出于偶然。”

“我有同感。”

听有明功一提到有洋食屋给赌马的咖啡店送外卖，萩村等人就猜想或许是户神亭。他们找了几个当年常去日出的人打听。这些人都不愿意回忆往事，个个面露难色，可要打听出送外卖的洋食屋还不算太困难。除了忘记店名的和原本就不知道店名的，其余人都说是户神亭。然而，他们的记忆也仅限于此。问他们是什么人送的，谁也答不上来，更不用说送外卖的人与有明幸博是否有联系了。

既然发现了有明和户神的相关点，就先去打探一下吧。今晚，两人正是怀着这种心情走访了户神家。

“其中必有蹊跷。”柏原说道。

“什么？”

“那个糖果罐子，为什么要藏在天花板上？如果觉得于己不利，就该早早处理掉。若有必要保存，搬家时为什么不带走呢？”

“会不会是本想处理掉，可又忘了呢？”

“那案犯也太健忘了。可见到户神政行，我觉得他不像那样的人。”

萩村沉默不语。他对柏原的话无法反驳。

“咳，该怎么汇报？伤脑筋啊。”柏原挠了挠白发丛生的脑袋。

见面地点是离青山大道不远的一家咖啡店。店里的装修用了许多木材，坐在光线调暗的灯光下也让人感到温暖。静奈第一次来这家店，觉得行成应该喜欢这里的氛围。座位的排列并不整齐划一，这是为了不使顾客们视线相对而产生尴尬。这让她想起行成说过的樱木町的那家户神亭，柱子很多，却能令客人放心用餐。静奈相信，他那种总是为对方着想的心态不是出于后天培养，而是与生俱来。

今天行成竟罕见地迟到了十多分钟。他小跑着靠近，脸上带着由衷的歉意。“对不起，查了一些东西，没想到时间过得这么快……”

“没关系。是在找烹饪方面的资料吗？”

“不……”

服务生过来了，行成打断话头，要了杯冰咖啡。

过一会儿他们要去麻布十番店。新的红烩牛肉饭总算有了些眉目，他特意请静奈前去品尝。

“高峰小姐，以前你在横须贺住过？”

静奈不由得一惊，暗自警惕地笑道：“我说过吗？”

“你不是说过朋友的事吗？那个家里开洋食屋的小姑娘矢崎静奈，店是在横须贺吧？我想你当时可能也住在那里。”

从行成口中听到自己的名字，静奈觉得心跳加快了。然而，这绝非不愉快的感觉。

“由于父亲工作的关系，我小时候的确在横须贺住过。”

“哦。我生在横滨，长在横滨，没去过横须贺。这且不论，你朋友家洋食屋的店名还是没想起来吗？”

静奈有些紧张。不知他为何再次打听这方面的事，她决定谨慎对待。“对不起，因为很久了……那家店怎么了？”

“我刚才说的调查就与之有关。那家店在横须贺，店主夫妇都出事亡故了，而你那位姓矢崎的朋友，父母也都去世了。我觉得两者之间有很多相同点，所以想调查一下。”

静奈顿觉巨石压胸，连呼吸都感到困难，她竭力维持笑容。“你调查的那家洋食屋叫什么？”

“有明，是用片假名写的，你朋友家的店不是这个吗？”

静奈感到头晕目眩，但她知道绝对不能露出狼狈的模样。她偏着头，想了一会儿，又轻轻摇头。“不是。好像更洋一点，是外文字母的。”

“是吗？那就仅仅是偶然了。有明的店主也姓有明，我想应该也不是。”

“横须贺有很多洋食屋。”静奈拿起茶杯。她拼命控制自己，不让拿杯子的手发颤。

听功一说，警察已经盯上户神亭了，说不定已经与户神政行接触过。否则行成怎么会去调查有明呢？静奈真切地感到，一切都在朝最后的高潮发展，但功一交给她的重大任务却还没有完成。

然而，任务一完成，高峰佐绪里就要消失了，她再也不能出现在行成面前。一念及此，她就觉得胸中隐隐作痛。痛楚的缘由，她很清楚。

“哦，对了，上次说的那件事，我跟父母说过了。他们都欢迎你去。”

静奈一时没反应过来。当她意识到是去户神家参观一事后，立刻坐得笔直。“他们肯定觉得我很没规矩吧？”

“哪里。只是说没什么好东西招待。”行成露出调皮的神情。

静奈被一种复杂的感情所裹挟。一方面，因为有了完成功一交代任务的机会，她浑身涌起一股干劲。另一方面，离最后时刻越来越近也令她焦躁不安。同时，她又产生了一种能拜访他的家庭所带来的喜悦。

“我们该动身了。”行成拿过账单，起身结账。

看着行成的背影，静奈又想起被功一追问时的情形。“你真的喜欢上户神行成了？”功一的质问真是一针见血。

虽不是一母所生，可到底是自己的兄长啊。静奈也是最近才发觉自己真正的心意。不，或许应该说她早已发现但不愿承认。

本以为能够打消他们的疑虑，可很明显，哥哥们并未完全接受。也许现在他们还在担心——静不会出什么纰漏吧？她能控制住感情按计划行动吗？

静奈心想：决不能辜负他们的信任。从小他们就开始商讨，三人同心协力怎样才能给父母报仇。这种同仇敌忾的感情，怎么能被一时冲动、捉摸不定的恋情破坏？

这个人——静奈看着行成的后背，心中暗暗告诫自己。

这个人，是杀害我父母的凶手的儿子。

36

出了咖啡店，行成拦了辆出租车。他先让高峰上车，自己再坐进去，前往麻布十番。

“新店的牛肉饭令我很期待哦。到底是什么样的味道呢？”车一开动，佐绪里就问起来。

“这还要你亲自品尝啊。我很有自信。”

“我吃了也谈不出什么感想，估计对你也没什么参考价值。”

行成笑着摇摇头。“你只要说幸亏尝了一下，或者还不如不吃就行了，请直言相告。如果只说些不痛不痒的客套话，反倒会使我为难。”

“这么说，我的责任还十分重大呢。”

“不要有压力，放松。”

静奈应了一声，点了点头，随即恢复了严肃的表情，望向窗外，似乎在想什么心事。

行成觉得她今天有些奇怪，表情比平时僵硬，有一种令人难以接近的感觉。一开始还不是这样，行成在谈话过程中才感觉到。是在说了有明一事之后。

行成心想，或许不该说起店主夫妇亡故。是不是佐绪里听后想起朋友父母死亡时的情景了呢？他真后悔说出那种不顾别人心情的话。

几天前警察登门造访，促使行成想了解一下有明洋食屋。警察不肯说出调查的目的，令他耿耿于怀。

说是在樱木町的房子里发现了一个旧罐子，这又怎么了？罐子中放着有明洋食屋店主的手表又为何严重？为弄清这些问题，行成开始进行调查。

他在网上输入了关键词“有明”和“洋食屋”，立刻就找到了新闻报道，都是十四年前的。报道的内容令他目瞪口呆——那是桩极残忍的盗窃杀人案。

他十分理解警察为什么对那个罐子特别是那块表如此关注了。因为他们认为那个罐子是凶手从作案现场偷出来的，照此推断，将罐子藏到天花板上的人就是凶手。

这样的思考方式对警察来说或许顺理成章，但行成认为，因此就怀疑户神政行是凶手纯属无稽。父亲根本没有动机，也不是能做出这种事的人。怀疑总会解除，但行成无法容忍父亲被当作嫌疑人，哪怕只是一段短暂的时间。

“喂……怎么了？”见行成陷入沉思，佐绪里担心地问道。

“啊，不好意思。”行成挤出笑容，“想了一些事情。”

“像是在考虑十分严肃的事。”

“为什么这么说？”

“你脸上就是这样一副表情啊，眉头紧皱，像打了结一样……”

“啊，”行成抬起头，用指头抚了抚眉间，“对不起。我愁眉不展？没想什么犯难的事啊。”

“看来在新店开业之际有不少事情需要考虑啊。在这种紧要关头，我却要求参观贵宅，真是太过意不去了。如果你觉得为难，就直说好了。”

行成急忙摇手。“哪有什么为难？我父母都已经同意了。你什么都不用担心。”

“那我就放心了。”

看着笑靥如花的佐绪里，行成自责不已：你怎么了？已经察觉到她的神情与往日有些不同，反而让她担心。不知今后还有几次机会能和她在一起，见面时怎么能想别的事呢？

对了，或许今后再也见不到她了。行成知道自己已经迷上佐绪里了。刚开始他没有这种“邪念”，当初的确只是单纯想听听年轻女性的意见。现在却不同了，为和她见面，自己千方百计寻找借口，今天的品尝会也是如此。与其说想听听她的意见，还不如说想让她尝尝自己充满自信的红烩牛肉饭，而更深一层的动机，就只是想和她见面了。

她就要远赴异国。很想挽留她，但行成知道自己没有资格这样做，只好作罢。

“怎么了？”佐绪里偏过脑袋问道，估计是感觉到行成正目不转睛地看着她的侧脸。

“没什么。”行成慌忙将目光投向正前方。出租车在路口停下了。

看着红灯，高山久伸伸了个懒腰。他正驾车从公司回家，车是两年前买的大众甲壳虫，他很喜欢鲜艳的黄色车身。

高山在游戏机公司上班，为了给即将交货的软件修改润色，最近一直加班到很晚，今天总算有了些眉目，才得以这么早下班。

然而，他并不觉得兴奋。下班早也不会增加他的快乐时光。早回家也只是照例一边看录好的动画片，一边孤零零地吃从便利店买来的盒饭。

他又打了一个哈欠，不经意间将脸转向左边。忽然，他大吃一惊，屏住呼吸，大张的嘴也忘了闭上，双目圆睁。

相邻的汽车里坐着南田志穗。这怎么可能？他正想看个究竟，那辆出租车开走了。绿灯已亮起。

后面的汽车喇叭响成一片，高山急急发动了车。他边追边想：这怎么可能？他想开到出租车旁边，却怎么也做不到。那女子坐在后座右侧，从后面看过去，发现她的发型与志穗不同——志穗留短发，此人的头发较长。

但刚才惊鸿一瞥看到的无疑就是志穗。与先前的印象有所不同，但绝不会错。毕竟直到现在，高山一有空闲仍常常想起她。

一想起志穗离开的事，高山便胸口发闷。他本想在那个星期四去成田机场送行，不料却在前一天突然收到她的一条短信，称马上要登机去纽约，提前离开是因为见面后再分别会很痛苦。

从此她便杳无音信，高山根本不知她在哪里，在做些什么，自然也没法主动联络。

明知除了将她忘记别无他法，却怎么也忘不了，至今闷闷不乐，块垒难消。这次工作上的拖延，其实也是因为他注意力难以集中。

志穗还在东京！这简直令人难以置信。她为了实现理想，应该早就去美国了，现在应该正一边给服装设计师当助手，一边学习的，绝不会出现在这里。

肯定是认错人了，他想，却并未放弃追踪。至少要再看一眼那女子，否则他不肯死心，今后也会夜夜失眠。

不时有车插进来，总是难以靠近那辆出租车。好不容易靠近了，那女子偏偏又扭过了脸，不觉已经来到麻布十番。

红灯亮了，十字路口非常拥挤。那辆出租车停下了，与高山隔着四辆车。

到底要去哪里？他刚这么想，只见出租车后车门开了。那女子跟在一名男子后面下了车，看来不愿再等。

高山死命盯着那女子，可那两人一直背对着他，径直走远了。她的身材和志穗一模一样。

他们走过拐角，从高山的视线中消失了。他异常焦急，担心再也找不到她。

终于绿灯了，高山疯狂变更车道，然而，那两人拐进的路是单行道，车开不进去。他只得在前面一个路口转弯，可这里的路比他想象的复杂得多，他无从分辨如何绕到那条路上。

高山随便找个地方停下车，拔腿飞奔。他觉得若不找到她，便再无机会。高山找遍了那条路，却不见他们的身影。他望着成排的餐厅的灯光，懊恼地双手抱头。志穗或许就在某一家店内。也可能是相貌酷似志穗的陌生人，可如果真的是她——

高山觉得无能为力,可仍然下不了掉头就走的决心。他来回走着，胸中还抱有淡淡的希望，希望她会从哪里突然冒出来。

漫无目的地逛了三十分钟后，他回到车上。甲壳虫已被判为违规停车。

走进玻璃门时，萩村稍觉紧张，因为一个身穿合体套装的女子正笑盈盈地迎接他。“欢迎光临。请问您预订了吗？”

“我来接户神先生。”

“啊，”她心领神会地点点头，“您是萩村先生吧？”

“对，约好九点左右。”

“知道了。马上去通知，请您在这里稍等。”

她指着一张小桌子，估计是让客人等座用的。萩村心想，到底是热门餐厅，确实与众不同。

落座后，他环视四周。摆放着的装饰品都是外国古董，而抹灰的墙面无疑是日本风格，透着对日本饮食——洋食的自豪。

大约一小时前，萩村打电话给户神政行，说有事询问，希望安排一下时间。同时又说，会去迎接，希望去一下县警本部。户神并未打听所为何事，只说九点左右在户神亭恭候，听起来似乎完全没有精神。

不一会儿，户神出现了。他在衬衫外面罩了一件褐色夹克，没有打领带。

店门外的路上有一辆车正在等候。自然不是警车，柏原坐在驾驶席上。

见萩村和户神一起出来，他特意下车低头致意。

“今天还有事要问吗？”户神看着他们。

“是，有些东西务必要请您确认。”柏原说道。

“是什么？”

“到了再细谈吧。请上车。”柏原钻进车里。

户神被让到后座，萩村则坐上副驾驶席。这样安排是为了不让户神觉得自己被当成了嫌疑人。

从户神亭总店到县警本部不到十分钟车程。到了那里，户神立即被领到一个事先留好的小会议室。

“我还是第一次来这种地方。”户神望了望四面白墙壁的乏味房间。

“喝点什么？”萩村问道。

“不用了，说正事吧。”

柏原望着萩村，微一颔首。萩村将放在房间角落的一个纸袋拿上会议桌，取出里面的东西。还是那个罐子。

“又怎么了？”户神皱起眉头，面露一丝不耐烦。

“上次问过您对这个有没有印象，”柏原说道，“您说没有。现在要作变更吗？”

“不，我确实没见过。有什么问题？”

柏原猛地向前探身。“户神先生，请说实话。当真对此一无所知？”

“的确不知。”户神摇了摇头，“有什么好怀疑？”

“我们也不想怀疑，但发现了您触摸过的证据。”

“什么证据？”

“指纹。从放在罐子中的手表上验出了您的指纹。”

37

“不，”柏原摆摆手，“准确地说，是装手表的塑料袋上的指纹与手表上的指纹相一致。”

“塑料袋上的指纹？”户神的表情开始僵硬起来，但坐姿依然端正，腰板挺得笔直。

“给您看时，手表装在塑料袋里，还记得吗？这是为了不让您直接触摸。对于所有作为证据的物品，我们都这么处理。去府上拜访时，萩村戴着手套。这个塑料袋也是新的，上面应该没有任何人的指纹。您拿起塑料袋观察手表，所以袋上的指纹极有可能是您留下的。当然，也可能会出现差错，因此需要加以确认。我们想正式采录您的指纹，可以吗？”滔滔不绝地一口气讲完，柏原目不转睛地盯着户神，观察他的反应。

户神一直紧抿嘴唇，望着罐子。若说有什么反应，便是眨过两次眼。

过了一会儿，他开口了：“不能拒绝采录指纹吧？”

“您有特别的理由吗？”

“不，”户神摇了摇头，“只是问一下。事情怎么会变成这样？真伤脑筋。”

“这件事我们不能视而不见。”柏原说，“因为与您前些天所说相矛盾。”

“但我的答复与之前相同。这个糖果罐子，还有手表，我都毫无印象。”

“您如何解释指纹呢？”

“无法解释。手表上有我的指纹，说明我触摸过。但要问我何时、何地触摸过，我无法回答。说没有这种记忆，或许是最确切的表达。”户神的语速稍有加快，但尚不足以让人窥探出他内心的慌乱。

如果他在演戏，这个人可不好对付。萩村心中暗忖。

“户神先生，这些东西都是在天花板上找到的。放在那么特殊的地方却没有记忆，我们无法理解。”柏原收紧下巴，眼睛上翻，看着户神。

“所以不是我放的。”户神说得很干脆，“在这个罐子上也发现我的指纹了？”

“这倒没有。”

“是吧？”户神紧盯着糖果罐继续说道，“我是在什么地方触摸过手表，但将罐子藏在天花板上的另有其人。这样考虑是否更合情理呢？”

这人十分冷静。萩村心想。确实，对于为何在罐子上没查出指纹，他们无法解释。

柏原从西装内袋中取出一张照片放到户神面前。照片上有两个人——被杀害的有明夫妇，像是在某人的婚礼上，幸博身穿礼服，塔子穿着和服。案发后，萩村曾据此四下走访。

“您见过照片上的人吗？”柏原问道。

户神从胸前的口袋里取出眼镜，边戴上边接过照片。萩村发现他的眼睛眯了一下，像是看到了什么耀眼的东西。

“哪一个？”

“哪个都行。他们是夫妻，照片拍摄于十四五年前。”

户神看了约十秒钟，摇着头摘下眼镜。“对不起，我不认识。”

“那个男的就是那块表的主人。”柏原说道，“您触摸过那块手表却不认识手表的主人，怎么回事？”

“我说过了，我连触摸过手表这件事也不记得。”

户神的表情丝毫没有慌张的迹象。萩村原以为总能观察到一些内心动摇的影子，结果却一无所获。

柏原叹了口气，探询地望向萩村。

萩村略一考虑，开口问道：“您在樱木町开店时，去过横须贺吗？”

“横须贺？去过两三次。”

“是去办事吗？”

“只是开车兜风。”

“最后一次去是什么时候？”

“嗯……”户神双手抱胸，皱起眉头，“像是儿子上小学时，应该是二十年前。”

“那边有熟人？”

“没有。”户神摇摇头。

萩村看着柏原，点点头，表示再无可问。

柏原对户神笑道：“非常感谢。如果想起什么与今天问话相关的事，请马上与我们联系。”

“估计不会有，但还是先表示同意吧。”接着，户神在一阵犹豫后再次将目光投向警察，“我也可以提问吗？”

“什么？”柏原问道。

“那栋房子……听说樱花町的那栋房子进了贼，这个罐子就是被偷出来的。”户神看着桌上的糖果罐，“小偷抓住了吗？”

萩村与柏原面面相觑。

“还没有，怎么了？”柏原说道。

户神努着下巴，露出意外的神情，他依次看着两位警察。

“没抓到？罐子怎么会在这儿？”

“哦，是这样。”柏原举起一只手，说道，“这是在一辆遭遗弃的被盗汽车里发现的，和别的一些失窃物品在一起。”

“那些原来也在天花板上？”

“不，在别的地方。”

“凭什么断定只有这个罐子原来在天花板上？”

“有相关痕迹。详情不能透露。”

对于柏原的回答，户神似乎并不满意。他抱着胳膊，低下头。

“您觉得有什么不对？”萩村问道。

“不，我只是在想，到底是什么时候放上去的呢？”

“什么时候……您关心这一点？”

“对，应该是在我触摸那块表以后。”户神扭了扭脖子，很快又像抛开了心事般点点头，“算了，该采指纹了吧。”

“我去叫人。”萩村起身。

采完指纹，柏原驱车将户神送回。萩村回到搜查一科，向股长汇报。

“果然是说不记得……”矶部愁眉苦脸地说道。听他的语气，似乎早已料到。

“我们尚未把握那块表的来龙去脉，所以他说不记得在何时何地触摸过，我们也无法进一步追问。”

“我跟上面商量过了，他们认为仅凭一块表就将户神政行定为嫌疑人的做法很危险。在他以前的住所里发现了被害人的物品，上面还留有他的指纹，确实值得怀疑，但还不能成为证据，必须添加某种理由。”

“正是。本来就是想从户神口中听出这‘某种理由’的嘛。”

“一句‘不记得了’，就拿他没办法了。对吧？他到底是精心算计后才这么回答，还是真的不记得了……”矶部将本撑在桌上的双臂抱在胸前，“你觉得是哪一种？”

“难说。他不像在说谎，可他身上有一种特别的气质，或许我们被他迷惑了。”

“我记得有特征画像，像他吗？”

“说不准，毕竟已经过了十四年。”

“过了这么久，即便是同一个人，相貌也会有所变化。看了我十四年前的照片，能一眼认出的人估计也不多。”矶部叹了口气，将稀疏的头发往后拨了拨。

“是根据被害人儿子的证言画的吧？”

“嗯，被害人的次子曾见过凶手。要叫他来辨认吗？”

“程序上还是必须要过一下，但不用着急。只是小时候匆匆看过一眼，即使他说很像，可信度也很低；如果他说不像，我们也不能因此将户神丢开。还是等到以后，户神的嫌疑较明显时再让他辨认吧。”

“作为锦上添花的补充材料？”

“没错。现阶段的调查还是不惊动遗属为好。遗属都有一种将警察注意到的人主观认定为案犯的倾向，甚至还可能会将信息捅给媒体，那就不好收拾了。”

“我向横须贺警察局方面也通报一下吧？”

“有劳了。户神政行的指纹采了？”

“嗯，明天开始比对。”

从案发现场的有明店里和房间里采过许多指纹，这些资料保留至今。比对就是要确认这些指纹中有没有户神政行的。他在行凶时也可能戴了手套，但调查组从一开始就考虑到，凶手作案时可能已不是第一次去现场。

只要找出一枚户神政行的指纹，就可以质问他所谓不知道有明的说法。

“看来有必要调查当时的户神。若仅在赌马的咖啡店里与对方见过面，到底出于什么理由盗窃杀人，实在难以想象。户神和被害人应该还有别的交集。”

“已经着手调查了。”

“人手不够吧？我和上面商量一下，再调几个人。但走访调查必须谨慎，若是户神亨告我们妨碍营业就麻烦了。”

“没问题。”

“当心，不可操之过急，否则会反受其害。我干这一行也不短了，还从未遇到过临近时效到期又发现凶手的事。”

“记下了。”萩村答道。

出了县警本部，萩村朝关内车站走去。他要去车站旁边的一个小酒馆，已经和柏原约好在那里碰面。

一进店堂，萩村就发现柏原躬着背坐在靠柜台的位子上。装有乌龙茶的玻璃杯放在一旁，他正看着什么东西。从背后看去，他正在看一张照片，上面是个小学生模样的少年。萩村知道那是他儿子。

萩村出声招呼，柏原似吃了一惊，将背挺直，同时将照片放进口袋。“没想到你来得这么晚。”

“和股长商量了不少事。”

萩村说出刚才和矶部谈话的内容。柏原苦笑道：“提防操之过急……是啊。”

“或许你会以为对付一个洋食屋社长何必这么小心，但眼下县警正靠提高破案率来提升形象。抓错人这种事决不能发生。这且不论，户神情形如何？”

“还是老样子。不慌不忙，真是了得。送他回去时，你猜他跟我说什么了？他说，下次一定要请大家去尝尝他引以为傲的红烩牛肉饭。”

“不是虚张声势？”

“不是，是真正的游刃有余。是不是我们弄错了？”

“你是说，他不是凶手？”

柏原端起茶杯，点点头。“没有任何证据能证明那块表是在案发当夜被人抢走的。也可能此前就已不在有明幸博身边，机缘巧合落到户神政行手里。又另有人将它藏到天花板上，却又忘记了此事——这种假设能成立吧？”

“藏表的会是谁呢？”

“当然是淘气鬼了。”

“啊……他儿子。”

“十几年前，他儿子还是个小学生。或许真相就是如此。”冷冷地说到这里，柏原拧了拧脖子又道，“说不定我们已经操之过急了。”

38

泰辅驾驶客货轻便车在昭和大道右转，靠边停下。

静奈检查过妆容，将镜子放进普拉达手包，不由得长叹一声。

“停在这里行吗？”泰辅问道。

“嗯，谢谢。”

她要去的咖啡店尚在前方百米开外，但不能让行成看到她从这样的车上下来。

静奈伸手从后座拿起一个纸袋，里面装的是佃煮[①]牛肉。这是从一家距静奈住处五分钟路程的老店里买的，她曾听行成称赞过这种牛肉。

“没忘什么东西吧？”

静奈报以苦笑。“有什么好忘？要带的只有一件。”她拍拍手包。

“没弄上指纹吧？哥说了，纸上也会留有指纹。”

“我知道。从大哥那里接过后，我就没有直接用手碰过。”

“行动时要当心啊。”

“我会戴手套，放心。”

---

①源自江户佃岛的一种加入酱油、糖等调味品，味道很重的烹煮方法。

“戴手套不会让人觉得奇怪吗？”

“早想好理由了。让人稍觉奇怪也没关系，大哥不是说过行动前一定要戴手套吗？”

泰辅点点头，似乎听到是功一安排的就放心了。

“关键是能否找到合适的位置。大哥也考虑再三，可不知户神家是否有这种地方。”

“不去看怎么知道？总有办法。只有这一次机会了，我决不会辜负你们的期望。”

“我想跟你说别太勉强……”泰辅皱眉，挠了挠头，“可还是只能说拜托了。”

“嗯，看我的。”

“我就等在户神家附近，你的手机可要开着。一般情况下我不会打，但随时都能接听，有情况立刻通知我。需要我打电话时，你就拨通后赶紧挂掉。”

“明白，都配合过那么多次了。我去了。”静奈打开车门。

“静。”泰辅又将她叫住。静奈回头，见他有些发窘，犹豫不决地说道：“今天可是最后一次和行成见面了。真的没关系？”

静奈瞪着二哥，面容紧绷。她察觉到了自己的表情，可依然板着脸尖声问道：“你什么意思？”

“啊，不……”泰辅张口结舌，避开她的视线。

“上次我不是说了吗？别胡思乱想瞎猜疑，怎么又说起来了？”

“只要你拿定主意就好。”泰辅脸向着别处说道，“问一下而已。”

“胡说什么呀？我马上要上战场了，别影响我的状态。”

“我错了，对不起。”

“我走了。”

“嗯。”泰辅再度望向妹妹，“加油！”

静奈想不出合适的回答，略一点头便下了车，稍显用力地关上车门。

泰辅轻轻挥了挥手，发动了汽车。静奈咬着嘴唇目送汽车远去，心中暗想：我好不容易才丢开，你为什么又要提起？

静奈一边走一边深呼吸。今天终于要去行成家里了，必须集中精力才行。骗过那么多男人，她总能心无旁骛地如愿以偿。在与对方见面之前，就必须进入角色。

我是高峰佐绪里——静奈在心里对自己说道。今天结束后，高峰佐绪里这个女人就不存在了。

见面地点是银座二丁目的一家咖啡店，已和行成来过多次。

一进去就看到了行成，今天他穿着一件褐色的休闲夹克。行成也发现了静奈，立刻露出笑容。

静奈向服务生要了饮料，坐了下来。"久等了，真抱歉。"

行成看看手表，摇了摇头。"还有五分钟，是我来得太早了。不知为什么，我急不可耐，早早就把工作处理完了。"

"影响你工作了吧？"

"没有，我一直盼着今天。请你不必在意。"

"那我就轻松多了。"

静奈喝了一口服务生端来的酸橙茶，努力平静下来。光这样和行成相对而坐，她的心脏就会渐渐加速跳动。直面他那无忧无虑的笑脸令她心情十分复杂。

"前些天还真得谢谢你。听说得到了你的称赞，厨师们都十分高兴。"行成说道。

他在说去麻布十番店时的事。他们想出了新的配方，特意叫静奈前去品尝。

新创的牛肉饭既保留了老牌那种回味无穷的特点，又突显出材料本身的味道。当时静奈如实表达了感受，大加赞赏。她的确觉得能与有明媲美。

“我是外行，不必当真。我那时也说了，对我的感想随便听听就行。”

行成顿时严肃起来，摇头道：“不。其实，另外也请几个人品尝过，可能够说出我们所追求的那种效果的只有你。到底是对它怀有特别感情的人啊。”

“也谈不上……”静奈垂下视线。她知道行成在指以前她吃到红烩牛肉饭时引起他惊慌的事。

行成突然慌了，以为自己又戳到了佐绪里的痛处。“啊，对不起。看我又胡说了，真是不会体谅别人的心情。”

静奈反倒忍不住笑了。“没事，你想得太多了。我早就注意到了，你老是这样一味地为对方着想，不累吗？”

“我是这样吗？别人可老是说我迟钝。”行成扭了扭脖子。

那是说你不懂女人的心思吧——静奈想这样说，又忍住了。“我这么说或许有些不负责任，但经营者有时的确应该脸皮厚一些。”

“不用担心，其实我也会，证据就是总寻找各种借口约你出来。”他笑了，伸手拿起桌上的账单，“走吧。”

静奈轻声回应，站起身来。

出了咖啡店，行成拦下出租车，照例让静奈先上车，告诉司机去目黑区后，自己也上了车。

看着给司机指路的行成，静奈拼命抑制住胸中即将弥漫开的焦躁感。今后再也不会和他这样一起坐出租车了。但她告诉自己，这又算得了什么？可越这么想，越觉得胸中有什么东西要涌上来。

这个人是杀害父母的凶手的儿子——她在心中念咒般不停念叨。然而，她也知道这种咒语毫无效力，另外一个她在对自己说：“这个人是无辜的，人又不是他杀的，他懂得别人内心的痛苦。”

行成忽然将脸转向静奈，不解地瞪大眼睛，微笑道：“怎么了？”

“没、没什么。”静奈赶紧将目光移开，“你父母都在家吗？”

“母亲在。我跟她说过了，让她别多管闲事，你放心好了。”

“以前也邀请姑娘去过家里吗？”

“没有，今天还是第一次，所以我妈有些大惊小怪。她就是这样的人。我跟她说，人家只是来看看房屋结构。”说到后面，他的声音低了下去。

静奈点点头，望向窗外，见一辆与泰辅的客货车很像的汽车开过，心里不由得一惊。再看那车的车身，分明印刷着陌生的公司名字。

静奈心想，如果真是在去心爱的人家里的路上，该是多么兴奋啊。或许想到初次与他母亲见面，担心自己能否应对自如，并为此而紧张吧。然而，她现在的心情却完全不同，心里也有些紧张，却是担心能否顺利完成哥哥们交付的任务，至于他母亲则无关紧要。一想到就要与他分别，她的心就直往下沉。

“留学的事有何进展？”行成问道。

静奈立刻笑容满面地转向他：“前些天和父母商量过，觉得反正要去，晚去不如早去。”

“然后呢？”行成的目光十分认真。

“说不定就在下个月，那个加拿大家庭也希望我早些过去。”

“啊……这么急。但也是，迟早要去，早点过去也能早点开始学习。”行成满脸是笑，可笑容明显有些僵硬。

“说实话，是有些着急。要做的事情很多，还想临阵磨枪练习一下英语会话呢。”

“真够呛，加油啊。”

“嗯。”静奈点点头，再次将脸转向窗外。她想，这算是已埋下伏笔。从明天起，如果行成约她见面，就可以用准备工作繁忙为由推掉。他素来习惯为别人着想，拒绝他一次以后，肯定不会纠缠不清。下个月就将手机卡注销，或许在注销前会给他发一条短信，告诉他自己已前往加拿大。这样他就该死心了。再过一段时间，他身边出现别的漂亮姑娘，就不会再想起高峰佐绪里这个名字了。

这样就行了，她在心中喃喃道。

“对了，”行成在寻找话题，“在加拿大的住址知道了吗？”

“啊？住址？”

“是啊，不是住在别人家里吗？如果能告诉我，我会给你写信。”

静奈有些狼狈。以前骗过的那些男人也向她要过地址，可她没想到行成也会这么积极主动。“对不起，现在还不知道。”

“下次见面时能告诉我吗？”

“当然。”

“还有，”他舐了舐嘴唇，“在你去加拿大之前，能抽出一段较为充裕的时间见面吗？有些话一定要跟你说。”

求婚——静奈的直觉这样告诉自己。他一本正经的目光叫人无法正视。

“好，”她回答道，“没问题。”

“太好了！”像是完成了一件重要工作，行成露出放心的神情，靠向椅背。

静奈感到心头一阵狂跳，几乎喘不过气来。以前，也有几次感觉到男人要向自己求婚，但每次她都持一种居高临下的心态。可今天不同，只觉心乱如麻。自己希望听到他求婚，但听后还能不能将他忘掉，她毫无自信。

“马上就到了。”行成说道。

静奈一下子惊醒过来，两眼直视前方，出租车已经驶入幽静的住宅区。

胡思乱想什么！她在心中暗骂自己。这人怎么会向自己求婚？用不了多久，他就会成为杀人犯的儿子，而将他逼到如此境地的正是自己。

39

抬头仰望面前的建筑，静奈心想，“宅邸”这个词就是用来表示这样的房屋吧。

仅从正面来看很难把握该建筑的大小，但从它临街围墙的宽度来看，可估出占地面积当在一百坪左右。屋顶铺着瓦，显示出和式风格，高耸于屋顶上的烟囱却是砖砌的，洋溢着西方气息。

“带烟囱的房屋，我还是第一次见到。”静奈如实说出感受。

“起居室里有个壁炉。”行成不以为奇地说道，“当然，现在不用了。父亲好像比较喜欢西式壁炉，在房屋改造时便保留了下来，仅仅是个装饰品。”

行成按动门柱上的对讲机。“哎。”里边传来女性沉稳的应答。

“高峰小姐到了。”

“就来。”光从应答的声调上，仿佛就可以推测出主人的优裕和从容。

进了大门，他们走过一条花草相拥的小径。小径的尽头有几级台阶，上面便是门廊。静奈惊讶地发现房子的大门非常大。

“德国人个子高，似乎不把门造得这么大就不放心。”行成笑着打开大门，“请进。”

“打扰了。”静奈跨进屋里。

在一个大得可以用作儿童房间的门厅里，站着一位身材娇小的女子。她身穿淡紫色毛衣，戴着一根很细的项链。脸颊圆润，但丝毫不显肥胖，眼角处有些鱼尾纹，肌肤却依然十分滋润。

静奈心想,这真是一副贵夫人的相貌。她低头致意。在出租车中，静奈已听行成说过，他母亲叫贵美子。

“我姓高峰。今天登门打扰，十分失礼，还请见谅。”

“不必客气。这样的房子，只要您愿意，请随时光临。只不过有些地方尚未打扫，还请多多包涵。”

“怎么？昨天不是匆匆忙忙地大扫除过了吗？还不够自信啊？”

贵美子瞪了一眼起哄的儿子。“暴露后台内幕可是犯规的。倒是你该多加注意，别让高峰小姐看到那些打扫得不够干净的地方。请吧，别老站在这儿了，里边请，先喝杯茶。这孩子不懂得照顾别人，肯定坐也不让坐一下，就急匆匆带去参观。”

温柔体贴的话语不断从贵美子的嘴里吐出，丝毫也听不出厌烦的意味。然而她心中肯定认为来了个净给人添麻烦的厚脸皮小姑娘，对没有断然拒绝的儿子一定也很生气。静奈心想，能够不让人感觉到这样的内心活动，就证明她不是个简单的贵妇。十多年前，户神亭尚未成功时，她仅是一家小洋食屋的老板娘，待人接物本就是她的拿手好戏。

脱了鞋进入房间后，静奈才想起带来的东西。

“这个……听说府上喜欢，就……”她递上纸袋。

“哎呀，您何必如此费心？”贵美子露出不知所措的神情接过纸袋，往里瞧了一眼，眉开眼笑地说，“行成竟连这个都跟您说了。喂，你开口之前也得动动脑筋才好。”

“这有什么。”行成也笑道。

"真是不好意思，高峰小姐，那我就不客气了。来，这边请。"

贵美子朝走廊走去。望着她的背影，静奈的脑海中浮出"婆婆"这个词。如果要和这样的女子在同一屋檐下生活，能与她相处融洽吗？现在她这副温文尔雅的表情，会不会因对方变成了儿媳妇而换成另外一副面孔？

贵美子像是忽然想起了什么，站定回过头。

"啊，对了，你爸爸也回来了。"她对行成说道。

静奈猛地一惊。她自然是指户神政行。

"他怎么了？"

"谁知道，说店里没事。估计他也有些坐立不安，因为这孩子带姑娘来家里还是头一回呢。"

后半句话是对静奈说的。

"他是想看热闹吧。"行成皱起眉头，"对不起，没想到会这样，你不介意吧？"

"怎么会？"

"估计他只是想打个招呼。"说着，贵美子又继续前行。

静奈看着贵美子的背影，心情已大不一样。她暗暗叱责自己：都什么时候了，哪有工夫将她假想为婆婆！

贵美子停下脚步，打开身旁的一扇门。

"客人到了。"她朝屋内喊了一声，随即转向静奈道："请进。"

静奈低着头走进，只见里面有一张很大的桌子，四周摆着皮沙发。户神政行站在一旁，身穿灰色对襟毛衣。

"我是户神，上次真是十分失礼。"

"哪里，失礼的是我。"静奈低头行礼。

静奈去户神亭广尾店那天，正要回家时偶遇户神政行，当时他们父子俩还仅是诈骗对象。泰辅正是在那时看到了政行，称他就是凶杀案当夜看到的凶手。

在行成的引导下，静奈在一张三人沙发上坐下。行成坐在她身边。

“听说您要去加拿大留学？”坐在对面的户神政行问道。

“是的。”静奈回答。

政行点点头。“海外的生活经历会对人生产生很大影响，但也不全是有益的，难就难在这儿。”

“爸，”行成皱起眉头，“别泼冷水。”

“不是这个意思。”政行又望向静奈，嘴角露出微笑，“我希望您的留学能成为真正有意义的留学。”

“谢谢。”静奈低下了头。

贵美子端来红茶，客厅里顿时洋溢起香草的气息。静奈端起茶杯送至嘴边，同时观察起政行来，他正伸手去拿饼干。

就是这个人杀了我的父母。

然而，无论从稳重的举止，还是充满理性的面容来看，他都丝毫没有凶犯的模样。当然，实施过多次诈骗的静奈对“人不可貌相”这句话深有体会。她知道，外表越出众的人，越有可能深藏着一张人们无法想象的面孔。

十四年前噩梦般的情景似乎就要再现眼前，静奈竭力抑制。来这里之前，功一对她也有所告诫：“如果与户神政行见面，应该尽量不去想凶杀案的事，否则就难以保持平静，会产生当场报仇的冲动，所以必须忍耐。仇恨的爆发应该在后面呢。你应该一心去想自己该做的事，否则就会失败。”

功一说得没错。光这么相对而坐，静奈的身体深处就开始发热，有一种想要大声喊叫的冲动。静奈低下头，尽量不看政行。

“听说对行成的新店，您给了他很多帮助，我也要对此表示感谢。”

“谈不上。”她低着头说道，“根本没什么。”

“前些天高峰小姐去品尝麻布十番店的红烩牛肉饭了。”行成说道。

“哦，你听到了怎样的感想？”

“她称赞充分发挥了材料本身的味道。由此可知，我们追求的效果得到了体现，我们也比较放心了。”

“是吗？不是客气的奉承话吧，高峰小姐？”

“不是的，我实话实说。”

“那就好。其实，我也觉得那样的味道或许拿得出手。对了，高峰小姐。”

被人叫了名字，不得不抬头了。静奈调整了一下呼吸，挺直腰板看着对方，答道：“是。”

“听行成说，您曾在别的洋食屋里吃到过与我们的经典味道相同的红烩牛肉饭。”

静奈的心猛跳了一下，笔直的上身差点摇晃起来。虽然自己也感觉表情僵硬，她还是竭力装出笑容。“是不是完全相同也很难说，毕竟那是小时候的事了。”

“听说那店在横须贺，还记得店名吗？”

“我也问过，她不记得了。”行成插嘴道，“只记得是用外文字母拼写的。”

“嗯。”静奈点了点头。

“外文……对那个店还有什么印象吗？比如，除了红烩牛肉饭，还有什么好吃的？”

“牛肉饭以外吗？”

“干吗要问这些？”行成抗议道，“上次说起时，您不是不怎么感兴趣吗？”

“不，当时我就觉得这件事很有意思。不过，这么刨根问底是有点失礼。”

“今天，她是来参观的，又不是来陪您闲聊。”

“也是。”政行点点头，看着静奈，“如果让您感到不快，我表示歉意。”

“没有。”静奈堆出微笑，说道，“很久了，记不太清楚。红烩牛肉饭味道相近，说不定也只是心理作用罢了。我不该说那些莫名其妙的话，真是过意不去。”

“味觉的记忆本来就非常困难嘛。”坐在最靠边的贵美子见状打起圆场。

“不，孩提时代留下的味觉记忆，出乎意料地准确。所以，人们才都喜欢妈妈做的酱汤和饭团。如果您想起什么，就告诉行成，说不定会对他有帮助。”他站起身，“我失陪了，请慢慢参观。不过，也不是什么了不起的房子。”

政行走后，静奈仍无法立即恢复平静，为什么要突然说那件事呢？她难以释怀。

“对了，我有件东西要送给高峰小姐。”贵美子兴冲冲地对行成说道。

“什么东西？”

“就是这个。”她拿出一个方盒，上面有香奈儿的标记。静奈立刻知道所装何物。

“去年去巴黎时买的香水？”

“是啊，回来后觉得这香水有点不适合我，似乎太浓郁、太热烈了。”

“买了件与自己年龄不相称的东西。”行成怪笑道。

“款式不对而已嘛。见到高峰小姐，我就想，给您用一定很合适。若不嫌弃，就收下吧。”

贵美子打开盒子，取出一个小瓶，递给静奈。

“这么贵重的东西……”静奈接过瓶子，看向行成。

“我留着也不用，岂不可惜？当然了，对于香水，人各有偏好，不能强求。您闻一下试试。”

静奈在左手手腕处喷了一点，再用右手抹开，放到鼻子跟前。一股令人神清气爽的柑橙香气带着丝丝甜味冲入鼻孔，确实适合年轻女子。

“好香啊！”静奈不假思索地说。

“是吧？那就收下吧。”

“这样好吗？”

“好啊。老实说，没见到您时，我还没有送您的打算呢，心想怎么会有想看人家屋子的奇怪小姐。可看到了您，不知道为什么，我觉得很高兴，没想到这么美貌端庄，看来行成看女人的眼光还真是不赖。”

“您在说什么？”行成板起脸来。

“所以，请您不必客气。当然，如果您喜欢的话。”

“谢谢。那我就收下了，我会珍惜的。”静奈握着香水瓶，低头道谢。这不是装出来的，其实，她此时正拼命强忍着，才没让眼泪流出来。为什么会这样，她也不明白。但有一点很清楚，贵美子的话听不出丝毫虚伪。仅此一点便已足够让静奈激动不已。

“从哪儿看起呢？”贵美子问行成。

“先看客房吧，那个房间或许最有参考价值。然后是日光屋或藏书室。”

“好，结束后跟我说一声。”

“知道了。我们走吧。”

静奈轻轻应了声“好”。她的嗓音略带沙哑。

40

客房就在门厅旁边。一进入房间，静奈立刻明白行成说的“最有参考价值”的含义。房间的结构确实相当奇妙。

近处是桌子和沙发，靠墙放着一个简易梳妆台，地上铺着地板。房间里面的一块地方却比地板高出数十厘米，有三叠大小。一眼能看出具体大小，是因为那里放着三张榻榻米。

“原先整个房间都铺着地板，据说靠里还放着一张旧床。日本人出门在外时不都喜欢可以舒展手脚的地方嘛，又喜欢榻榻米，所以父亲才设计成这个样子。”

行成坐在高于地板的榻榻米上，像是检查触感般按了按。

静奈也在一旁坐下。“这些地方就是所谓的和洋合璧吧。”

“嗯，真是个不错的主意。连我也对他有些刮目相看，不愧是干了多年洋食屋的。所谓洋食，其实也是和洋合璧的产物嘛。”行成上了榻榻米，盘腿坐在小小的佛龛前，那里摆放着茶具，“铺地板的地方放英伦的老式家具，这里放日本独特的物品，这也是父亲偏执的念头。”

静奈也上了榻榻米，坐在他身旁。“这个茶碗也是你父亲挑的？”

“应该是。据说出自知名陶艺家之手。”

“可以让我看一下吗？”

行成颇觉意外地睁大眼睛。“你对陶艺也感兴趣？”

“没什么研究，只是喜欢看看。以前学过一点茶道。”

“原来如此，这对于像你这样的人来说似乎也是理所当然。是表千家[①]？”

“不，里千家。就是茶汤起泡的那种。”静奈微笑着答道，同时将手包拖到身边，从中取出一副白手套戴上。

行成惊讶地挥了挥手。“不必这么郑重其事，直接用手拿就是了。”

“戴了手套反倒轻松自在。否则，要担心留下油脂或指纹，一紧张摔坏了可就闯大祸了。”说完，静奈伸手取过茶碗。

其实，她对陶艺一无所知。茶道方面，也只是以前骗别的男人时看书学过一点。要看茶具，只不过是为了能戴上手套却不使行成感到奇怪的借口罢了。

“我真想见见你的父母。”

静奈吃惊地扬起脸。“为什么？”

“没别的意思。只是想知道，要怎样才能培养出像你这样的女子，如此细心的人真是很少见。而且，看你的行为举止，自然大方，丝毫不矫揉造作。真了不起。”

“看你，夸过头了吧，怪不好意思的，差点摔了茶具。”静奈将茶碗放回原处。

“我真这么想。”

“快别说了。”静奈下了榻榻米。她依然戴着手套，拿过手包。“接下来要看哪里？”

“去日光屋吧。”行成也站起身。

---

① “表千家”和“里千家”是千利休始创茶道流派的两个支派。

静奈跟在行成后面，内心十分复杂。这个男人根本没有看人的眼光，不仅将自己戴手套的借口信以为真，还自作主张不断美化高峰佐绪里这个不存在的女人。看到她的演技，还评论说是“自然大方”，简直滑稽可笑。他是不是故意这么说的？静奈有些忐忑不安。然而，听到他的称赞，她不由得感到高兴。即便是假扮的形象，可在这一刻，他是真的喜欢。一想到这里，静奈胸中就发热起来。

从贵美子那里得到香水时，她也有同样的感觉。与她见面，今天是第一次，恐怕也是最后一次，因此，她对自己印象如何应该都无所谓。然而，听到她说“不知为什么，见到了你就觉得高兴”时，静奈由衷地感激，觉得自己被行成的生母接受了。

必须背叛他们的感情。已经无可犹豫了，但她无法漠视胸中的痛楚。

日光屋与起居室相邻，仅用一道拉门隔开。如果打开拉门，就成了四十叠大小的起居空间。日光屋中三面都是很大的窗户，另有一扇通往院子的门。

“原先像是个工作室。”行成说道，“以前的房主喜欢画画，为了能在自然光照下作画，便设计成了这样采光充分的结构。”

从西南面窗户射入的阳光洒在地板上。静奈站在阳光中，不禁喃喃道：“好暖和。”

屋里几乎没有家具，角落里的一道阶梯引起了静奈的注意。上面像是个阁楼，有两叠大小。

“你猜，那是什么地方？”行成似乎注意到了静奈的视线，目光炯炯地问。

“难道不是个阁楼吗？”

“上去看一下吧。”行成大步走到阶梯前，刚踏上第一级台阶，又转过身，说，“请吧，别客气。”

静奈颇为踌躇地走近阶梯。走在上面的行成向她伸出手掌，静奈伸出左手。隔着手套依然能感觉到他的体温。他们一起走上阶梯，那里放着一架小型天体望远镜。

“从这儿能看到十分辽阔的夜空。”行成说道。

“你喜欢观察星星？”

“嗯，受父亲影响。父亲以前就爱好天文，我小时候也常常跟他一起观看。在这里有这么个所在也是父亲的主意，可最近不怎么见他来了，也许是上了年纪，怕上楼梯了。”行成看着静奈，歪了歪脑袋，“女性一般对星星都不怎么感兴趣吧？好像占星倒是大受欢迎。”

谈起星星，勾起了静奈的回忆，她不由得说道：“我以前看过狮子座流星雨。”

行成半张着嘴：“哦？”

“是上初中时。在那之前还看过英仙座流星雨。”

行成非常佩服地看着她，摇了摇头。“跟你交谈总是惊喜不断。没想到连星星方面你也有很深的造诣。”

“我哪里懂啊。只是朋友约了我，就懵懵懂懂地看看而已。”

“真有意思。看到了吗？”

“没有。很遗憾，那天下雨了。几年后，还是那几个人，又去看了狮子座流星雨，那次看到了。”

其实，那天静奈在下雨之前就睡着了。等她醒来时，发现自己正睡在一个陌生的地方。又过了一会儿，得知双亲已遭杀害。

静奈极力摆脱噩梦般的回忆，今天无暇想这种事。

行成并不知道她内心的苦恼，仰起爽朗的笑脸望向天空。“我小时候也常看流星。在流星极大日时，甚至半夜爬起来，手按着计数器数，还将结果记在本子上。最近没怎么看，明年夏天一起去看吧。”兴冲冲地说到这里，他忽然有些窘迫，“啊，那不可能了。”

静奈含笑点头，她也知道此刻自己的表情相当寂寥。这并不是装的。

“在加拿大肯定能看得更清楚。”行成又恢复了笑容，“我们下去吧。留神脚下。”

下了楼梯，他说要带她看一下藏书室。“原先是用人住的房间，估计是以前的房东雇的。但我们不需要这样的房间，就改作藏书室了。”

他们回到门厅，从客房前走过，一直走到宽敞走廊的尽头。靠左侧有一扇门，行成把门打开，现出一条较窄的走廊。

“这扇门所在的地方以前是墙壁，从屋里无法直接进入用人房间。但这样当作藏书室使用就很不方便了。”

沿着走廊进去后，没走几步右侧就出现一扇拉门。行成将门拉开，房间里亮着灯。

一踏进藏书室，静奈就瞪大了眼睛。

房间有八叠大小，但两边的墙壁整面都是书架，并且几乎没有空隙，塞满了书籍和资料。

“真壮观啊！”静奈脱口道，“整面墙都是书架。”

“呃，不。”行成说，“这里原本是壁橱，用人们用来放日常用品或衣服。后来改造了一下，就变成书架了，所以各个地方的深度并不相同。不过用起来很方便，父亲和我都很喜欢。”

静奈点点头，走近浏览一番后，她已打定主意。“真多啊，特别是有关烹饪的书。”

“我的书也在里边，但还是父亲从年轻时就开始收集的书占多数。估计有关世界各地菜肴的书都收齐了。菜谱收集了这么多，也不知什么时候做。”行成苦笑道。

出了门，行成向静奈介绍盥洗间和浴室。如何将原本适用于西方人的设计改造成适于日本人居住的样式，他介绍得十分热心，然而，这些话只有一半进了静奈的耳朵。她在努力寻找下手机会。

从浴室回到走廊时，贵美子正从对面走来。“还有一会儿吗？”她问道。

“差不多了。”

“那就去喝杯茶吧。高峰小姐应该也累了。”

“我们过去？”行成看着静奈。

“呃，我想去一下洗手间，可以吗？”

“啊，请。知道在哪里吗？”

“嗯，你先去吧。”

行成点点头，便与贵美子一起沿走廊离开。

待他们消失后，静奈返身打开身旁的门，蹑手蹑脚地沿着狭窄的走廊前行。她拉开拉门，走进藏书室，从手包中取出一本装在塑料袋中的笔记本，隔着手套小心翼翼地将笔记本从塑料袋中取出，抬起头看了看书架。

藏匿的位置，刚才她已看好，藏在书架最下面一格。那里靠近脚边，应该最不引人注意。她看到一本名为《世界家庭菜肴》的书，十分厚重，于是，她将笔记本插在这书的旁边。插得很深，从外表根本无从发现。

静奈飞快地出了藏书室，刚到走廊就与行成撞了个满怀。

“呀，你怎么了——”

“啊，对不起，还是迷路了。”

行成笑了：“我想也是。洗手间在这边。”

静奈跟在行成身后，悄悄将露在手包外面的塑料袋一角塞了进去。

在起居室喝了日本茶，贵美子热情地邀请道：“难得来一趟，吃了晚饭再回去吧。”

静奈婉拒了，起身告辞。行成将她送至门外，他叫来的出租车已经在那里等候。“不好意思，我妈总是说些强人所难的话。”

“没有，倒是我添了不少麻烦，真对不起。如果后面没有安排就好了。”

“我妈好像非常喜欢你，如果可能，请在去加拿大之前再来一趟。”

望着行成诚挚的眼神，静奈默默地点了点头。

“再联系。”行成说道。

“嗯。”静奈应了一声，上了车。告诉司机目的地后，她对行成低头致意。直到出租车开动，她一直保持这样的姿势。她知道若看到他的脸，她会很难受。

静奈掏出手机，摁下号码。

“怎么样？”泰辅立刻担心地问道。

“很顺利。有个藏书室，藏在那里了，没暴露。”

电话中传来泰辅呼气的声音。“成功了，总算结束了！”

“嗯。结束了，一切都结束了。”

“要为你庆功，快点回来。”

“好。”挂断电话，静奈做了个深呼吸，闭上眼睛。

41

从泰辅那里得知菜谱行动已成功后，功一长出一口气。那个笔记本已藏进户神家的藏书室。真是天衣无缝！他想。

“静太厉害了。我还担心她会受行成影响呢，真是杞人忧天。我马上去接她，然后回你那里，好久没有一起痛饮了，得好好喝上几杯。”泰辅声音发颤，显得极为兴奋。

“路上小心。”功一挂断电话，抱起胳膊，坐在电脑前。接下来就是如何让警察发现那个笔记本了。

那是一本菜谱，是功一离开老家时，作为父亲的遗物带出来的，上面记载着给泰辅和静奈留下深刻印象、世上独一无二的红烩牛肉饭的做法。

功一的考虑是，只要发现了那个笔记本，警察就会下决心逮捕户神政行。户神自然会极力否认，说自己对此毫无印象，但形势无疑对他极为不利，因为笔记是有明幸博所写，而这估计会轻而易举地得到证明。再进一步，只要按照上面记载的方法做一份红烩牛肉饭，就会发现竟与户神亭招牌菜的味道一模一样。警察势必会追问这个笔记本从何而来？户神政行则将无言以对。他不知道，当然回答不了。但警察不会这么想，必然会推断出“从凶杀现场带出”这样的结论。

那块表上的指纹将成为决定性的旁证。

估计户神政行会产生被鬼魅缠身的感觉。他会感到莫名其妙，隐藏了十四年的旧案，怎么在今天东窗事发？或许他会察觉有人给他下了套，但于事无补。

然而，也不能肯定事已至此户神政行就会坦白招供。即便间接证据齐全，只要户神死不承认，检方可能仍难以起诉他。

以后就拜托警察了，功一想。自己已经把准备工作做到这种程度，现阶段只能寄希望于警察能找出一些确凿的证据了，他的脑海中浮现出柏原的面庞。

面前的手机响了。一看屏幕，功一不由得大吃一惊。竟是柏原。他接通应了一声："喂。"

"功一，我是柏原。"

"嗯。有什么进展吗？"受刚才的思绪影响，他立刻问及案情。

"我正为这事想跟你谈谈。你现在在家？"

"对。"

"能见个面吗？只要十分钟就行。"

"行啊，去哪里？"

"我到你那儿。我就在附近。"

"啊……"功一感到自己出了一身冷汗。

"为了别的事，我正好来到这儿了，现在就在你住的公寓旁边，你是住三〇五吧？"

功一站起身，隔着窗户看了看楼前的马路，但没见柏原的身影。"可我这里又脏又乱。"

柏原低声笑道："对我就不必那么在意了，莫非是不想让警察进去？"

"没有。我等你上来。"

功一挂了电话，立刻打给泰辅，可泰辅的手机似乎不在服务区，开启了电话录音。功一正要留言，门铃响了，随即又响起敲门声。“是我。”柏原的声音传了进来。

功一一惊。柏原根本不是在公寓楼附近，他就在房间附近。

没工夫和泰辅他们联系了。功一打开衣橱，将为应付此种情况而准备的普拉达坤包扔到床上，包中滚出化妆品等小物件。他又从门边的鞋箱中取出女式凉鞋，将泰辅的运动鞋藏了进去。

敲门声再次响起。“喂，功一。”

功一按了一下隐藏在鞋箱背后的按钮，打开房门。

柏原轻轻举手招呼，他穿着褐色夹克。“贸然登门，不好意思。”

“那倒无所谓，只是真的很乱。”

“别介意，我不是来检查的。”

说话间，柏原进了屋，立刻注意到了门口的女式凉鞋，但并未言语。当他看到房间里有两张床时，终于忍不住问道：“你不是一个人住吗？”

“是啊。算不上同居。”功一答道，“只是不时来住住。”

“就为这个买了两张床？”

“床原来就有两张。刚开始我与一位朋友合租，我们工资都很低，一个人付不起房租。”

“那个朋友呢？”

“结婚搬走了，床就留下了。他买双人床了嘛。”功一一边说，一边将散乱在床上的化妆品等小玩意收拾起来塞进坤包，“随便坐吧。屋子太小，不好意思。”

柏原环视一周，在矮桌旁盘腿坐下。“你不打算跟那女的结婚？”

功一苦笑着摇摇头。“我没想过，她也没想过。”

“她多大？”

“二十三……不，二十四吧。才认识半年。”功一从冰箱里取出一瓶乌龙茶，倒了两杯。

“这么说来，或许是没到谈婚论嫁的地步。”柏原用审视的目光打量房间。

这里的东西应该没有一件能泄露泰辅在这里住过的讯息。自从开始行骗，功一就一直小心谨慎。这样就算警察为了抓泰辅而突然闯进屋来，功一也完全可以声称自己与他毫无联系，并且不知他的去向。功一也一直将自己与泰辅同住一屋以及和静奈经常见面之事瞒着柏原。要让他们二人远离警察的想法一直没变。

“不是有话要跟我说吗？”功一问道，将杯子放到桌上。

“谢谢。”柏原端起杯子喝了一口，“和弟弟联系上了吗？”

功一心想：还是这件事。“还没有。我倒是想跟他联系，可他那边毫无动静。”

“他的生活正常吗？”

“谁知道。”功一歪了歪脖子，“他有些吊儿郎当，不肯踏踏实实工作。我就是看不惯这一点，说了他几句，他就不跟我联系了。大概是怕见了面，我又要说他。”

“你从小就长兄为父了。”柏原颇有感慨地说道。

“需要他的证词？”功一试探地问。

“或许。现在还说不准。”

“前些天你不是说调查有进展了吗？怎么样了？”

柏原皱眉哼了一声。“发现了一些线索之类的东西，我们也在据此深入调查，可总是找不到决定性的东西。也难怪，毕竟已经过去十四年了。”

“有目标吗？”

柏原仍不肯爽快地点头。“有是有，但还只是参考阶段，尚未发现他与有明的交会点。老实说，我们一筹莫展。”

“搜一搜他家里不就行了？”

“搜查？”柏原瞪起眼睛，“为什么？”

“说不定他藏着一些与案子有关的东西。如果有发现不就行了？”

柏原目光锐利地紧盯着他看了一会儿，又眯起眼睛，放松了嘴角。“如果是案发后不久倒是可以，但事到如今，难以想象凶手还会保存罪证，恐怕早就扔了。”

“如果是没法扔的东西呢？如对于凶手来说极有价值的东西。”

“价值？你是说值钱的东西？”

“也不限于此……所谓价值，也因人而异。有些东西对一些人来说是垃圾，对某些人来说却是宝贝。不是吗？凶手偷走的或许就是这样的东西。”

然而，柏原的态度仍不明朗，他扭扭脖子敷衍了一声：“是吗？”

功一有些着急。看来调查真的停滞不前了，也可能是间接证据尚不充分，还不足以让警察积极行动起来。

功一做个深呼吸，张开嘴唇。“上次见面时，你不是问我知不知道户神亭吗？”

柏原扬起脸来。“想起什么了？”

“那倒不是。我放心不下，就进行了调查。”

“喂，别乱来好不好？那天我不是说了吗，那家店与案子有没有关系还不知道。别那么性急，调查的事就交给我们警察吧。”柏原的话中有一种“别多管闲事”的责备语气。

“没干什么，只是在网上查了一下这家店，又去吃了一次而已。”

柏原依然眉头紧锁。“你这么干又有什么用？若要你帮忙，我会说的。拜托别越界。”

“我懂，我也不想干扰你们调查。只是有一点我想说一下，就是在户神亭吃饭时的感受。”

“感受？”柏原露出惊讶的目光，“注意到什么了？”

“我是在横滨总店里吃的红烩牛肉饭，可一尝就觉得十分相像。”

“像什么？”

“味道。和我们家店里的味道非常像，就是我父亲做的红烩牛肉饭。也不能说完全一样，但好像只改动了一点点。”

这番话倒是真的，功一确实在关内的户神亭吃了红烩牛肉饭。按他的推理，户神亭最早在樱木町的店可能会不加改动就直接推出有明红烩牛肉饭。

“你家的店通过牛肉饭和户神亭挂上钩了？”柏原问道。

“对。或许是我多心了。”

“嗯。牛肉饭……”柏原的视线在空中徘徊。

户神家里或许还藏着有明的菜谱呢——功一想点穿这句话，但还是忍住了。

泰辅在东京车站附近接到了静奈。他开着客货两用轻便车，直奔门前仲町的公寓。静奈坐在副驾驶席上，脸一直冲着窗外，沉默不语。

“干吗愁眉不展？行动成功了，高兴点不好吗？”泰辅操纵着方向盘问道。

“我只是有点累。深入虎穴啊。”静奈无精打采地答道。

心里一定很难受——他猜想着静奈的真实心情。再也见不到真心喜欢的男人了，还对他的家人设下了陷阱，心情怎么会轻松愉快？

在停车场停好车，两人走进公寓。沿楼梯上到三楼，他们朝房间走去。静奈依旧一言不发。

来到了三〇五室门前，泰辅掏出钥匙就要开门，静奈一把抓住他的手腕。

泰辅刚想开口询问，静奈摇摇头，将食指挡在唇上，另一只手指了指门的上方。泰辅抬头一看，顿时大吃一惊——米粒大小的二极管亮着。

他屏住呼吸，与静奈面面相觑。两人互相点点头，蹑手蹑脚地沿走廊离去。

42

“有意思。”柏原露出沉思的表情说道，“不愧是厨师的儿子，着眼点与众不同。应该说是着舌点吧。牛肉饭的味道相似，嗯。”他的语气略带调侃，眼神却十分认真。

“对调查有帮助吗？”功一问道。

“怎么说呢？味道是很主观的东西。”

“是吗？味道取决于操作顺序和材料选用。如果味道相近，不也能说明两者之间有关联吗？虽说都是红烩牛肉饭，其实每家店做法都不一样，各有秘诀，关键部分都秘不示人。既然味道这么相似，自然可以联想到两者的关键部分一致。”功一也知道有些太过执着，但无论如何得让柏原接受这一提示。

柏原双臂抱胸，慢慢地点点头。“嗯。我会把你的意见带回去，说不定会派上用场。”

听到这番话，功一有些着急，但他明白若再坚持就危险了。

“你提了很宝贵的意见。我或许有些泼你冷水，只是，现在的调查方向是否正确，事实上也有些拿不准。”

功一闻言皱了皱眉头。“此话怎讲？”

“刚才我不是说找到了一些类似线索的东西吗？十四年里，警方从未找到一件与案子有关的东西，可现在，由于一个偶然的机会，间接的证据却不断涌出。我们十分兴奋，也非常积极地重新展开调查，但渐渐产生了怀疑，这些间接证据真的可靠吗？”

功一笑着摇了摇头。他知道面部肌肉有些僵硬。“奇怪，这些间接证据不都是警察找到的吗？难道又突然冒出新的证人了？”

“是警察找到的。萩村，你认识吧，是他找到的。”

“那你们就是在怀疑自己找到的证据的可信度了。这不奇怪吗？”

“没错。但怀疑一下找到证据的缘由又如何呢？我觉得有人在暗中引导警察。”

柏原说得平淡，功一听罢却立刻开始全身发热，似乎浑身的毛孔都要喷出汗来。“谁会这么做？”

“不知道，可能是涉案之人，也可能只是为寻开心。总之，不能否定这种可能性。”

柏原目不转睛地盯着功一，像要窥探他的内心。功一真想转过脸去，但他知道若那么做就将前功尽弃。于是，他毫不示弱地盯着柏原道：“你这么想的理由是什么？有什么根据？”

“那倒没有，只是出于经验和感觉。时效即将到期了，却一下冒出这么多线索，觉得不自然。当然，这么说也没什么说服力。”

这个解释倒也并非不能接受。功一为了不使警察感到奇怪，早已竭力下足功夫。

“最终仍需要物证。”柏原说道，“仅凭迄今掌握的间接证据，即使这些东西全是真的，也不能逮捕什么人。如果没有能确定‘凶手就是这个人’的证据，还是不行。从这个角度来说，恐怕连你弟弟的证言都产生不了决定作用。”

功一吃惊地瞪大眼睛。“为什么？”

“时间太久了。如果有人说只是相像，也就到此为止了。要认定凶手，必须要有具体、客观的物证。”柏原瞄了一眼手表，站起身来，“打扰了，今天女朋友不过来？”

“啊……估计不会。”

“真遗憾。我本想多待一会儿兴许能见上一面呢。”

柏原在门口穿上鞋，转过头来。“老是被过去的案子束缚，对你不见得是好事。你还年轻，应该多想想将来。当然，我这么说或许也是徒劳。”

“不错。”功一答道，“考虑将来要在一切都终结之后。”

柏原叹了口气，露出笑容。“那就没办法了。”

“案子拜托了。”功一恭恭敬敬地低下头。

目送柏原离去后，功一倒在床上，回忆起刚才的交谈。

可能有人在引导警察。没想到还真有人这么想。原以为不管是间接证据还是别的什么，只要找到可能破案的线索，警察就会干劲十足地展开调查。柏原好像也没什么确切的依据，却一眼看透本质。老练刑警的经验和直觉不可小觑。

说不定柏原已经在怀疑引导警察的可能正是功一，才特意前来试探，但并未得到验证。功一相信自己并未露出马脚。

问题是，对间接证据产生怀疑的仅仅是柏原一人吗？如果调查的指挥者也与他一样，功一的计划就难以实现了。不仅如此，说不定参与调查的警察会将注意力转到是谁在迷惑警察上来。

柏原临走时所说的话又在功一耳边响起。那番话可以理解为在洞悉一切后发出“尽快收手”的暗示。功一越想越觉得被逼上了绝路，他双手抱头翻了个身。这时，响起门锁被打开的声音。功一一惊，坐了起来。

门慢慢开了，泰辅探进头张望。“没事了？”他小声问道。

“哦。”功一下了床，“注意到警示灯了？”

“差一点就开门了，多亏静发现了。”

静奈跟在泰辅身后走了进来。她像刚从户神家出来，打扮得整整齐齐。

“柏原来过了。”功一说道。

“什么事？”泰辅神色不安地问。

“问我有没有跟你联系上，我说还没有。”

“还有呢？调查进展方面，说了些什么？”

“说是没有决定性的东西，需要物证。”

“所以说天衣无缝。电话里我不是说了吗，静的菜谱行动成功了。”

功一点点头，看了看静奈。“静，辛苦你了，很不容易吧？”

“也没什么。”静奈耸了耸肩，“与以前相比不算什么。看准时机藏起来，仅此而已。比骗钱简单多了。”

看着表情僵硬的静奈，功一觉得胸口隐隐作痛。她的妆化得比往常更为精致，可脸上了无光彩。

“只等警察入室搜查了。”泰辅的语气极为兴奋，与静奈形成鲜明对比，“迄今为止，一切都在按哥的计划进行。”

功一挤出笑容，说了声：“是啊。”他不能透露出内心的不安。

萩村正喝着生啤，身穿夹克的柏原走了进来。萩村举手招呼。

“辛苦了。”柏原边说边在对面落座。他用小毛巾擦了擦手和脸，向女招待要了杯生啤。

“今天去哪里了？”萩村问道。

“东京，为一件小案子做善后工作。地方刑警不能专属于临近时效的案子。”

柏原的啤酒端来后，两人默默碰杯。

“你有什么进展？”柏原问道。

萩村皱起眉头："坦白地说，没有。调查了户神在樱木町开店时的人际关系，没发现与有明有关联。从有明夫妇这边进行了同样的调查，也没发现与户神的交汇。完全走入死胡同。"

"两者的交汇只有赌马的地方？"

萩村点了点头。"日出咖啡店。毫无疑问，户神与有明幸博在那里见过面。问题是见面之后，他们两人之间肯定有瓜葛，估计在什么地方留下了痕迹，可毕竟已经过了十四年。"

柏原伸手拿起毛豆，却又不往嘴里送，只在指间摆弄。"指纹怎样了？现场采下的指纹和户神的指纹对过了吧？"

萩村边喝啤酒边摇了摇头。"鉴定科的人倒是挺卖力，可没发现相一致的指纹。户神仅在案发当天到过有明的可能性极大。估计他作案时戴着手套。"

"太遗憾了。矶部说什么了？"

"他认为照目前的状况，无法采取下一步行动。即使是让其招供，也缺乏进攻性的材料。"萩村说。

柏原终于将毛豆送入嘴中，他喝了一口啤酒，叹了口气。"尸体还没浮上来？"

"尸体？"

"小偷的，坐划艇出海后就不见踪影的那个。"

"哦，是的，没有尸体浮上水面的消息。海面那么宽广。"

"与海藻一起消失了？或者，本来就没有这个人？"

"什么？"萩村问道，"什么意思，假自杀？"

"不，没什么。"

"就算这个假自杀的小偷还活着，对我们也不会有什么帮助。他可能根本就没注意到偷的东西有其他意义。"

"我倒想会会这个小毛贼。"柏原说道，"对于那封遗书，大家都没什么反应吧？”

“还能有什么反应，谁都不知道那小偷的身份。”

柏原轻轻点头。

萩村不明白，为什么柏原至今仍挂念着那桩盗窃案。的确，从被盗物品上发现了不少新迹象，使他们一直追踪到户神身上，可那小偷应该和有明案并无关联。“你有什么收获？”

柏原立刻摇了摇头。“刚才不是说了吗，净干些杂事，没有自由行动时间。”

“哦。”

“小案子层出不穷，上面的人自然希望从容易处理的案子着手。局长对从前的案子漠不关心，估计是认为时效过了也不是他的责任。”

柏原像是为得不到上司的理解而苦恼，但萩村还是觉得柏原似乎也对这起案子丧失了热情。今天的会面也是萩村提出的。

“你在那家店吃什么了吗？”柏原问道。

“哪家店？”

“户神亭呗。离你上班的地方不是很近吗？”

“啊……还没去。”

“哦。”

“怎么？”

“没什么，去吃一次也不赖啊，好像那儿的红烩牛肉饭很有名。”

“行啊，随时奉陪。”

柏原点点头，喝干啤酒，随即叫来女招待又要了一杯，并点了刺身拼盘。

萩村总觉得他与以往有些不同。

43

睁开眼睛时发现手机正在响。或许应该说是手机响了，才使她睁开眼睛。唉，真该关机——静奈躺在床上，有些后悔——至少应该调成振动模式。

手机响起来就不停，可见打电话的人很是顽固。静奈用毛毯盖住脑袋抵挡。

确认铃声终于停止后，静奈才从毛毯中探出头来。今天早晨她依然觉得脑袋沉甸甸的。每晚都喝红酒直到三更半夜，脑袋发沉也理所应当。

她慢吞吞地爬起床，从地板上捡起已变得安分的手机，查看来电显示，基本都是行成打来的。她胸口像是被利刃所扎，很痛，身体最深处却像着火般开始发热。

去他家已是四天前的事了。当晚静奈给行成发了表示感谢的短信，行成立刻发来回复，并问何时能再见面。静奈敷衍说再联系。

昨晚行成又发来短信，希望能抽空早些见面。这样积极主动对他而言很少见，静奈的回复却很简单——“知道了”。他随即打来电话，估计他意识到光发短信已无济于事。

去加拿大之前要好好聚一聚——这是去户神家之前行成提出的，

静奈预感到他要向自己求婚。她自然愿意与他见面，也希望听到他求婚。可她心知肚明，那只会使分别变得更加痛苦。

她将手机扔到床上，沉重地走到冰箱前。那上面有一个空葡萄酒瓶，六个空啤酒罐横七竖八地滚在脚边。

她从冰箱里取出一瓶水，喝了起来，然后大口喘气，环视房间，只见地板上随处乱扔着衣服和简易食品的包装袋。她想起最近一直没有打扫卫生。即便这样，她也没心思马上开始打扫，甚至连换衣服都觉得麻烦。

她手脚并用地重新爬上床。现在什么事都不想干。刚枕上枕头，手机又响了。她看了看，还是行成。

行成本不喜欢给人添麻烦，怎么会这样连续不断地来电呢？估计他也下了很大的决心。行成表情严肃地将手机贴在耳朵上的形象浮现在她眼前。

静奈按下通话键，尽量以明快的声音答道："喂。"

"高峰小姐吗？我是户神。啊，幸亏接通了。"

"上次太感谢了，我受益匪浅。"

"哦……现在说话方便吗？"

"可以，如果时间不长。有什么事吗？"

"短信中我也说了，有很要紧的事跟你说。我知道你现在很忙，能抽空见面吗？三十分钟，不，只要十五分钟就行，在哪里都可以。"

他的语气非常焦急，像是已察觉将再也无法见面。或许他在想，无论如何也要在高峰佐绪里出国留学前表明心意。一想到他此刻的心情，静奈感到揪心般难受。

"怎样？"行成听静奈沉默不语，催促问道。

"对不起，现在要做的事实在太多……告一段落后我肯定与你联系。"

“就一会儿也不行吗？你在哪里？如果不介意，我马上就过去。”

“实在对不起。我在听留学说明会，马上就要开始。”

“哦……什么时候结束呢？”

“不太清楚。我得进会场了……”

“那我再跟你联系。高峰小姐，如果有时间请给我打电话。”

“好，那我挂了。”

挂断后，静奈把手机按在胸口，闭上了眼。过了一会儿，她摇摇头，将手机扔到床上。

他喜欢的是名叫高峰佐绪里的上流社会小姐。如果知道你在孤儿院里长大，只上过高中，估计看都不会看你一眼，更别说求婚了。若再发现你是个诈骗犯，肯定会勃然大怒。

想到这里，静奈露出自虐的笑容。如果有人这么对自己说，也无可奈何。自己的确是个诈骗犯。

下了床，她举起双手，尽情舒展身体。

一小时后，她来到六本木，倒没什么目的，只想去闹市逛逛或许能换个心情。然而，事与愿违。以前，只要逛上几家商店，她就会快乐起来，可今天看到了名牌的新产品也毫无感觉，看了许多漂亮的时装，却丝毫没有购买的欲望。

漫无目的地闲逛着，静奈的脑海中有一个问题在膨胀：自己到底算什么？人生没有任何目标，连梦想也不曾有过，只是为了生存而不断骗人。遇上真正喜欢的人也难结良缘。虽说欺骗行成倒不是为了金钱。

眼前出现了一个很大的十字路口。静奈回过神来，发现自己已走得很远。看看四周的景物，静奈不由得一阵伤感。这地方很熟悉：麻布十番。

她在心中暗骂自己。本是为了不去想行成而出门的，不觉却走到了这里，也可能自己早就察觉在走向这里了。

静奈叹了口气，转身走向地铁站。留在这里又有什么意义？

来到阶梯前，她却又停下脚步，那条和行成一起走过多次的街道就在眼前。时间并不久，却已让人十分留恋。

她转过身，朝那条街道走去。她决定再走一次，看一眼行成那家即将开张的店就回去。她慢慢走在这条单行道上，仿佛在细细回味。早就拿定主意，最近一段时间不来这里。或许今天就是最后一次。

离店越来越近，约二十米时，她将脚步放得更慢了。虽说不可能遇上行成，她的心跳还是越来越快。

她回想起第一次来这里的情景。从建筑物正面，沿舒缓的回转楼梯向上走，便是户神亭麻布十番店。那是个充满了行成的梦想和野心的店。静奈忘不了，行成说起对此店前景的憧憬时，眼神中闪烁着少年一般的光芒，以及即将投身惊涛骇浪的机警。

静奈垂下头，再也听不到那热切的语调了。她心想：这下可以死心了。

她想回去。刚要转身，有人从背后抓住了她的肩膀。她大吃一惊，回头望去。一见对方的面容，她差一点尖叫起来。这张苍白的面孔太熟悉了，却想不起他叫什么名字。

那人瞪大双眼，仔细看了看静奈，说："果然是志穗。"

静奈的脑海中立刻浮现出"志穗"这两个字，像是受到这两个字的引导，此人的名字也浮现出来——高山久伸。

头脑一片混乱。静奈想不出自己是怎么与此人分手的，只意识到在这里遇上他着实不妙。

"你怎么会在这里？没去纽约？"

静奈这才回想起来。对了！南田志穗是时装设计师，为深造应该已去了美国。

“对不起。出了不少事，没去成纽约。”静奈边说边往后退。她想寻机跑掉。高山不擅长体育，只要自己拼命奔跑肯定能将他甩掉。

“那为什么不跟我说？你知道我怀着怎样的心情等你的消息？如今你却出现在这里，这符合常理吗？”

“你为什么会在这儿？”

“我曾在这儿看到有个人很像你，之后就一直在找你，一有时间就来这里转悠。已经快要死心了，想不到终于如愿以偿。”

高山猛地死死抓住静奈的手腕。

“喂，你干什么？快放开我！”

“你不说清楚我就不放。为什么不跟我联系？说！”高山的嗓门很大，四周都好像响起了回音，眼中也闪烁着异样的光芒。他已经失去理智了。

“喂，干什么？”背后传来喊声。

静奈绝望了。不用回头，也知道是谁。同时，她也感觉到那人正快步赶来。

“对姑娘撒野可算不得好汉。”行成冲到他们身旁，抓住高山的手腕，救出静奈。

“你是什么人？”高山用狼狈的眼神瞪着行成，“哦，上次就是你和她在一起吧？”

行成似乎有些猝不及防，但很快就镇静下来。他点了点头：“我的确和她见过几次。你是哪位？干吗在这里撒野？”

“我才没撒野。她是我的女朋友，说是去国外了，却又在这里出现，所以要问个明白。和你不相干，别多管闲事。”

静奈低头不语。估计行成也一头雾水。可她一时想不出既能稳住高山，又能骗过行成的话来。

“他真是你的男朋友？”行成问静奈。

静奈默默摇了摇头。

“志穗！”高山提高了嗓门。

“志穗？”行成诧异地低语。他没有对这个陌生的名字进一步追问，而是转向高山问道：“你把她当成女朋友，对吧？”

“当然。我们还一起商量过将来的生活呢。”

“哦。”行成点点头，“看来，和你谈谈，事情会解决得快一些。我和她谈不出结果。”

“谈什么？”

“怎么还钱啊。其实，我今天就为此事而来。既然你肯出头，我们十分欢迎。”

“还钱？多少钱？”高山问静奈。

静奈不答，她不明白行成在说些什么。

“大约两千万。”行成满不在乎地说，“如果你肯替她付，我们马上去办公室签合同。如果办不到，趁现在还没受伤，赶紧向右转，滚回家去。”行成说这些话时，嗓门很低沉，底气十足，静奈从未听过。

高山立刻露出惊慌之色。“真的？”他问静奈。

静奈沉默着点点头。

“怎么会这样？”高山六神无主了。

“怎样？去还是不去？干脆点。”

高山愣愣地站着。静奈看得出来，他想溜了。

“对不起，事情就是这样。你先回去吧，我再和你联系。”

高山看了看静奈和行成，小声应了一声：“那我等你电话。”说完，他转身离去。

看到高山搭出租车消失后，行成重重地吐出一口气。“成功了。看你的样子，觉得还是将他赶走为好，就拙劣地演了一场戏。没关系吧？”

“幸亏你帮忙。那人是个跟踪狂，我正不知所措呢。”

“我想也是这样。你怎么在这里？”

“啊……没什么。来到附近，就想看看店怎样了。”

“谢谢。能见到你真是太好了，进去喝杯红茶吧。”

行成引着静奈走进餐厅。装修已经基本完成。他们在窗边相对而坐。“刚才我真是大吃一惊，没想到你还会那样唬人。”

行成有些难为情地苦笑道：“做我们这种生意，和各种人都要打交道。有时虚张声势也很重要。”

一个年轻服务生端来红茶。他穿着制服，看来内部培训已经开始。

“把我的包拿来。”行成吩咐服务生后又转头看着静奈说：“接二连三地给你打电话，真是失礼。我真的很想马上见面。”

“是我不对。”静奈低下头。

服务生将包送来，行成接过，放到膝上。“有件东西要给你看。”

静奈一惊，抬头望着行成。莫非是戒指？然而，行成从包里取出的东西，她做梦也没想到。

是那个笔记本。

“请如实回答。”行成将笔记本放到桌上，严肃地望着静奈，“你到底是什么人？”

44

刹那间，静奈脑中一片空白。她无法理解眼前的情景，也无法作答。她不知行成为何会拿着这个笔记本。

“这是，什么……”她勉强问道。她自己也清楚，想要掩盖狼狈的表演彻底失败了。

“这正是我想问的。这个，到底是什么？”行成用平静的语调问道。这让人感到，他在拼命抑制内心的愤怒和怀疑。

静奈俯下头，轻轻摇了摇。“我不知道。”

她想，他或许会勃然大怒。看他刚才对付高山的手段，便可想而知，他还有自己不知道的另一面。

“拜托，请告诉我真相。”行成并未变得粗暴无礼，“我已经知道是你藏的了。”

静奈抬眼望着行成，想看看他的表情。行成嘴角挂着浅笑，眼中却充满悲哀。她感觉，他并非在生气，而是受到了深深的伤害。她只得再次垂下眼睛。

“前天夜里，我去藏书室查东西。”行成说了起来，“当我抽出《世界家庭菜肴》时，在它旁边发现了这个笔记本。我从未见过它，就拿出看了看，结果大吃一惊，因为里边密密麻麻地写满了洋食的菜谱，而且不是我父亲的笔迹。可让我更吃惊的是上面的气味。”

静奈抬起头。

“你也闻一下，虽说已快散尽了。”行成递过笔记本。

静奈接过，将封面凑到面前闻了闻。她立刻明白了。

“明白了吧？上面有香水味儿，就是我母亲硬要送给你的香奈儿香水的气味。你曾将香水喷在手腕上，用右手抹开。后来尽管戴了手套，香水的气味还是沾到了本子上。”

静奈默不作声地交还笔记本。她想反驳，却一时想不出话来应答。得到香水时的情形是记得的，可将香水涂到手上的事，在此之前却忘记了。

“请告诉我，为什么要将这个藏在那儿？”行成再次问道。

静奈将两手握紧放在膝上，掌心已经沁出汗水。

哥，我该怎么办？她的脑海中浮现出功一和泰辅的脸。吃了那么多苦，一路按照严密的计划走过来。然而，这些努力都即将化为泡影。

“高峰小姐，不……恐怕这是个假名字。刚才那人叫你志穗，那是你的真名？”

静奈无言以对。若说不是，就必须解释为什么对高山用假名了。

“莫非你姓有明？”

静奈不禁睁大双眼。

行成在桌子上打开那个笔记本。“你看，这里不是写着有明炸肉饼吗？还有有明炸虾、有明牛肉饭什么的。估计这家店就叫有明吧？我倒想起一家店，记得以前对你讲过，我曾经调查过一家叫这个名字的店。这是因为最近有警察来过我家，问了我父亲一些奇怪的问题，其中就问到这家店。我听后无法释怀，就去查了一些旧报道，发现正是十四年前发生盗窃凶杀案的那家。看来警察是为了调查那起案件才来我家的。尽管不知道有什么依据，但他们似乎在怀疑我父亲。”

一口气讲完后，行成拿起茶杯喝了一口，喃喃道：“尽管我们店的红茶很好喝，冷了也就糟蹋了。”

静奈仍望着桌子。看来，想蒙混过关已不可能。发现笔记本后，行成肯定反复思考过，才和静奈联系的。现在静奈明白他为什么接二连三地打电话了。自己还一厢情愿地以为他要求婚，真是傻透了。

“请抬起头，志穗小姐。”行成说道。

静奈暗自咬了咬牙。谁是志穗？那不是我的名字。

“你不是说过吗？小时候曾吃过味道和我们店一模一样的红烩牛肉饭，是朋友的父母开的店里做的，后来朋友的父母亡故，店也就关门了。你那位朋友是叫矢崎静奈吧？”

突然听他说出自己的名字，静奈不禁浑身一震。

“店都在横须贺，又都是父母亡故，我曾问过你，朋友家的那个店是不是叫有明，你说不是。我当时信以为真，因为有明洋食屋的经营者也姓有明，而不是矢崎静奈。然而，既然你将这个笔记本——”他在静奈眼前指了指，“藏到我家，你当时的话就不可信。这上面记载的牛肉饭配方又与户神亭老牌红烩牛肉饭的完全一致。户神亭用的酱油十分特别，可连这种酱油的牌子在笔记本上都写得清清楚楚。你吃到我们店的红烩牛肉饭时为什么流泪，我现在完全明白了。你朋友家开的店，应该就叫有明，而矢崎静奈是你临时想出的假名字，对吧？”

静奈屏住呼吸，扬起了脸。她盯着行成，摇了摇头。“那不是假名字。”

“是吗？”

“是的。仅这一点，请一定相信我。”

“仅这一点？”

在行成的注视下，静奈再次低下头。

“真是不可思议。我刚才围绕这个笔记本说了那么多话，你一直默不作声，可讲到是不是假名字，却那么敏感。这到底怎么回事？”

静奈咬住嘴唇。只有矢崎静奈这个名字是真的，她真想这么说。

“我说，志穗小姐。”行成像乘胜追击般说，“请给我一个能够接受的说法。为什么要藏这个笔记本？你与有明店到底是什么关系？请如实告诉我。拜托了，志穗小姐。”

忍耐已到极限。静奈奋力摇头，高声叫道：“不，我不叫志穗，别再这样叫我！”

年轻服务生赶紧跑了过来，行成伸手制止他。“有需要我会叫你。让我们单独在一起。”

服务生点点头，返回厨房。行成重新面对静奈。“刚才那个人不是叫你志穗吗？”

“我对他说的是假名字。”

“哦……那你的真名呢？”

犹豫不决和放弃隐瞒的心情交织在静奈胸中。用高峰佐绪里硬撑过去的念头一闪而过，但这样的谎言很快就会被揭穿。再说，自己也不想一直这样说谎。

“矢崎……静奈。”她答道。

“咦？”行成十分惊讶，“这不是你朋友的名字吗？”

静奈拉过手包，从中取出钱包，抽出国民健康保险证放到桌上。

“还真是。”看了保险证后，行成嘟囔道。随后他又说道：“明白了。”脸上露出恍然大悟的表情。“你叫矢崎静奈，你的朋友姓有明，对吧？”

静奈眨了眨眼睛。她没想到他会这样理解，但这么想也并非毫无道理。

行成点了点头：“接下来就叫你矢崎小姐，可以吗？”

静奈轻轻点头。

行成用力呼出一口气。“矢崎小姐，那我就继续问你。你怎么会有这个笔记本，我已经知道了。估计是你朋友有明交给你的。你为何要将它藏到我家的藏书室里？请解释。”

静奈一语不发。她无法解释。

“矢崎小姐，”行成的语气稍稍强硬起来，“你如果不说，我只好动用最后的手段了。当然，这绝非出于我本意。”

他看着抬起头的静奈，继续说道：“我可以将这个笔记本交给警察，他们会替我问出事情真相，可我真的不愿意这么做。无论你说什么，我都不会大惊小怪，请你告诉我。拜托。”说完，他深深低下了头。

静奈觉得心里的防护墙像方糖融化般开始慢慢瓦解。行成知道自己被骗后依然不显出一丝粗暴，也没有责怪她的意思，还在极力维持着绅士风度。她知道，行成的这种态度使她的内心产生了动摇。

静奈终于开口了。“我是受人之托。”

“受谁？”行成好像立刻明白过来了，“有明？为什么要托你这么做……”

“详情不太清楚。听她说，有明案件的凶手就是你父亲。”

“怎么会……”

“有明看到了凶手的长相，说正是户神政行先生。牛肉饭的味道也完全相同。我也觉得这不像是偶然的巧合。”

“你也这么认为？”

“不能说没有关系吧。对不起。”

“道歉就不必了……”行成愁眉苦脸地说道。

“藏好笔记本是出于警察进一步调查时能成为有力证据的考虑。有明是这么说的。”

“确实，警察已经在怀疑我父亲了。如果在我家发现了这个，说不定他们会确信无疑。”皱着眉头说到这里，行成像是想起什么般又说道，“警察来我家还是最近的事，这是否说明有明给他们提供了某种情报呢？”

静奈摇摇头。“这我就不知道了。”

行成像是要抑制住内心焦躁般挠了挠头，将身旁的包拿上桌面，从中取出一张纸，放到桌上。纸上的文字都是印刷体。静奈一看就僵住了。这是十四年前那起案件的新闻报道，估计是行成从网上找来的。

“这则报道说，父母是在孩子们深夜外出时被害的。这些孩子中的某一个，就是你的朋友吧？”

静奈飞快地浏览了一遍报道，见上面只提到了孩子们，并未一一列出姓名。同时，父母未正式结婚一事也没有点明。估计发出这则报道时，报社尚未掌握这些情况。

“为何深更半夜只有孩子们外出呢？当然，这与案子没什么关系。”行成像在自言自语。

“流星。”静奈说，“他们去看流星了。”

“咦？”

“英仙座流星雨。”

行成歪了歪脖子，可立刻又像是想起了什么。“你来我家时，说过曾和朋友一起去看英仙座流星雨，那位朋友就是有明？”见静奈点头，他抬头仰望天花板，“是这样。你竭力帮助有明的理由我明白了。从某种意义上说，你也是当事人。”

“我能说的只有这些，其他的就不清楚了。”

“谢谢你告诉我这么多。呃，虽说是在我的威胁下才说的。”

“要报警吗？”

“不，我还没这么想，要在脑子里整理一下。这个笔记本能放在我这里吗？”

“请便。”

行成将笔记本放回包里，又把包放在膝上，看着静奈。“你从一开始就是为了这个目的才接近我的吧？我完全没察觉。”行成自嘲地笑了笑，“留学也是子虚乌有？”

“对不起。”静奈低下头。

“我曾想，如果这一切都是我弄错了，就将这个交给你。可现在看来不需要了。”说着他从包里取出一叠文件。

静奈看了一眼文件的标题，胸口一阵发烫。封面上手书着“加拿大家庭菜肴”。

“我是为了做这个才去藏书室的，没想到会这样，真令人啼笑皆非！”他将文件放回包里，脸上无限惆怅。

45

泰辅惴惴不安地看了功一一眼。大哥仍和往常一样坐在电脑前，默不作声，两条眉毛之间挤出深深的皱纹。静奈跪坐在地板上，深深地垂着头，仿佛已交代完罪行，正等待处罚。

“真的很对不起。”她有气无力地说。这句话已重复多遍。“都是我的错，让哥哥的计划泡汤了。我不知该怎么道歉才好，我也在生自己的气。”

功一仍一言不发，双腿绞在一起，不停摇晃。他在竭力抑制内心的焦躁。

看着垂头丧气的静奈，泰辅倒想好言相劝一番，又不知轻描淡写的安慰是否合适，毕竟事态严重。

“哥，怎么办？”泰辅问道，他已经无法承受这种沉默的重压了，“行成发现了那个笔记本，计划全泡汤了。我们没时间再左思右想。”

功一不再晃腿，看了看泰辅。“你什么意思？”

“我去跟警察讲。我作证，案发当夜我看到的那个人就是户神政行，他们红烩牛肉饭的味道也和咱家的完全一样。”

功一抱起胳膊，侧过脑袋问：“你以为这样警察就会逮捕户神政行？”

“证据或许是不太充分……”

“我们为什么要牺牲父母的遗物来捏造证据？即便这样做了，警察还是十分慎重。没有更加确凿的证据，他们不会行动。长得像、味道相同，起不了决定性的作用。别让我老重申这一点，好不好？”功一一口气讲完。

“所以，那个菜谱才成了撒手锏。”静奈不悦地说道，“让警察发现那个笔记本，肯定能逮捕户神政行……”

“过去的事多想无益。现在我们要考虑的是下一步该怎么办。首先必须推想一下，户神行成会有什么动作。”功一站起身，来到窗前。

“他会把那个笔记本交给警察吧。”泰辅说道。

静奈喃喃道：“他会吗？”

“他不是跟静也说了要交给警察嘛。”

“那是在我不回答他的提问时说的。当时，他也说本不想那么做。在分手时，他还说没考虑过要不要报警。”

“能相信吗？”

“我觉得可以。”虽明显底气不足，静奈还是不肯让步。

泰辅心想，你果真喜欢上他了。

功一说：“我和静有同感。我觉得行成不会告诉警察，至少现在不会。”

泰辅十分意外。“为什么？”

“说了对他没好处。”功一很干脆地说道，“行成已经知道自己的父亲被警察怀疑上了。他自然愿意相信父亲，可愿意相信和打心眼儿里相信有着微妙的差异。如果那个菜谱能证明他父亲与此毫不相干，他会毫不犹豫地交给警察。可事实并非如此。特别是里面记载着与户神亭的红烩牛肉饭配方完全相同的东西，对于想证明父亲无罪的行成来说极为不利，因为那表明他们与咱们家有关联。”

“你认为行成会采取什么行动？”

“首先可以想象，他会去问他父亲。这是最快的。”

“户神政行会对他说实话吗？”

“估计不会。即便面对亲生儿子，恐怕他也不会坦承自己就是杀人凶手。行成不傻，这一点他应该也明白。然而，他会觉得，父亲在说谎时，或许能从具体说法上看出破绽。因此，他会去问他父亲。”

“那小子能看穿吗？他只不过是个少爷。”泰辅说。

静奈又有了反应。“他可不是你们想象的那种纨绔子弟，否则我们也不会这么一筹莫展。”

“静说得对。”功一表示同意，“我虽没同他见过面，但知道他是个聪明人。越聪明的人行动时越慎重。尽管他有自信能看穿他父亲的谎言，但或许也会考虑到看不穿时的情况。其结果就是，他完全有可能不采取直接询问他父亲的方式。”

“那他会怎样？”

“估计一般人会采取静观其变的方式。可我觉得行成不会这样。”

“他会怎么做？”

功一沉默了几秒钟，俯视着泰辅问道：“那部备用手机在哪里？”

“在我这儿。”

功一伸出手来。“我来保管。”

泰辅从放在一旁的腰包中取出一部手机。这是在实施诈骗时用的。“要这个干吗？”泰辅边问边递过。

“或许会用到，那时就是关键时刻了。”功一握紧手机。

行成坐在自己房间的书桌前，面前摊着一个笔记本。他从书桌上抬起头，用手指按了按双眼。随即，他叹了口气，靠在椅背上，望着那个笔记本。

翻开的那页上记载着做炸肉饼用的半釉汁做法，全部用铅笔所写，还配有不太高明的插图。其中，也有些难懂的表达，却连细小的步骤都一个不漏地认真记录下来。估计这个笔记本并不是厨师的备忘录，而是为了将店的口味传给下一代而记的。

行成读得越仔细，就越觉得全身直冒凉气，连鸡皮疙瘩都起来了。不光红烩牛肉饭，这个本上记载的所有菜肴配方都和户神亭的极为相似。此前行成一直以为那些都是户神亭独创的。

看过这个，就很难相信户神亭——即户神政行与有明洋食屋毫无关系了。只能认为其中一方参考了另一方的配方，但有明在十四年前已消失，认为户神亭为原创说不通。政行创出老牌红烩牛肉饭，是在有明案发生之后。

行成伸手拿过矿泉水瓶，拧掉瓶盖，猛喝了一口。他没吃晚饭，因为毫无食欲，嗓子却总是发干。

他回顾起与矢崎静奈的交往过程，同她的谈话几乎成了人生中最糟糕的回忆。尽管仅仅在数天前，自己甚至还考虑过向她求婚。

她似乎也对自己有好感，但并非出自真心。她是受有明之托，为了将这个笔记本藏到户神家里，出于无奈才那么做的。当然，藏好笔记本后，她也不打算再次出现在自己面前。其伏笔，就是去加拿大留学。

而这种行为的理由对行成是更大的打击——那些死者的遗属确信，有明一案的凶手就是父亲。

这个案子让行成回想起警察上门时的情形。他们出示了一个旧罐子和一块表，表上刻有“有明”的字样。这些东西行成从未见过，父亲也说毫无印象。之后，警察再未联系他们，他还以为一切都已结束。

父亲是盗窃杀人犯？怎么可能！

这确实令人难以接受，可对于这个笔记本，又该如何解释？再说还有身为遗属的目击证人。

行成还有一点难以想通。当初准备将老牌红烩牛肉饭作为麻布十番店的招牌菜，父亲却突然反悔，而这恰恰是在他听矢崎静奈——当时自称高峰佐绪里——说曾吃过味道相同的牛肉饭，并转告父亲后不久。父亲会不会是担心今后也会有人发觉牛肉饭的味道与有明的相似呢？

头痛。他合上笔记本，按住太阳穴。

此时，响起一阵脚步声。有人上楼来了。声音经过行成的房门，在隔壁房间前停止。父亲不在时，他的房门都上着锁。

一阵开门声后，一切又归于寂静。行成心中风起云涌。

在他独自苦苦思索之前，也曾长时间考虑过是否应直接去问父亲，出示这个笔记本，询问原委。可最后他还是担心父亲不会如实回答。估计父亲会否认自己与有明一案有任何联系。如果简单地接受这种说法，询问就变得毫无意义。可如不接受，或许又会令父子关系出现深深的裂痕。

行成站起身，像动物园里的熊一样在房间里来回打转，随后又倒在床上，双手搔头。相信父亲的态度并未改变，但也不能因此认为矢崎静奈在信口开河。毕竟要潜入别人家中栽赃，没有坚定的决心无法办到。

行成的目光转向墙上的书架。那里不仅放着日常资料，还有小时候就喜欢看的书籍。他来到书架前，取出一册很厚的文件夹，封面上有签字笔写着的书名——《星体观察》。

英仙座流星雨。

十四年前，正是行成对天文观测兴致浓厚的时期，当时有名的流星肯定都观察过。他打开文件，开始寻找记录。有明案发生的日期，他早已刻在脑中。

从记录来看，那天的确是英仙座流星雨的极大日。天气状况也确如矢崎静奈所说，有雨。因此，行成用望远镜观察，也只看到了六颗。但问题不在这里。

当时，每次观察流星，父亲总是在场。行成对天文观察抱有兴趣，原本就是受父亲影响。父亲总是将自己观察到的流星数认真记录下来，可恰巧在有明案发生那晚，父亲要记录的那一栏空白。

初中时的记忆复苏了。是的，就是观测英仙座流星雨的那个晚上，只有那晚他是一个人用天文望远镜观察的。父亲很晚仍外出未归，当时，他无人交流，唯一的乐趣就是期待流星出现。可更糟糕的是，居然还下起雨来。

没错。矢崎静奈说的就是那晚。

文件夹从行成手中掉落，可他无力拾起。浑身的力气似乎一下被抽光，他颓然蹲坐在地板上。

那天深夜，父亲外出且去向不明。那么，在有明案上，他没有不在场证明，而这件事只有行成知道。

泰辅在往行李箱里塞东西，动作明显有些迟钝。

“别忘了什么东西。最近一段时间，你不能回这里。”功一俯视着弟弟说道。

“我真有必要搬出去住吗？若警察来了，就说‘其实我们一直住在一起’不就行了。这有什么不对的？”

“你想想迄今为止的前后经过好不好？事到如今，还能这么说吗？”

桌上的手机突然响起，功一顿时瞪大眼睛。这部手机平时不会响，因为它是“备用手机”。

泰辅似乎也很吃惊，露出紧张的神色。“怎么……”

功一拿起手机看了看，上面显示的正是他期待的名字。

他接通电话，低声道：“喂。”

“喂，”对方问道，“是春日井先生？”

功一做了个深呼吸。“是我。”

对方顿了顿又道：“您的声音与以前见面时不太一样啊。真是CORTESIA · JAPAN 的春日井先生？”

“正是。请问您是哪位？”

“我姓户神，户神行成。”

46

东京站附近有家大型书店。功一进去后便一直站着看书，但注意力全放在书店大门上。

大概离约定时间还有五分钟时，行成出现了。他身穿灰色夹克，一进书店就直奔楼梯。在一楼和二楼的夹层有个茶座。

好像没有警察跟来。确认这一点后，功一上了电动扶梯，观察茶座的情况。有一半的座位坐有客人。户神行成坐在靠边的桌子旁，目不转睛地看着入口。

上了二楼后,功一又乘电动扶梯回到一楼,上了通往茶座的楼梯。进入茶座，他无视行成，在入口附近坐下。服务生立刻走来，功一点了一杯可乐。

行成在看手表。他面前放着冰咖啡，可根本没有动过。

功一重新打量了一下店内的情形，每一位都像普通客人，但也不能排除有便衣警察混迹其间。他心想，即便有也是无可奈何，但决不能被柏原和萩村发现。也正因如此，他的行动才如此谨慎。

见服务生端着可乐走来，功一站起身。“对不起，刚才我没注意到同伴已经到了。”他对服务生说明后,朝行成走去。行成十分意外，露出惊讶的眼神，慌慌张张地要站起来。

“不必了，请坐。”功一满脸笑容地说，随即在他对面落座。服务生将可乐和账单放在桌上。

“你真是小心谨慎啊。明明已经发现我，还要先坐在别的地方观察一番，是吧？”

“我向来不太信任别人，这也算是一种处世方式。一个一切都只能靠自己的人，这样做再正常不过。”

行成的眼神变得严峻起来，问道：“你的父母都不在了？”

“是。”

“看来你就是——”行成直直地看着功一，“有明先生。”

功一直面他的视线，一瞬间，脑中转过好几个念头。

行成打来电话是在一小时前，说想谈谈关于矢崎静奈的事。当时，行成已经察觉出接电话的人不是春日井了，但对此并未多言。估计他已料到，他与静奈的相遇既然是被安排的，那么春日井应该也只是虚拟人物，这一切都有人在背后操纵。

该不该表明自己就是有明，功一决定与行成见面后再判断，但判断的依据也只是直觉。

“你真是目光如炬。从矢崎静奈那儿听说了，菜谱行动没能圆满完成，真令人遗憾。”

“对我来说宛如晴天霹雳。我做梦也没想到，与她相遇的背后竟有如此惊人的计划。枉我还对她一往情深，你一定觉得很可笑。”

“很遗憾，我并没有嘲笑别人的心情，一心只想揭露你父亲犯下的罪行。”

“那为何要弄得如此麻烦？如果觉得我父亲长得极像杀人凶手，直接报警不就行了？”

“只是相像，警察不会行动。”

“所以就决定将物证藏到我家里，嗯？不可思议的是，你们在这样策划时，警察已和我父亲接触过几次，还带来一块旧手表。这与你们也有关系吧？”

“你想太多了，这和我们无关。警察也给我看了那块表，可我以前从未见过。警察盯上你父亲，我也是最近才得知。究竟为何会这样，警察并未言语，我们也只是想借用这阵东风而已。如果警察到你家搜查，并找到那个记有菜谱的笔记本，就完美了。”

行成严厉地看着功一，似乎要看透他的内心。“确信我父亲是凶手的根据，还是那个红烩牛肉饭吧？”

“当然。那种味道绝不是偶然的相同，只能认为是一方抄袭了另一方。那么，到底是谁抄袭的呢？不用我说，你也很清楚吧？”

行成的嘴角歪了一下，似乎内心痛苦难当。“我知道，我父亲做出那种味道在后。”

“那么，你也应该能理解我们的心情吧？”

行成低下头，伸手握住咖啡杯。他并没有喝，又抬起头。“接下来你们准备怎么办？让警察发现物证的行动不是已经失败了吗？”

“我们也觉得那次手脚弄过头了。今后，我们决定还是正面进攻。所幸警察似乎对他的怀疑已经很深。我们相信，只要积极地协助警察，正义最终会取得胜利。”

正义，功一并不喜欢这个词，可这时还是用上了。

“可你们没有证据。”行成投来试探性的目光。

功一拿起杯子，喝了一大口。冰块已经融化，可乐的味道变淡了。“目前的确没有决定性的物证，可我们还有一张王牌。”

“王牌？”

“凶手有东西遗忘在现场，也不能说遗忘，只是没有带回去。上面有指纹被擦去的痕迹，估计凶手以为只要不留下指纹就无妨。就当时的科技水平而言，的确如此。以致后来连警察也将这件遗留物当作‘遗忘物品’了。然而，时代在变化，科学侦查手段也日新月异。现在，已经有了不依靠指纹就能确定罪犯的手段了。”

“DNA 鉴定之类？”

功一重重地点了点头。“想必你也清楚，利用头发、血液能进行 DNA 鉴定。最新技术更加厉害，据说，利用汗水、污垢、手指上分泌出来的油脂，也能进行 DNA 鉴定。即使指纹被擦掉，只要附有这些东西，照样能弄清是谁遗忘在现场的。”

这些内容来这里以前功一早已倒背如流，所以说起来极为顺畅。

所谓遗忘物品，是指案发当夜，凶手留在有明店后门的塑料伞。这把伞很可能是凶手的东西，但并没有成为调查的突破口。功一不知警察现在如何处理那把伞，也不清楚是否正在做他刚才所说的那些事。然而，功一认为，在与行成对决时，自己必须有好牌。如果被行成察觉自己已没有任何武器，说不定就会将静奈的行为告诉警察。这样，警察的矛头就会由户神政行转向功一他们。

“不能告诉我那件遗忘物品是什么？”行成问道。

“当然不能。哪有将王牌透露给对手的？”

功一觉得，恐吓战术或许已经成功。只要行成的内心有一点动摇，就算达到目的了。行成或许会将今天的谈话内容告诉户神政行，但那也没关系。户神政行应该记得自己的确把伞忘在了现场，听了行成的转述后，他肯定会惊慌失措。如果他采取什么行动，就有可能从那里打开缺口。

行成皱眉想了一会儿，随后像是下定决心似的抬起头。“有明先生，想不想再做一次？”

“啊？”功一疑惑不解，“再做什么？”

“做手脚啊。你们想把菜谱藏到我家里，但失败了，所以我问，想不想再试一次？”

功一晃着肩膀笑了。“你在说什么？没犯糊涂吧？我们是要证明户神政行……你父亲的罪行。”

“所以我提议再做一次，这次我来协助你们。如果我父亲真是凶手，就一定会成功。”

功一皱起眉头，盯着行成。他严峻的眼神中有一种已临绝境的迫切感。

“真的？”

“这种事能开玩笑吗？”

“你不是想对我下套吧？你到底有什么目的？”

“这还用说？我想知道真相。在这一点上，我和你一样。”说完，行成终于拿起冰咖啡。

功一回到住所，见不仅是泰辅，静奈也在等他。

“我不是叫你们近期内不要过来吗？谁知柏原会在什么时候闯进来，让他看见我们在一起就麻烦了。”功一瞪着静奈说道。

“是我叫她来的。”泰辅说，“你不是去见行成了吗？详细情况也该让静知道。”

“怎么样？”静奈投来担心的目光。

“有些出乎意料。”

功一将行成的提议说了一遍。静奈陷入沉思，泰辅则仰身躺在床上。“哥，你准备怎么办？”

“我犹豫了一会儿，可还是决定按他说的做。”

“啊？这能行吗？会不会是个圈套？毕竟对他来说，这个尝试有可能让自己的父亲成为杀人犯。他没理由帮我们。”

“他并不是帮我们，只是想弄清事实真相，好作个了断。”

“还有这种人？”泰辅皱起眉头，歪了歪脑袋。

“他的确会这么考虑。”静奈低着头，随后又抬头看着功一继续说道，“他就是这样的人。”

功一点点头。“我知道不该这么说，”他望着静奈，“但现在我懂了，你为什么会喜欢上他。”

“我不是说过了吗……没喜欢上他。”静奈抚着脚趾说道。

站在房门前，行成再次做了个深呼吸，又暗暗确认了一遍台词，他举起攥得紧紧的拳头，敲了敲门。

“请进。”听到一声低沉的应答后，行成拧开门把手。政行正坐在桌前。他一边摘下老花镜一边将椅子转过来，问道：“什么事？”

“打扰一下，有件重要的事要告诉您。”

“麻布十番店的事？”

“不，是关于您的。”行成说着，在单人沙发上坐下，“今天，您回家之前，神奈川县的警察来过。”

政行的脸沉了下来。“又来了。这次说什么？”

“有些奇怪，说要鉴定您的 DNA。”

“DNA？这是为什么？”

“他们在调查一起十四年前发生的盗窃杀人案。时效期限临近，估计他们想借此机会出出风头吧，说要对全部稍有嫌疑的人进行 DNA 鉴定。幸好母亲回外婆家去了，这番话真不能让她听到。”

“若要鉴定，不是得先知道凶手的 DNA 吗？”

“凶手好像有东西遗留在现场了。那时，还只能用头发或血液来鉴定，可运用现在的技术，只要有汗水、污垢或手指上分泌出来的油脂就行。”

“是吗……”

看到父亲的目光游移不定，行成胸中一阵躁动。他很少看到父亲如此惊慌不安。

“我不想让他们以后再来说三道四，就自作主张地将您的牙刷、剃须刀给了他们。他们还要本人签确认书，我也代签了。这么做，没问题吧？”

政行眨了眨眼睛，轻轻点了点头。“嗯，没问题。警察还说什么了？”

“他们好像专为此事而来。如果这样事情就会一清二楚，反倒是件好事。”

“是啊。你要说的就是这些？”

“就这些。”行成站起身，“打扰您工作了，早点休息吧。”

“嗯。”

行成退出了房间。

47

用手机确认过地图，又看了看电线杆上的标记，功一停下脚步。“应该是这条路。转过那边的拐角，就能看到户神家的房子。”

“不知为什么，有些紧张。”泰辅舔了舔嘴唇说道。

“这可不像你，不是干过好多次了吗？”

“这和骗年轻人可不一样。再说，那种情况下静的作用也非常大。”

“别胆怯，你能行。”

“是吗？试试看吧。”泰辅理了理领带。

两人都穿着西装。功一看着泰辅，叹了口气。“我再次由衷感到佩服。你真行，什么角色都能演。尽管身上穿的衣服和假扮银行职员时是一样的，可现在就完全像个年轻警察。”

“那是因为我这个人原本就没有个性。”泰辅扶了扶眼镜。这是副平光镜。

“不光如此吧。”

他们身旁有家咖啡店，大玻璃窗上照出了两人的身影。比较之后，功一歪了歪脑袋，说：“该担心的应该是我。”

功一没打领带。泰辅说这样才像个刑警。

“脸上也不要总是凶巴巴的。”泰辅说道。

"警察嘛，不都目光锐利。"

"中年警察才这样。如果年轻警察也这样，在别人眼里就是故弄玄虚。你看，电视剧里的那些年轻演员演的警察不是个个都像小流氓吗？所以说不能演过头。"

"真难啊。表演这方面就交给你了。"功一看了一眼手表，重新握住手机，"时间到了，该打电话了。"

"不知户神政行在不在家？"

"应该在。今天户神亭休息，行成自然也会留住他。"

"行成不叛变才好。"泰辅眼中露出不安的神色。

"已经到这里了，别说这种话。只有破釜沉舟，决一死战了。"功一开始拨号。

墙上的挂钟走到下午一点十分，家里的电话响了，和商量好的一般无二。行成看了看父亲，他正坐在沙发上读报纸。母亲贵美子和朋友去看戏了，晚上才能回来。这并非出于巧合，而是行成特意给她们买的戏票。这么做当然是不想让她看到今天要发生的一幕。

行成接起电话。"喂，是户神家。"

"我是有明。"对方说道，"我们已经在你家附近了，你父亲在家吗？"

"我父亲？哦，在家。"行成说着转过头来，见父亲政行从报纸上抬起头。

"按计划进行没问题吧？过几分钟就到。"

"现在？没问题。请问有什么事？"

"还有一个人和我一起来。你第一次与矢崎静奈见面时，她不是和一个姓春日井的男人在一起吗？他也扮作警察，见面后可别吃惊。该做的跟他都交代清楚了。"

"这样啊。呃，请问尊姓大名？"

“就叫他草薙吧，和偶像组合 SMAP 中的草薙一样。我是加贺，和女明星加贺麻里子一样。我们都扮成神奈川县警本部的刑警。准备好名片了，证件也带着。若仔细看会露馅，所以尽量不拿出来。”

“知道了，十分钟后见。”行成挂断电话。

“警察？”政行立刻问道。

“嗯，马上就到。说是关于前些天的事，有重要的话要和您谈。”

“是关于 DNA 的事吗？”

“大概是，说详情待见面后再谈。”

“哦……”政行若有所思地折起报纸。

十分钟后，门铃声响起。

“我是神奈川县警本部的草薙。突然造访，多有打扰。”泰辅站在门厅处自我介绍道，随即递上名片。

“谈话时间长吗？”行成问道。

“那要看谈话进程了，能让我们和户神政行先生见面吗？”

“好，这边请。”

功一和泰辅被领进一条长长的走廊。尽管政行不在场，可见了泰辅后，行成依然不动声色。功一心想：还真行啊，看来他是决心假戏真做了。

户神政行坐在沙发里等候，身穿褐色对襟毛衣。

打过招呼后，功一和泰辅在政行对面坐下，行成则坐在政行旁边。

“想必令郎已经和您说过，我们在调查十四年前发生在横须贺的一起盗窃杀人案。线索有几条，我们负责的是调查凶手遗留在现场的物品。目前，主要以 DNA 鉴定为中心展开调查。凶手在遗留物品的把手部分留下了手指分泌的油脂，DNA 已测定过了。这种技术在十四年前是没有的。”泰辅的语调和平时一样流畅自然。功一觉得应该不会引起怀疑。

"好像是这样。那么，我的DNA也要鉴定？"政行问道。

"本来要征得本人同意的，这次由于令郎在确认书上签了字，使我们能够迅速开展工作，"泰辅面向行成低下头，"十分感谢。"

"鉴定结果出来了吗？"政行将严厉的目光射向泰辅。

他沉不住气了——功一有这种感觉。自从听行成说起DNA的事后，他肯定急于知道结果，心烦意乱，难以入睡。功一相信，这次行动肯定能顺利完成。

"出来了。"泰辅紧盯着政行，"从结果来看，DNA的符合率达到了百分之九十九点九。这种情况在法庭裁决时会被判作一致。"

功一注意到政行的脸颊抽搐了一下。

行成站了起来。"这不可能，肯定是你们搞错了。"

"为防止出错，我们鉴定时非常小心谨慎。我带来了显示这一结果的材料。要看看吗？"泰辅不动声色地说。

"谁要看这种东西？"行成俯视父亲，"爸，叫中原先生过来吧。怎么会有这种事？"

中原似乎是他们认识的律师。功一听行成说过。

"等等，别着急。"政行说完，若有所思地低下了头。

功一看了看行成，两人的目光撞在一起。从行成的表情来看，他父亲到底是不是凶手，他还无法确定。

"户神先生，户神政行先生。"泰辅叫着他的名字，"因为您接触过遗留物品把手部分这一点已得到科学的证明，接下来就必须弄清您是在何时、何地接触过。您能和我们走一趟吗？"

"等等！即使留有接触过把手部分的痕迹，也不能因此就断定遗留品一定是我父亲的啊。"行成强硬地说，"也许出了什么差错，碰到了别人的东西。或者正相反，是凶手偷走了我父亲的东西。所以，这并不能成为证明我父亲是凶手的证据。"

“我并未断定谁是凶手，只是说‘接触过’这件事得到了证明。”泰辅平静地说道。

行成转向政行。

“那时，您确实很喜欢用，说又轻又顺手。后来不是被人偷走了吗？偷的人或许就是凶手。”

“被人偷了？是什么东西？”泰辅问政行。

“不，不是那一把。”政行摇了摇头。

“慎重起见，请您说明一下，是什么东西？”

“您说啊，爸。”

“你别吵。跟那把伞没有关系，让我再想一想。”

功一发现，行成听了他父亲这句话后，脸上的血色刹那间消失，灰心丧气地垂下头。相反，功一则意识到自己体内的血液沸腾，体温上升。他看看身旁的泰辅，见他也激动不已。

“爸，”行成低着头说道，“您怎么知道那是一把伞？”

政行不解地望着儿子。“怎么了？”

行成抬起了头。他脸色煞白，眼圈通红。“谁也没说那个遗留物品是把伞啊。您怎么知道？”

政行似乎没反应过来到底在指责他什么，但马上就明白了，瞪大眼睛朝功一他们望去。

“露出马脚了吧，户神先生。”功一说道，“我们听得清清楚楚。连你儿子也会为我们作证。这下你逃不掉了。”

政行晃了晃行成。“怎么回事？”

行成满脸痛苦地摇了摇头。“他们不是什么刑警，是被害人有明夫妇的儿子。”

“有明的……”政行的脸扭曲了。

“您想问为什么这么做，对吧？这个会对您讲清楚的。现在我想对您说的话只有一句，赶快自首吧。自首后，赎清自己的罪孽。”行成用强挤出来的声音说道。

“户神先生，”功一说道，“我们是有交易的。如果证明是你干的，你儿子就劝你去自首。这样，今天的事我们就不告诉警察，就算自首是出于你的意愿。这样，判决时对你多少有利一些。”

“你就死了心吧。”泰辅摘下眼镜说道，“我看到你的脸了，在案发那天夜里。十四年了，我从未忘记。”

政行皱紧眉头，将嘴抿成了一条线，太阳穴处有一行汗水滴落。

“爸，”行成呼唤他，“求您了，可别做丢人的事啊。”

政行长出一口气，将脸转向功一他们。“原来是这样，你们是有明的儿子。”

“你就是凶手，对吧？”功一说道。

“上次来的刑警像是姓……萩村和柏原，有他们的名片吧？”

“有。”行成起身拉开矮柜的抽屉，从里面取出名片，放在政行面前。“是这个吧？”政行拿起名片，与功一给他的名片作比较。

“做得真像，可以以假乱真了。”他淡淡一笑。功一觉得他已万念俱灰。

政行拿出手机，看着萩村的名片开始拨号。“喂，萩村先生吗？打扰了，不好意思。我是户神，户神政行。”他用平静的语气继续说道，“现在说话方便吗？嗯，有些非常重要的事想和您说，想请您马上来一下。”

功一吃了一惊。政行的举动太令人意外了。

“详情见面再谈……对，拜托了。”挂断电话后，政行对功一说：“他们会在一个小时内赶过来。”

“你若要自首，我们还是离开为好。”

“不，你们在场更好。再说，我也不会自首。”

“啊？”功一感觉到嘴角有些歪了，“事到如今，你怎么还这样？”

“爸——”

“听我说，”政行制止住儿子，又转向功一和泰辅：“我被人怀疑也无可厚非。先这么说吧，杀害你们双亲的人绝不是我。”

“你说什么？”

“要什么无赖？”泰辅站起身，“刚才我们说什么你没听见吗？我看到你的脸了，别装了。”

泰辅气势汹汹，似乎马上就要扑上去。功一伸出右手拦住他。

“到底怎么回事？”功一问政行。

“你看到的是我没错。”政行仰视着泰辅说道，“那天夜里我的确去了有明洋食屋。”

“但你并没有杀人？”功一问道。

“对。凶手不是我。”政行用低低的声音继续说道，“我到的时候，惨案已经发生。你们的双亲已经被人杀害。”

48

“你竟然还在胡说八道……”功一咬紧牙关，盯着政行。

“没有胡说。如果你们愿意平心静气地听我说，我马上就可以说明前后经过。如果做不到，就只有等萩村他们来了再说。”

功一看了泰辅一眼，见弟弟还在喘着粗气，便拍了拍他的肩膀，让他坐下。

“好，我们听你解释。”功一对政行说。

等萩村来了，看到功一和泰辅都在，肯定会觉得奇怪。可就目前的情况而言，总不能不闻不问就此离开。只好听天由命了，功一拿定主意。

“行成，”政行说道，“你去我的房间，从桌子最下面的抽屉里取一个黑色封面的笔记本，不要看里面的内容。”

“知道了。”行成朝政行的房间走去。

政行再次看了看功一和泰辅。“你们是怎么知道我的？”

“听警察讲的。”功一答道，“他们问我知不知道户神亭。具体情况他们也不肯告知，我们察觉你似乎与案子有关，就去了你的店，关内的总店，在那里认出了你。”

“哦。可有些奇怪啊，我在店里一般不抛头露面。”政行有些不解，

“我也想了解一下你们和行成的关系，这个以后再说。估计与那位姓高峰的小姐有关。”

他早就怀疑静奈了。功一默不作声，政行心领神会地点了点头。

“品尝过我们店的饭菜了吗？”

“吃了红烩牛肉饭。”功一说道，“做法有所改变，但基本上还是我父亲的味道。”

政行放松神情，点了点头。“你们的父亲是个伟大的厨师，一个大胆、具有独创性、又能把握细微滋味的天才。可惜，他主要心思不在烹饪。若非他那么好赌，现在出名的就不是户神亭，而是有明了。”

“什么意思？”功一刚这么问，行成回来了，手里拿着一个笔记本。

政行接过笔记本，说道：“正如你们所发现的，我们店饭菜的味道以有明先生所创的味道为基础。”

“不承认杀人，但承认偷菜谱？”

“不是偷，是买。”

“买？”

“五十万。买来的就是这个。”政行摊开笔记本，放在功一面前。

功一不由得屏住了呼吸。本上粘贴着复印纸，而上面的内容，他了然于胸。

行成从一旁探过头。“这……就是那份菜谱吧？”

“你见过原稿？”政行颇感意外。

“是他们给我看的。这且不论，爸，这真是您买来的吗？”

“真的。”政行将脸转向功一他们，“那时，有明先生还沉溺于赌博。我与他认识也在那种场所，我是去送外卖的。”

就是赌马的那个咖啡馆——功一心想。

“在那里我和有明先生发生了一点小小的争执。他说，这么难吃的饭菜亏你拿得出手，真不知羞耻。我一打听，才知道他也是个做洋食的厨师。当时我对自己的手艺颇有自信，就跟他较上了劲儿，心想，你做的饭菜又如何？过了几天，我决定去他的店看看。”

政行望着远方，像是在回忆当时的情景，随即又晃了晃脑袋。“吃了他做的饭菜，我很受打击。他颠覆了我当时对洋食的理解，也终于明白为什么自己的店兴旺不起来。我领教了什么是能让顾客留在记忆中的味道。我也想过要怎样才能做出这种味道，可根本想不出。于是，就顾不得体面，去向有明先生请教。他自然不可能告诉我，只叫我自己去想。”

“那么，这份菜谱怎么会……”功一问道。

“我回到店里反复研究，想做出那种味道，可怎么也做不出来。正当我着急沮丧时，有明先生主动与我联系，问我想不想买菜谱。”

“我父亲主动联系的你？”

“是的，他说他需要钱。具体情况他没明说，但我大体也能猜得出。我早就听人说他因赌博而债台高筑，估计是还钱的期限快到了。五十万这个金额也是他提出来的，或许他到处凑钱，结果还缺那么多。”

“于是，您决定买下来？”行成问道。

政行满脸苦涩地点了点头。“作为一名厨师，这是件很丢人的事，可我还是接受了。我立即去银行取钱，给他寄去现金挂号信，生怕磨磨蹭蹭被别人抢了先。过了几天，他又与我联系，说菜谱已复印好，让我去取。当晚，我来到有明。他吩咐我从后门进去，我也一一照办。”政行停了下来，做了个深呼吸，“这时，我发现有人在他家后门口，从体形上看不是有明先生，但没看到脸。当时那人正要进屋。”

功一探出身子。“你说什么……”

“我不想与人打照面，就藏在暗处。还想，会不会是和我一样来买菜谱的人呢？如果是，那我就上有明的当了。现在想起来，真是很失礼。”政行讪笑过后，又恢复严肃的表情，继续说道，“过了大约十分钟，后门又开了，那人出来并跑步离开。我见他跑远，才去打开后门向屋里打招呼。可没人应答。我走了进去，拉开通往起居屋的拉门，朝里面看了一眼，差点惊叫起来。”

功一回想起十四年前自己看到的场景。政行若看到的也是如此，那么惊叫起来也在情理之中。

“当时，我只意识到不能在那里久留。正要逃走，我看到了放在架子上的一些复印纸，居然是一本菜谱集。我拿上这些复印纸，从后门溜走了。”说到这里，政行看了看泰辅，“你看到我，估计就在那会儿。当时，我惊慌失措，根本没注意到一旁还有一个孩子。”

“你胡说，”泰辅用嘶哑的声音说道，“全是胡说八道！”

“确实，这件事有些令人难以置信。”政行叹了口气，“不过，我并非认为自己毫无过错。我以这种方式得到了菜谱，在店里推出有明店的红烩牛肉饭，并因此获得好评，户神亭随之兴旺起来，但这种以作弊取得的高分，实在不值得自豪。我也一直后悔、着急，想尽快摆脱有明菜谱的影响。可实际上，有明店的味道已经随户神亭的拓展不断地扩散开来，连我自己也无法控制。”

政行将双手放在膝上，深深低下了头。“我只顾明哲保身，让你们经历了这么多痛苦，对此，我简直不知该怎样道歉才好。太对不起了。”

泰辅突然站起。“这些事都无关紧要。抄袭别人菜谱什么的，我们不想听，你快坦白杀人罪行！”

“冷静点，泰辅。”

“这人的话能信吗？肯定是瞎编的！”

“你这么激动有什么用？不管怎样，马上就会真相大白。沉住气。”功一说完，又看了看政行，“你不会以为我们这样就信以为真了吧？

应该还有什么证据。”

“等警察来了，我拿给你们看。”政行点了点头。

功一看着政行的眼睛，感到自己的信念开始动摇。政行说得很有条理，至少不是临时编出的托词。

功一想起，有人在案发前一天中午，在图书馆看到母亲一事。平时母亲不怎么去图书馆，如果她是为了复印菜谱，事情就显得合理多了。

如果那天有人在户神政行之前先到了家里，会是谁呢？功一无法想象。

门铃响了。所有人都抬起头。

行成站起身来。功一默默地盯着政行，政行则紧闭双眼。

不一会儿，萩村在行成的引导下走了进来，背后跟着柏原。“前些天，感谢您的协助……”萩村向政行鞠躬致意。他转身后看到功一，十分诧异。接着他又看到泰辅，更是惊讶莫名。

“是泰辅吧？”

泰辅尴尬地低下头。

“联系上了？”柏原看着功一问道。

“嗯，终于联系上了。你说调查案子的事交给警察去做，可我们还是放心不下，一起去了户神亭。弟弟见到这位，说他肯定是凶手，今天就闯了进来。”

“闯了进来？”萩村皱起眉头，他觉得事有蹊跷。

“哦，这两位好像是我儿子叫来的。你们来我家后，我儿子总是放心不下，就叫他们过来，想把一切都弄清楚。于是，我决定将自己知道的事情和盘托出。突然叫你们来，真不好意思。”政行的解释非常巧妙，他隐去了功一他们假扮警察给他设圈套一事。

“您知道有明一案的真相吗？”萩村问道。

“谈不上真相。很遗憾，我不知道凶手是谁，可我也隐瞒了一些重要情况。”

政行将菜谱的来龙去脉又说了一遍。萩村站着记录，脸上露出既惊讶又迷惑的表情。

不一会儿，柏原开口了。“户神先生，您的话有一定说服力。可是，我这么说或许有些失礼，用十四年的时间，编一套能够自圆其说的说辞或许并不太难。您能证明这番话的真实性吗？”

“可以证明，至少可以证明我不是凶手。”政行用平静的语调回答后，看了看萩村，说，“在现场有一件被认为是凶手的东西，是一把塑料伞，对吧？”

萩村瞪大双眼，将脸转向功一。“塑料伞的事并没有公开，是你说的？”

“不。我还没说，他就知道了，所以我们坚信他就是凶手……”功一说得含糊不清。

“您怎么会知道？”萩村问政行。

“很简单，因为那把伞是我的。那天晚上，我打着伞去有明，一把塑料伞。”

“回去时把伞落下了？”

“不，没忘。”

萩村挺起下巴。“什么意思？”

“请稍等，我有东西给你们看。”政行站起身来。

功一双手抱头，一言不发。他拿定主意，不管怎样，先把话听完再说。泰辅也默不作声地垂着头。

“真叫人吃惊啊。”萩村只是嘟囔，听起来声音似乎很大。柏原在他身旁板着脸沉思。

脚步声响起，政行回来了。他拿着一根用布裹着的细棍般的东西。

“那是什么？”萩村问道。

“请您打开吧。”政行将那个东西交给萩村。萩村打开布的一瞬间，功一不由自主地“啊”了一声。他看到了一把装在细长透明袋子里的塑料伞。

“那天夜里，我是带着伞离开有明的。”说着，政行又看了看泰辅，“你没发现吧？当然，伞没有打开，不容易注意到。”

“可刚才您不是说，留在现场那把伞是自己的吗……”萩村说道。

“我拿错了。”

“什么？”

“我进去的时候，将伞插在后门口的水桶里，逃走时却拿了另一把伞。我发现拿错时，已经离有明很远了。那时我想起，在我之前的那人进去时收了伞，出来时却并未带伞出来。”

萩村惊讶地看着手里的塑料伞。“这么说，这是凶手的……”

“应该是。”政行点点头，“我早就应该说明情况，可我没有，没有勇气。但我知道警察早晚会找到家里，因为留在现场的那把伞上有我的指纹。我一直保存着这把伞，准备在警察登门时加以说明。为不使凶手的指纹消失，我将它装在袋子里。然而，警察一直没来，十四年来，没有一点要来的迹象。待终于来了，却要我确认手表和旧糖果罐子。我对那些东西毫无印象，说那些东西上有我的指纹，我也只能困惑不解。当时，我还以为要谈塑料伞的事呢。所以，我就想先看看情况再说。”

功一无话可说。政行不像在胡言乱语。若说他的话全是编出来的，并且还为此准备了一把伞是不合情理的。

“请调查这把伞。”政行对萩村说道，“发觉拿错后，我曾对把手吹过气，那儿显出了很明显的指纹。此前我并未握过把手，一直握着伞面，所以那指纹肯定不是我的。估计是凶手的指纹。”

萩村以一种可怕的神情盯着塑料伞。可当他抬起头看着政行时，却轻轻地摇了摇头。“不，不对。”

功一吃惊地望着萩村，只听他对政行说道：“您的话自相矛盾。您在撒谎。”

49

政行颇感意外地看了看萩村。“自相矛盾？”

萩村深吸了一口气，再次开口说道：“您说的时候不觉得奇怪吗？正如您所说，我们对那把遗留在现场的伞进行了彻查，却没有来找您。您知道为什么吗？”

“这的确不可思议。我曾以为是因为我没有出现在有明先生人际关系中的缘故，他不会在人前宣扬他和我的关系。可前一阵，你们采录了我的指纹，说要与手表上的指纹作对照，我觉得这应该没有问题。说实话，我早有思想准备，以为总有一天会因我的指纹与伞柄的指纹相吻合而暴露，而事实上却丝毫没有这样的迹象，我一直疑惑不解。”

听政行讲话时，功一也注意到了萩村所说的“自相矛盾”之处。政行所说的真相确有与事实不符的地方，但也不能简单地认为他在撒谎。如果他真是凶手，不可能不注意到其中前后不符的部分。

“户神先生，您说的真是实情？”萩村再次确认。

“全部是事实，没有一句谎言。”政行斩钉截铁地答道。

“这就奇怪了。您说留在现场的伞是您的，又说有在那把伞上发现自己指纹的心理准备。可事实上，那把伞上并没有检出指纹。指纹被人故意擦掉了。”萩村说。

功一重重点了点头。有关那把伞，他也听过这般说明。

“这不可能。”政行很是吃惊，“我错拿了一把伞回家。如果我有工夫抹去指纹，就不会拿错伞了。”

“那么，那把伞上的指纹又是怎么消失的？”

“不知道。这一点我无法回答，但我说的全是事实。”

“我想再确认一次，这把伞当真不是您的吗？如果留在现场的那把伞是凶手的，抹去指纹也是那个比您先到有明的人所为，事情就顺理成章了。”

政行摇了摇头。“正因为知道拿错了，我才这样保存了十四年。这把伞看起来很普通，但绝对不是我的。我用的那把伞，收起来后是用按钮固定的，而这把伞则是自粘带固定的。我就是注意到这一点，才知道拿错了。”

功一觉得政行不像在撒谎，他似乎也没有必要这样做。那么，问题出在哪里呢？

功一注视着放在桌上的塑料伞。政行说得没错，这是把极为普通的伞，伞面透明，伞把用白色塑料做成。白色伞柄上有多条细细的擦痕。凝视着这些擦痕，功一的脑海里忽然浮现出了某些景象。开始只是简单的浮想，可立刻唤醒了沉睡的记忆。一个场景开始逐渐清晰起来。

“怎么？”萩村问道。

功一一下子无法作答。他想到的场景对他的打击实在太大。他试图予以否定，却怎么也否定不了。这种想象伴随着强劲的说服力冲击着他的心。所有的疑问全都迎刃而解。

“哥，你怎么了？”泰辅担心地问道。

“没什么。”功一低下头。他害怕抬头，拼命地控制住身体，不让自己发抖。

萩村叹了口气，对身旁的柏原说："看来只有先将这把伞带回去了。"

"是啊。"柏原轻轻地点了点头，说，"这下又回到侦查的起点了。"

"当时的指纹记录还都保留着呢，让他们尽快对照一下吧。这把伞可以拿走吗？"

政行答道："当然。"

两位警察匆匆走出，行成将他们送至大门。这段时间里，功一一直低着头。

"哥，怎么会这样……"泰辅用沙哑的嗓音说道，"我一点也摸不着头脑。凶手到底是谁？"

功一抬起头，看着弟弟。"你先回去。"

"啊？"

"你先回去。"功一站起身，对政行鞠了一躬，走出房间。行成恰巧从大门口返回。

"你怎么了？"行成惊讶地问道。

"对不起，以后再解释。"功一从行成身边走过，迈向大门。

功一穿上鞋，快步走出屋子。他站在大道向远处望去，看到两个警察的背影后，便跑了过去。似乎听到了身后的脚步声，萩村和柏原同时驻足，转过身来。

"柏原先生，我有话要跟你说，关于弟弟的事，想和你商量一下。"

萩村颇感奇怪地皱起眉头。"我们很着急。"

"对不起，花不了多长时间。"

萩村还想说什么，却被柏原伸手制止。"你先回去汇报，我和他谈谈。"

"唔？那么一会儿见。"萩村一脸不解地离开了。

柏原笑道："去咖啡店，还是边走边聊？"

"无所谓。"

"那就边走边谈吧。"柏原朝着与萩村相反的方向走去，功一紧随其后。

50

柏原边走边拿出手机，拨号后，轻声讲了起来，不知是打给谁的。挂断电话后，他转向功一，说道：“什么事？泰辅怎么了？”

功一不答。柏原停下脚步，凝视着他。

“看来是为了与你弟弟不相干的事吧？”

“有关系，与案子有关。但并不是要和你商量，而是有事要问你。”功一收紧下巴，眼睛上翻地看着柏原，“柏原先生，现在还打高尔夫吗？”

“高尔夫？不，不打了。我扭伤过腰，再说开销太大。”

“是吗？可那时你很热衷高尔夫，对吧？就在案发那段时间。”

“那会儿是打，但也不能说热衷。”

“哦？我觉得你那会儿劲头很足，只要一有空就练习挥杆。我看到过，案发当夜，我从窗口看到过。为调查此案，你第一个赶到现场，赶到后却一个人用黑色雨伞代替球杆练习挥杆。”

柏原露出苦笑，将脸转向一边。“是吗？”

“因为倒握着雨伞，伞柄不时擦过地面，咔咔作响。这样会在伞柄部分擦出许多擦痕来，对吗？”功一顿了顿又道，“就像刚才看到的那把塑料伞那样。”

柏原将脸重新转向功一。笑容仍在脸上，可他的眼中却射出一种咄咄逼人的光芒。“你想说什么？”

“如果户神政行所说非虚，那么留在现场那把伞上的指纹，就是在户神之后去的人抹去的。可户神刚从我们家出去，我们就回来了，应该没人能接近那把伞。当然，只有一种人除外。”

柏原的嘴角依然松弛着，他移开视线，做了个深呼吸。“你是说，如果是警察，就有这种可能了？”

“凶手犯了一个天大的错误，将伞忘在了凶杀现场。这是一个低级错误，那把伞上有他的指纹。于是，凶手考虑在接到报案的第一时间，比任何人都快地赶到现场，准备迅速抹去指纹。当时外面还在下雨，凶手另带了一把黑色雨伞去了现场。在避开那家孩子的目光、顺利抹去指纹后，他来到屋外，等待其他警察到达。可在这时，凶手又犯了一个错误。他用黑色雨伞练习高尔夫挥杆动作的情形，被被害人的儿子看到了。当时，他不会想到，这个举动成了十四年后罪行暴露的关键。估计一有空就练习挥杆，已成了他当时的习惯性动作。”功一盯着柏原，觉得口渴难当。

柏原缓缓将脸转向功一。他脸上全无笑容，亦无愤怒或憎恨之色。“你刚才为什么不同萩村讲明呢？”

“我想自己先核实一下，想亲耳听听事情的真相，在只有你我两人的场合下。”

“是吗？”柏原又朝前走。功一跟在他身后，胸中充满极为复杂的情感。

在与案件有关的人中，柏原曾是最可信赖的人。功一一直相信他会比任何人更像亲人般为自己考虑，可现在却不得不怀疑他，而且估计他确实就是凶手。这一现实实在令人难以接受。现在，功一心中并没有终于揭开案件真相的成就感，相反，他倒希望这一切不是真的。

两人一言不发地走着。不久，前方出现了一座步行天桥。柏原默默地走上阶梯，功一跟了上去。

走到天桥中央，柏原停下脚步。他举起双手，大大地伸了一个懒腰。“东京的空气真糟糕，还是横须贺的空气好啊。”

“柏原先生，”功一说道，“你就是凶手，对吧？是你杀了我父母，对吧？”

柏原靠在栏杆上，将手伸进西装内袋，取出一包烟，叼上一根。他用一次性打火机点火，可因为风大，怎么也点不着。终于如愿后，他注视着功一，吐了一口烟。

“在回答之前，我有些事想问。”

“什么事？”

“手表，或者说糖果罐子的事。还有，潜入DVD店的小偷，丢在海边的汽车，”柏原用夹着香烟的手指指了指功一，“这一切都是你的杰作？”

功一默不作声。不予以否认无异于承认。

“果然。”柏原说道，“在县警本部采录了户神政行的指纹后，我将他送回户神亭。在路上，我问过他，最近而不是在十四年前，有没有碰过与那块手表相似的手表，他回答，在广尾店的停车场里拾到过一块表，好像与那块手表很像，只是那块表的后面贴着一层薄膜。于是，我确信有人在陷害户神政行，而会做这种事的人，我只想到一个。你以前曾向我借过与特征画像长得像的人员名单。”柏原不慌不忙地吸着烟，“估计是泰辅在哪儿看到了户神政行，发现正是案发当夜看到的那个人。你听了以后，到我这儿来确认警方有没有调查过户神政行。然而，你没有借到人员名单，于是采用了这种蛮干的手段，制造假证据，让警察怀疑户神。”

功一与柏原面对面，背靠栏杆站着。“作为真正的凶手，你肯定觉得非常奇怪。因为显示别人为凶手的证据接连不断地出现。”

“干得真漂亮。被盗的车辆、倒扣的手划艇，在这些道具的运用上可谓滴水不漏。这一切都是你策划的吧？”

“嗯。”

“不错。可我还有些不太明白，你们为何要兜这么个大圈子呢？泰辅直接告诉警察，发现了案发当夜看到的人，不就行了？”

“我们自有我们的考虑。觉得不做到那个份儿上，警察不会行动。”

柏原摇了摇肩膀笑道：“我们确实跟着你们行动了。不，应该说是被你们耍得团团转。”

“是吗？只有你没有吧？只有你知道户神政行不是凶手。”功一抑制着内心的激动说道，“可以回答我刚才的问题了吧。杀害我们父母的——”

一阵脚步声打断了功一。不一会儿，一个女人带着两个小孩走上天桥。两个孩子都是男孩，一个十岁左右，另一个更小，估计是兄弟俩。弟弟很调皮，不肯笔直前行，故意歪歪扭扭地走着，哥哥在教训他。

三人从柏原和功一身旁走过，下了天桥。柏原一动不动地看着，直到他们的身影消失为止。“真像那时你们兄弟俩啊。”

“我当时更大一些。”

“好像是。”柏原踩灭烟蒂，放进裤子口袋。他又看了一眼母子三人离去的方向。

“这些事都无所谓。快回答我，你就是凶手，对吗？”

柏原将脸转向功一，表情很平静，没有一丝焦躁和狼狈。他眼中现出一种看破一切的达观。

“我知道这一天总会到来，在十四年前的那个晚上我就知道了。

案发后第一次见到你们，我就有预感：总有一天，我会被这些孩子逼得走投无路。”

这无疑就是坦白。功一感到浑身发热，骨子里却像冻住了般冰冷。“柏原先生，为什么？为什么要杀人？”功一问道。到了这个地步，他仍称对方为先生，然而，他并没有生自己的气，只感到无比悲哀。

柏原深深地叹了一口气。“没什么深刻的理由，就因为我是个坏人，又坏又懦弱，才做出那种事。”

“这样的回答能让人接受吗？杀了我父母，对你到底有什么好处？你老实回答。”功一流出了泪水。他想忍住，但没有做到。

柏原仍靠在栏杆上，依然用没有任何感情起伏的目光凝视着功一。“为了钱。”

“钱？”

“正是。那天晚上，你父亲手上有两百万元。”

“怎么会……”

“是还赌债的钱，好像是东拼西凑借来的，可你父亲欠了五百万。他走投无路，来和我商量，因为我曾说过在黑帮里有熟人，他觉得或许我能帮上忙。于是，我对他说由我出面交涉，那两百万先放在我这里。那天晚上，我是去拿钱的。”

“可你根本没想去和黑帮交涉，一开始就想独吞，是吗？”功一觉得自己的脸已经扭曲，“于是，你杀了我父母。”

柏原的表情为之一变。他皱起眉头，嘴角流露出苦闷。“我本不想那么做。我跟你父亲提议，将这两百万借给我，而我去做工作，让人举报那些倒卖马票的。可你父亲不答应，说那样他们以后肯定会报复，总之认定被我骗了。他发了火，我们争吵起来……”柏原摇了摇头，“这种自我辩解似的说明就算了吧。总之，我十分想要那笔钱，就刺死了你父亲，后来又将看到杀人现场的你妈妈也刺死了。”

柏原的话句句如刀子般刺进功一的胸口，似乎还割着他的心。他强忍着不瘫倒下去，随即又涌上一股强烈的愤怒。心中的伤口流出的不是红黑色的血，而是刻骨的仇恨。“我决不宽恕。为了钱，仅仅为了钱就杀了我父母，有比这更荒唐的事吗？”功一攥紧双拳。

他刚跨出一步，柏原便伸手制止。“别过来，这样会引起误解。”

“你说什么？”

“我早该这么做了。在那天晚上也行，在儿子死了那天也行，为什么会一直活到今天呢？”柏原说完就转过身，跨过栏杆。

功一屏住呼吸。他说不出话，身体也动弹不得。

柏原看着功一说：“你可不要成为像我这样的人。”说完，就从栏杆处消失了。

摔到地面上的撞击声、汽车的刹车声、沉闷的撞击声，刹那间全都钻进功一的耳朵。随之而来的，还有尖叫声和怒骂声。功一一动不动地站着，似乎已冻结在寒风中。

51

柏原自杀三天后，功一接到萩村打来的电话。他们在箱崎一个酒店的茶座里见了面。“对不起，和你联系得有些晚。”萩村致歉道，“收集证据花了些时间。媒体都睁大眼睛盯着这件事，干起来不太顺手。”

“闹得满城风雨了啊，估计你们也相当棘手。”

时效即将到期的凶案，凶手自杀，而且正是参与侦破工作的警察，媒体对此大肆渲染，自然可想而知。但具体细节还未见诸报端。

“好像柏原是有自首书的？”功一问道。他从报道中得知这一信息。

“在自杀之前，他打电话到横须贺警察局，说是请将他办公桌最下面抽屉中的一个信封交给局长。接电话的人问他怎么回事，他没有回答就挂断了。”萩村看着功一继续说道，“那个电话应该是和你在一起时打的吧？”

“是的。在我们交谈前，他边走边打的。当时，我根本没想到他打的是这样的电话。”

“那个信封中装的就是自首书，无疑是他本人写的。信中表明真正的凶手就是他。好像早已写好，在最后还加了一句，说这份自首书被人读到时，恐怕他已不在人世。因此，还兼有遗书的性质。”

多亏了那份自首书，功一才洗清杀害柏原的嫌疑。在柏原自杀后，功一理所当然接受了警方长时间的询问。

“从户神那儿带回去的那把伞上也查出了他的指纹。这样，有明凶杀案总算结案，在时效即将到期时以嫌疑人死亡的方式。”

“自首书能给我看看吗？”

“我在电话里也说过，不能，很抱歉，但可以回答你的提问。你想知道什么？”

“杀人动机。”

“你不是已经知道了吗？自首书中说的，与你从他那里听说的差别不大。”

“可是，为了钱杀人，总让人难以接受。虽然谈不上对他有多了解，可觉得他不是那样的人。”功一不解地挠了挠头。

萩村喝了一口咖啡，长叹一声。“是为了儿子啊。”

“啊？”

“我去了他前妻那里，询问案发时的情形。了解到柏原先生……柏原与前妻生有一子，患有先天性疾病，必须动手术，需要很多钱。于是，他的前妻便向他哀求，他说会想办法，过了几天就汇了两百万过去。”萩村轻轻点了点头，看着功一，“明白了？”

功一咬紧嘴唇，一种郁闷之感油然而生并蔓延开来。若柏原为钱杀人是因为赌博欠款或是女人，倒还好说，现在他连彻底痛恨柏原也做不到了。

“他对我说过，后来儿子死了。”

“是的。做手术了，可最后还是死了。”萩村继续说道，“或许是报应。”

功一皱眉瞪向萩村：“别胡说。”

“对不起。”萩村立即道歉，似乎也觉得说得太无情。

“我的心情也十分复杂。在有明案的调查上，柏原比任何人都积极，让人感到他对此案非常执着。但现在看来，只是为了掩盖自己的罪行啊。他竭力调查泰辅见到的人也理所当然，那人说不定知道什么，所以，他肯定想先找到那个人。相反，在调查那把雨伞时，他就显得比较消极，声称这种调查毫无意义。事实上，他知道从这方面深查下去，会置他于死地。”

“他和我保持联系也是出于同一个目的。”功一说道，“他时刻担心我们会想起或注意到什么，对吧？”

“怎么说呢，有一点倒是真的，他的确关心你们。”

“杀死我们的父母，却关心我们？”

“赎罪……不，这么说也不对。或许他心里有两个人——为了自己的儿子而杀人的人和同情父母被杀的孩子们的人。当然，这只是我的想象。”萩村挠了挠头，看着功一继续说道，“那个信封中还有一份自首书，坦白了另外一桩罪行。”

“什么？”

“关于手表和糖果罐。还有从被盗汽车中发现的DVD、倒翻的手划艇、沙滩上发现的遗书，说都是他干的。”

功一咽了口唾沫。“想不到……”

“说是为了让警察将注意力转移到户神政行身上，想争取时间，保证在时效期内。可用的笔与写有明案自首书时不同，说明不是同时写的，估计是在最近。”

功一眨了眨眼睛，喝了口水。他的心情极为复杂。“警察会怎么处理？”

“尽管疑点不少，但警察不会为此大动干戈。大家都想就这样把有明一案了结。”

萩村目不转睛地看着功一，功一却将视线转向地面。

柏原为什么要写这些，功一并不明白，但似乎自己因此不会被人怀疑捏造证据了。

“还有要问的吗？”萩村问道。

“没……现在想不起什么。”

“哦。我倒有些事想问问你，但今天就算了，估计也不是什么严重问题。”萩村拿起账单，“一切就这么结束了，没问题吧？”

功一点点头。真的可以这样将一切结束吗？他不太清楚。

52

功一讲完，泰辅和静奈依然默不作声。和往常一样，两人都待在床上，泰辅盘膝而坐，静奈横躺着。

“事件真相就是如此。老实说，如今我脑子里还很乱，可不管怎样，事情总算全部结束了。”功一俯视着他们，“你们不说点什么吗？”

泰辅板着脸，静奈则一动不动。

功一挠挠头。“对我有意见？”

泰辅终于开口了：“没有。”

“那为什么不说话？”

“没什么可说。其实我对柏原没什么印象。你经常和他见面，可我没有。”

“你怪我没看出他是凶手？”

“没有啊，我不是说对你没意见了嘛。我是在想，我们到目前为止到底都干了些什么？一想到我们朝错误的方向猛冲，就觉得十分空虚，像个傻瓜。”

“方向也没有完全错误。正因为我们做了各种手脚，才从户神那儿问出不少事情。”

“户神肯说，是靠行成协助。行成肯这么做，是因为他迷上了静。

否则——”一个枕头扔到了泰辅脸上。自然是静奈。

“干吗？”

“谁叫你胡说八道？”

“我说的都是事实。有什么好生气？”

“烦人！行了。”静奈下了床，拿起放在一旁的小包朝门口走去。

“你去哪儿？”功一问道。

“回家。”

“你觉得这样就可以了？”

静奈停下正在穿鞋的动作，回过头来。“父母被杀还有什么‘可以’的？还能有什么办法？只有早点将这事忘掉，估计也很难。”她一脸赌气的神情，轻轻挥了挥手，开门离去。

功一望着天花板，长叹一声。

“哥，我们以后怎么办？”泰辅问道。

“什么怎么办？”

“我们的生活方式啊。你说过，这次是最后一次，以后再也不诈骗了。”

功一点点头。“这个想法没变。今后我们就走正道了。”

“不光是这样。我想光是这样还是不对。”

“怎么不对？”

“听了事件的真相，我就有个想法。为了儿子和金钱杀了我们父母的柏原决不能原谅。正因为他得到的钱是肮脏的，所以，他的儿子也没有保住。靠掠夺别人的钱来追求自己的幸福，这种想法本身就是肮脏的。”

“泰辅，你……”

“我去自首，赎完罪再重新开始，否则心里不踏实。”泰辅笑了笑，又道，“没关系，我还年轻。”

功一不由得皱起眉头。泰辅在下此决心之前肯定经过反复考虑。估计他不是现在才想到的，应该早有此想法了。他恨自己没有察觉弟弟的苦恼。

“知道了，我和你一起去。”

“这可不行，要自首，我一个人就足够了。你又没与那些受骗的人见过面。”

“问题不在这里。你这么一说，我就不去了？我是那种人吗？”

泰辅痛苦地咬紧嘴唇。

功一又说：“如果两个人去自首，还是有问题。”

“嗯。”泰辅点点头，“一定要保护好静。我们不是被同一根纽带连在一起了吗？”

“没错。”功一答道。

行成坐在铺着崭新桌布的桌前检查请柬。离户神亭麻布十番店开张的日子越来越近，今天预定发送请柬。确认过文字没有问题后，他放心地呼出一口气。

“店长，有客人找您。”一个服务生对他说道，“一位姓有明的先生。”

行成急忙起身：“快请。”

不一会儿，身穿黑色夹克的有明功一走了进来。看到行成，他点了点头。

“欢迎欢迎。请坐。”行成请他在对面落座，“喝咖啡还是红茶？”

“不用了，我有重要的事情对你说。”他的口气有些僵硬。

“比前些天说的事还重要？”

“从某种意义上来说，或许是这样。”功一严肃的眼神没有变。

“稍等。”说着，行成朝门口走去。一个服务生正在那里打扫卫生。

“暂时不要让任何人进来。”

“知道了。”服务生回答后，行成回到桌旁。

“不让别人进来，是矢崎静奈小姐来过之后的第二次。那次听到的事情简直就是晴天霹雳，让人心惊胆战。”行成再度绷紧嘴角，“今天又是什么呢？”

功一挺直脊背。“首先必须向你道歉。估计你也听警察说了，静奈就像我们的亲妹妹一样。起初，她接近你和案子完全没有关系，我们盯上的目标本来是你。”

“啊？”行成惊讶不已，“怎么回事？”

“我们想骗你的钱。因为你有钱，我们才盯上了你。其实，我们就是——”功一做了个深呼吸，继续说道，“诈骗犯，而且是惯犯。”

“诈骗……犯？”行成一时没有反应过来。

面对目瞪口呆的行成，功一快速将自己干过的事和准备怎样骗他的计划说了一遍。他说得一气呵成，行成根本没有插话的余地。即使有，估计他也不会插话。过度的惊讶已使他说不出话来，只能呆呆地倾听这些令人难以置信的话语。

“我们都是罪犯，没有堂堂正正生活下去的资格。”说完，功一露出痛苦的表情。

行成捏紧拳头，手心已全是汗水。他咽了口唾沫，调整一下呼吸，张开干透的嘴唇。“你说的都是真的？”他嗓音沙哑。

“真的。我很想说是假的，可很遗憾，这些都是事实。”功一垂下脑袋。

行成用手按住额头。随着心跳的节奏，他的头也在抽痛。“真难以置信，为什么要这样……”

“为了生存。我们无依无靠，没有任何资本，要想活在这个世上，根本就没有选择手段的余地。如果允许我找一条理由，那就是我想履行责任，作为兄长的责任。当然，现在我已经知道这是个天大的错误。不管出于什么理由，也不该让他们成为罪犯。作为兄长，我应该阻止他们，我犯了严重的错误。”功一一口气吐出郁积于胸的话语，急切的语气则是出于对自己的愤怒。

“我十分理解你们悔恨的心情，可为什么对我说这些？”

功一直视着行成的眼睛。“我们是诈骗犯。弟弟想去自首，但我们想保护静奈。她还是个小姑娘，只是觉得好玩才跟我们干的。如果她得知我们去自首，肯定也要一起去。”

行成眨了眨眼睛。“照她的脾气，或许会干得出来。”

“不能这样。我和弟弟发誓，在警察面前决不会提起她。我们可以说，每次行骗时，都临时雇女子配合。可如果她自首，我们就一筹莫展了。”

“对我说这些又有什么用？”

功一突然站起身，扑通一声跪到行成面前。“所以我今天才要到这儿来。为了不让她自首，我只有来求你。她喜欢上你了，真的。如果你劝她，她会听的。”

“她喜欢上我了？不，怎么可能？”

“我和她一起长大，当然看得出来。泰辅也有同感。我并没说要你娶她，只要说服她就行。求你了！”功一低下头，许久没有抬起。

行成心乱如麻。得知有明兄弟和静奈是诈骗犯，他已受到巨大冲击，静奈爱上了自己又使他心潮澎湃。同时，他又在拼命想：现在该怎么办？

看着长跪不起的功一，他感到自己逐渐恢复平静。他对毫无血缘关系、内心却紧紧相联的三兄妹十分羡慕。静奈在行成心中不可替代，静奈所敬爱的有明兄弟对行成来说自然也十分重要。

“请抬起头，功一先生。”行成说道。

功一抬起头。“你答应我的请求了？”

“是的。”行成点点头，“但有个条件。”

“什么？”

“你要卖给我一件东西。”说着，行成露出微笑。

高山久伸被门铃吵醒，他想只怕又是快递。通过门镜，他看见外面站着一个穿西装的男人，这人似曾相识。没费多少时间，他就想起来了。他打开了房门。

“打扰您休息了，真不好意思。”南田志穗介绍给他的、姓小宫的三协银行业务员对他深鞠一躬。小宫身后还站着一个男人。

“有什么事？”高山警惕地问道。

“您以前签过一份关于购买欧洲金融公社美元债权的合同，还记得吗？”

“当然。”

小宫惶恐地又鞠一躬。“欧洲金融公社的状况不太好，长此以往，恐怕美元债权项目会崩盘。”

“啊？”高山大吃一惊，“怎么会有这种事？不是说绝对没有问题吗？我的钱会怎样？”

“真不好意思，客户的投资款自然要全额退还。今天我们带现金过来了，如果可以，希望马上办手续。”

看了看小宫递来的鼓鼓信封，高山屏住呼吸。信封里面塞满了万元大钞。

他跪坐在地板上，手指蘸着唾沫数了数，一共两百张。“我投入的是一百五十万。”

小宫点点头。“我的学妹南田志穗打电话给我，说她投资的五十万也还给您，好像是她个人借您的。”

“啊……是的。”

“如果您认可，请在这里签字盖章。”小宫拿出一份文件。

文件晦涩难懂。高山依言而行后，两个银行业务员满意地离去。

锁上门，高山望着装有现金的信封，心想：这下总算放心了。他一直在担心这笔钱，又苦于不知如何解除合约。担心是从他决定要与南田志穗撇清关系时开始的。

出了高山久伸的住所，泰辅皱眉道：“这才还了四分之一，还多着呢。真要全部还清吗？”

“没办法，不是向行成保证过，去自首之前尽量还钱吗？”

“还了钱罪孽也不会消除吧？”

“是啊，但有可能将恶性诈骗降到恶意捉弄的程度。你也想少吃几年官司，或如果可能，弄个缓期执行吧？”

“那当然。行成还真大方，借了这么多钱给我们。”

“不是借，是买东西付的货款。”

“什么东西？”

“不久你就知道了。钱总要还他的，他也总会想要一个真货。”说完，功一眺望远方的天空。

53

犹豫不决中，静奈手持请柬，不知不觉地来到了店门口。她被邀请参加户神亭麻布十番店的开张纪念晚宴，请柬上手写着“务必敬请光临，不见不散”，无疑出自行成之手。

突然，眼前的门开了。静奈不由得退了一步。身穿晚礼服的行成满面笑容地迎上前来。“恭候多时。你来得正好，快请进。”

行成将静奈引到店堂深处的座位上。这里被柱子遮挡着，是他曾经说过十分中意的位置。店里没有一位客人，甚至连服务生也全无踪影。静奈不解地望着四周。行成见状露出了笑容。“给你的请柬上将日期提前了一天，正式开张是在明天。”

静奈眨了眨眼睛，望着行成，问道：“为什么？”

“想和你两个人一起庆祝一下，仅此而已。玩了些花招，不好意思。”爽快地说完这些话，行成低下了头。

“我本以为你不会再联系我了。”

“你真这么想？”

“难道不是？”

“那么，我问你，你也不想来找我吗？我对你来说，即使今生今世再也不见面也无所谓吗？”行成的语气十分热烈，与往日大相径庭。

为他气势所迫，静奈垂下了头。

“我可不一样。”行成说道，“我需要你。无论是现在，还是将来。”

他的话揪住了藏在静奈内心深处的一个隐秘部分，并且揪得十分强劲，使她作声不得。

“我们彼此还不了解，应该进一步加深了解。当然，也未必每时每刻都很愉快，可我对你的感情不会改变。”行成递上一个小盒子，是个戒指盒，“请你收下。”

静奈感到心怦怦直跳。她接过盒子，一言不发地打开，里面是一枚戒指。她的心跳得更快了。她凝视着行成。“为什么要送这枚……”

“将这枚戒指送给你，不是你们分配给我的任务吗？”行成平静地笑了，“我也希望被同一根纽带和你们连在一起啊。”

静奈觉得眼睛被一个看不见的东西裹住了，一种温暖、柔软、令人留恋的东西。她说不出话，眼泪却已夺眶而出。

功一早已准备好、计划让行成送给静奈的那枚戒指就在眼前。

图书在版编目(CIP)数据

流星之绊/〔日〕东野圭吾著；徐建雄译.—2版.—海口：南海出版公司，2016.6
(东野圭吾作品)
ISBN 978-7-5442-8260-4

Ⅰ.①流… Ⅱ.①东…②徐… Ⅲ.①长篇小说－日本－现代 Ⅳ.①I313.45

中国版本图书馆CIP数据核字(2016)第060340号

著作权合同登记号 图字：30-2016-056

流星之绊
〔日〕东野圭吾 著
徐建雄 译

出　版　南海出版公司　(0898)66568511
　　　　海口市海秀中路51号星华大厦五楼　邮编 570206
发　行　新经典发行有限公司
　　　　电话(010)68423599　邮箱 editor@readinglife.com
经　销　新华书店

责任编辑　张　锐
特邀编辑　崔　健
装帧设计　朱　琳
内文制作　杨兴艳

印　刷　北京中科印刷有限公司
开　本　850毫米×1168毫米　1/32
印　张　11.25
字　数　244千
版　次　2010年3月第1版　2016年6月第2版
印　次　2019年9月第46次印刷
书　号　ISBN 978-7-5442-8260-4
定　价　45.00元